大江奔流

钱佐扬 著

上海远东出版社

图书在版编目(CIP)数据

大江奔流 / 钱佐扬著. —上海：上海远东出版社，
2019

ISBN 978 - 7 - 5476 - 1512 - 6

Ⅰ.①大… Ⅱ.①钱… Ⅲ.①长篇小说—中国—当代
Ⅳ.①I247.5

中国版本图书馆 CIP 数据核字(2019)第 134076 号

责任编辑 吴 梦 曹 建

封面设计 李 廉

大江奔流

钱佐扬 著

出 版 **上海远东出版社**
　　　　(200235 中国上海市钦州南路 81 号)
发 行 上海人民出版社发行中心
印 刷 上海锦佳印刷有限公司
开 本 635×960 1/16
印 张 17.5
字 数 243,000
插 页 1
版 次 2019 年 8 月第 1 版
印 次 2019 年 8 月第 1 次印刷
ISBN 978 - 7 - 5476 - 1512 - 6 / I · 342
定 价 78.00 元

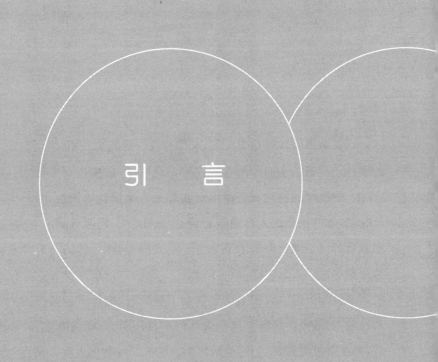

引 言

山上的城

　　长江与嘉陵江在这里交汇，又像麻花一样扭成一团，呈现出泾渭分明的颜色。泛黄的水面与黑青的江底在此碰撞，碰撞出一座城市。这座城市如一座死硬的花岗石坐像坐落在那里。坐像被火烤红，映衬天际。它红它烈，那些抬像的人弯曲着脊背，走向山顶。风吹日晒后，一群敢吃敢喝敢吼的汉子则从山顶上下来了。别人抬着他们，他们与那江水一道由清澈到浑浊。人急它躁，敢火敢烈……这便是重庆。代表这些民众的食物是滚烫的火锅。人们来这里学会了烫火锅，那是一种远行前的对热情的投放，对故乡的膜拜。这些人谁也不管外面 40 度的高温，心在胸里盛着，火在锅里沸腾，他们是最耐热多情的人。这些男人女人挤在一起往浓锅里扔辣子和花椒，于是一些鱼肉滑进了人们滚烫的嘴里。一条江水也流进了锅底。人们随着这条江水望下去，随便怎么看也看不到那下游归向的海洋，他们不敬畏海洋，只敬畏那高山，他们的身躯代表着那海拔，海拔的深意是在那海洋的上面。

　　人们说，没有浑浊便没有这条大江。这座山上的城。正像一个反扣过来的火锅。山上的城连着城上的门，这道门连着长江门户，远看是门，近看是窗，推开门即打开了窗。人们一年中有三分之二时间在那口大锅里烧滚烫的热气、热水和热情，好让这夏天显毒火摧情，冬天显迷雾藏躯。

人在雾中走，在温泉中游，时而升天为王，时而坠地做寇。冬天的雾岚使人看不清那山道上的沟沟壑壑，浑浊间的尔虞我诈。三月是它一年中开始转暖的时候，这时它显出了一种恬静，许多人便是在这时登船向下游远去，沦落为一个游子。等那温暖的初春再次降临，神秘的雾岚散去，山上现出煦日，阳光穿过云层，人们才看到它山峦上的门打开了，窗开放了。人们回到了龙门阵里，听着远古的故事。人们都爱朝天门，喜欢龙门阵，当那提着长长喷水铁壶的伙计来为你添茶，挽留你留在这里的时候，嘉陵江上的氤氲之气已升了起来，用它来糅合并降服这条江上的火烈奔流。关于重庆的故事，大多以朝天门为始点，然后顺势而下。

重庆的历史多跟那山间的洞窟相连。巴蜀时期的悬棺开了这种洞窟史。民国时期，听居住在歌乐山一带的老乡说，千年以来，这一带有四种名贵山珍物产享誉海内：白市驿板鸭、山洞鱼娃娃、高滩岩小猪、林园幺妹蛇，这四种东西既是大户人家餐桌上的食材，又是医院的上乘药材。其中的幺妹蛇，只有少数高人、民间中医或手艺高超的采药人见过，使它更添了神秘恐怖传奇的色彩。《歌乐山地方志·民间》中有记载：歌乐山间，风水异样，怪事不断。在那万丈水涧垂藤之间，有些洞窟常被人忽略，千年无人光顾，但却常常有人的骨骸被拖了出来。有个叫铭盛的民间中医，寻秘道进去，穿着古代巴蜀兵的藤甲兽骨，在洞中遭遇过此物。此物碗状粗，口吐红信，色紫，头扁，游走时能发出婴孩般哭叫声，即俗称幺妹蛇。此蛇毒性巨，被咬即死。

凡看到此记载的人，都震慑不已，毛骨悚然。

目　录

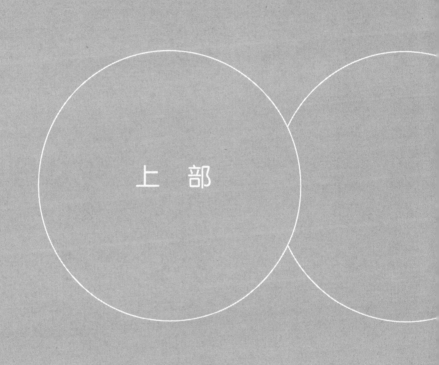

上　部

引 子

　　1934 年 10 月 25 日，这一天北京已经相当冷了。路上的行人多半会把自己包裹在皮衣皮裘棉袄大衣里。傍晚时分，帅府园胡同道附近，出现了一大批便衣。他们当街布控，或穿堂入室，对那些市井商贩一律低声训斥。不一会儿，一溜儿黑色轿车沿长安街驶来，拐入了帅府园胡同。这时候，偏就有这么一个人，是个摆地摊的，便衣让他把头低下，不要东张西望，他偏就不听，还指着驶来的轿车问道："那是谁的车？这么气派……"话音未落，一声沉闷的枪声响起，正中那人的头颅。那人向右边慢慢瘫倒下去，又被一边的便衣接住。这个过程可以用不动声色来形容。等那支车队完全驶过后，便衣才把那个多嘴的人的尸体平放在了地上。边上的人这才发现他们的周围刚才发生了这么恐怖严重的事情：一个人被不声不响地打死了！

　　后来，众人围了上来，都问到底发生了什么。那便衣并没有回答众人的疑问。他只是望着驶远的车队，又迟疑了一会儿，才从一个摆蔬菜摊的商贩那儿取了一块大个儿的老姜，摆到众人眼皮子底下。大伙仍旧不解其用意，只是叹服：这姜还是老的辣！

　　这时有个教书先生正好路过此地，也刚巧见到了这一幕，他便猜到了那个神秘谜题的谜底，他托起那块老姜，告诉众人：这一块"老姜"恐怕指的是——老蒋。这延伸出来的意思就是说，刚才急驶过去的那支车队里坐着的人当中有着当今赫赫有名的蒋（介石）委员长。

　　次日，这个消息便在京城的大街小巷不胫而走。小报做了报道：昨天到来的正是蒋介石与夫人宋美龄。他们的目的地是位于帅府园胡同20 号里的北京协和医院。

那么老蒋夫妇到协和医院干什么来了？有消息称是当时身为民国卫生部长，又是协和医院第一任华人院长的刘瑞恒接待了蒋、宋二人。他们到协和医院来是进行一次秘密的身体检查。而诡谲的是，检查的病历有几天是空白的，即相关的归档文案被人为抽去了。这在民间引起了很大的震动。蒋、宋二人到底得了什么难以启齿的病呢？或者说这两人在"剿匪"最为重要的关键时期，躲来了"协和"，玩起了"失踪"，到底有什么隐情呢？后来，据说遗失的"病历"流传到了民间，假病历、真病历，混为一谈，让军统的特务们恼怒不已。美国情报部门也暗中对此事采取了行动……

一

2001 年的 3 月里，嘉陵江退潮时分，雾到傍晚才尽数散去，露出了朝天门码头上的大半峥嵘。几百级的水泥台阶上，拿着扁担、背着背兜的人们川流不息。马路上，一边是西装革履的绅士，他们从轿车里爬出来，一派嚣张。一边是粗布蓝衫的挑夫，喊着号子，如某种呻吟。从台阶上望去，他们肩扛着沉重的物资，背带嵌入他们的皮肉。整座山城就像这些挑夫们背在背上的一摞摞物资。

傍晚的人们散落在夕阳的余晖里，阴鸷的光线便成了山脊上的倒影，景色美不胜收。

胡子今送张罗平到码头共换了三次车。他们挤在公共汽车上，那车每次到站后的关门声都有些惊心动魄，车上的人也担心它会散架开来。他们就那样拎着行李又身贴身地站着。子今偷偷地看了眼周围的人。大家完全没有表情，如在那儿等死。到了石桥铺，一阵开门声后，上来两个人。一老头担了一挑东西，两个竹篓挂在他肩两边，里面似有东西在蠕动。另一个挎大帆布包的是个胖子。那胖子一上车一个包就占了三个人的位置，旁人有些嗤之以鼻。车开始颠簸时，胖子就支开两条肥腿，想站稳些。子今看在眼里，想笑。此时，张罗平转过身来悄悄对妻子说："看吧，将来我要为你买辆车。"子今无语，她知道罗平这种安慰有点望梅止渴。到了朝天门，胖子走到门边，老头的竹篓塞在那里。胖子不想过去，他示意大家先下，罗平便在那个大包和两个竹篓前挤下了车。

码头上一派忙碌，几个挑夫带着满身臭汗来子今面前兜生意："五十块钱，走不？"

子今笑了："不用。"

又上来一个车夫："带你们上船，行李都不让你碰，舒服得很。"

子今仍不肯，她宁肯慢慢陪丈夫走。罗平搂了一下妻子的肩，表示理解。随后拎了最重的那个箱子。子今可不是心痛那几十元钱，是想与丈夫多待一会儿，把这段路程延长。罗平想到了初次与子今约会的那个晚上，也是有车没坐，从沙坪坝走回高滩岩去，走了一晚上的路。重庆是山城，时高时低的路途很练人的腿劲，对恋人更是一种考验。他们拖着行李从几百级石阶上下来，走得很稳很静。路上，罗平慢慢从子今身上闻到了一股黄桷树丫的味道，那味道正像现在的子今，纯朴、扎实，代表着重庆。

送罗平夫妇的还有他们的两个学生。女的是罗平科里的实习医生，男的是子今科里的主治医生。现在男人学妇产科很普遍。其实有人认为男人为女人接生更安全，还能减轻产妇一半疼痛。

那艘"女神"号静谧地停在水边，有些燕子叼着秸秆在它上方飞过。此时的朝天门正与两条大江互成倒影。罗平觉得这景色很代表重庆，所以向那船头走去。他向子今打招呼，示意她来合个影。她没动。两个学生在一边推波助澜，子今才面露愁云地移过脚步来。但两人的那张照片拍得确实不美，看上去像陌生人。学生们又在边上起哄，叫他们重来。罗平似乎看出了什么，他阻止了。他想慢下来，不能给妻子一种急于要离开这里而不再回来的感觉。这时，一起乘车过来的那个怪老头和那个矮胖子又出现了。他们一个似晾衣杆，一个似充气球，都很讨厌地走到边上来看。尤其那个胖子，表情竟有些色眯眯的。

子今默默地看着罗平摆出各种姿势，她的心情更加复杂了。她不知道丈夫这一去何时才能再见，他还肯回来吗？她想到了自己的婚姻。罗平想读叶城里教授的博士，将来还打算把家也迁去南海。她却不想去那里。她此时的心情很复杂，正像这朝天门上的复杂天气，说变就变。她是重庆人，罗平却是南海人。两人可谓"一个江之头，一个江之尾"。重庆与南海在他们心里的分量各不相同。重庆是子今的天堂，这里物价便宜，植被茂盛，人也质朴，好相处，但气候不算好。南海是沿海大城市，开放度高，但商业气重，彼此利用。子今对南海没太多好感，她的父母是重庆不大不小的干部，在她的成长过程中起过重要作用。罗平的父母则是南海的大知识分子，专业上可以撑把腰，学术上还可以送一程。这对罗平的事业有好处。他的父母希望儿子回到他们身边去。

不久，那艘"女神"号邮轮慢慢响起了广播。在一种类似"运动员进行曲"的音乐里，穿着制服的船员们与戴着大盖帽的乘警们走出舱口，夹道欢迎着贵宾的到来。宾客里大多是老外，偶尔也有国人。这艘船的外型很靓丽，真像一只银白色的展翅欲飞的蝴蝶。

那个挑担子的老头走了过去，挤在一个老外身后，身上仍旧臭哄哄的。乘警、船员中许多人露出了鄙夷的神情。但老头买的可是头等舱的票。这点许多人都很意外。乘警见那对竹篓被封得严严实实的，所以问道："里面装的什么？"

老头好像久经这种场面，不忙回答，先递上了香烟，是根软中华，这才说道："那是为别人捎带的'山珍'。"

乘警似乎也很熟悉这种回答，不多责问了。他左手捂住了鼻子，右手指了指船的最下层舱，说道："把担子放到那下面去吧。"

那胖子排在后面边上，身上挎着那只大包。刚才乘警询问老头耽误了几分钟，他就有些骂骂咧咧的了。他通过检票口时，对着那两个耳朵上夹中华烟的乘警，鼻子眼里直"哼哼"。

叼秸秆的燕子越飞越多，飞满了"女神"号的船头船尾。那种欢天喜地的感觉更迎合罗平此时的心情。罗平拍完照就把相机整个拿去给子今看。他一米八的身高，宽肩膀，国字脸，戴一副阔边眼镜，气质儒雅。他留在相机里的形象可谓无与伦比，像一幅教授实验室里的标本。两个学生叫起好来，又戳到了子今的神经。罗平忙把相机里子今以前的影像翻出来让学生们喝彩，子今才开心了一点。

子今在里面的影像很精致，她的五官更耐看，像个瓷娃娃。但她的个子不高，身材瘦弱，站在罗平边上像是一对兄妹。子今想只有她单独的照片才会显出娇柔美丽。便拿出了三张准备好的照片交给了罗平，想让公婆看看，也让丈夫在夜深人静时想起她。相机里的罗平鼻头下有一颗红痣，他翻过星相方面的书，书上说那是一颗藏运痣。

船的气笛响过后，子今把手上的一只黑色拉杆箱交给了丈夫，并告诉他里面有他爱吃的曲奇饼干。他有些惊讶，子今对他真是知根知底。她的眼里此刻有两颗大大的眼泪滚下来，然后子今揉了揉眼睛问罗平："维生素带齐了吗？"

以往，她规定，他每天得吃八种以上的维生素。但从明天开始就没人这么监督他了。

罗平敷衍道："带够了。"

子今又嗔怪了起来："什么够了，药呢？瞧你，没带齐吧？"

罗平笑了笑又道："用不着……"

"你是讨厌我管你？"子今低声道。

"乱说，哪里的话，让你管是一种幸福。"罗平马上辩驳道。学生们则在边上挤鬼眼。

子今的声音跟着变小了："马上要乘五天四晚的船，你懂吗？一共在船上得待 120 个小时哩！"

罗平又笑了："瞧你把这点时间说得那么长，那么恐怖，那又怎样？不是有你一大堆饼干陪着我吗！"

听到饼干，一旁的男学生有个吞口水的动作。他大概与罗平一样，看书喜欢啃饼干。罗平的话把大家逗笑了，唯独子今没笑。她又拿出一个小药箱，里面除了各种维生素外，还有救急药品：黄连素、扑尔敏、止咳糖浆和白加黑。小药箱里光维生素就有维 C、复 B、维 E 和维 A。以往碰见自己生病，罗平知道都是亏了妻子照顾才好起来的。子今这样一说又添了罗平的感慨。那只小药箱被她塞到了罗平的风衣里，风衣马上鼓成了马蜂窝状。边上的学生见这情形直喊羡慕，男的向女的递了个眼色，意思似说，看看别人老婆如何送老公的，女的在间隙里也向男的抛了个媚眼，那意思同样似说，这些生活经验，咱得学着点。

罗平真有些感动了，他收起笑，不再装轻松，突然不避外人地将子今的肩头揽了过来，把嘴结结实实扣在了她的脸上。这一幕有些突然，更让子今感动，她终于哭了，哭得很认真。他们就这样像朝天门上空不确定的天气，一会阴，一会阳。

罗平把子今从风衣里放出来，他要她为将来保重身体。子今点头。一会儿飘起了小雨，燕子叽叽喳喳飞离了这里，这是典型的盆地气候。告别的人们大都离开了船舷。罗平也示意大家回去。回到岸边，子今再也无法控制自己的感情，她冲出人群，去一边的栏杆边大哭起来。这时那个胖子站在甲板上，目睹了这一幕。他拿出一支口琴背过身去，吹了起来。

一

张罗平这次乘船到南海是沿江而下。还真有点李白当年"两岸猿声啼不住，轻舟已过万重山"的豪情。在那江的尽头是被叫作胸怀一般的博大的海洋。他的胸怀谈不上似海洋，但长江让他重新鼓足了风帆。这股风到底是把他推向天边还是送入地狱，只有时间会告诉他。长江上行船是对勇者的赞誉。这里暗礁丛生，险滩重重，稍有不慎，船翻人亡。长江自古以来就是一条毁誉参半的大动脉，时而暴虐高亢，时而驯服温顺。

次日清晨，罗平的手机响了，是子今打来的。他才想起了自己正在船上。他一睁眼又看到了昨天那个胖子。胖子在刮胡子，走过门时朝他友好地笑起来。原来胖子就住在他隔壁。

那怪异的老头也到甲板上来换气。他朝罗平点过头，罗平却没搭理他，而是只身躲到一边听电话去了。

子今在通话中不忘继续关注他的生活细节。她这段时间想不明白的一件事是罗平在重庆住了十年，他怎么看待她，看待她所代表的这座城市。他到底爱这座城市多少？许多人爱一个人就会去爱一座城市，子今正是如此。昨晚她整夜失眠，失眠的原因不言而喻。他们结婚三年，感情不错。她去年做完了罗平的"高龄产妇"，也为公公婆婆生了一个健康的男婴。那个一岁大的婴儿昨天也跟来送罗平了。那时他在襁褓里扭动，睒着空无内容的眼睛。子今与女弟子轮流抱着他。这么小的孩子马上要与父亲分离，作为母亲的子今，心里的愁云是挥之不去的。这也是她昨天送丈夫时格外悲伤的原因。为了孩子，她本想叫罗平晚两年去报考叶城里的博士生，可罗平讲得也有道理，他在这里的工作毫无起色，长期被"扔"在门诊里回不了病房，看不到领导，看不到希望，没人注意你，整天却忙得连喘口气的时间也没有。最让他不满意的是半年前的那次科副主任选举，他在这里工作了十年，而那个副主任的位置却给了一个晚他进来又比他小十岁的女同事。谁都看得出这是典型的暗箱操作，谁咽得下这口气。那个位置对他来说意味着上台阶和新希望，非常重要。他将来的职称、待遇、工资都会围着那个台阶转动。刚开始他认为那个位子非他莫属，一切都水到渠成了。这是他盘算得最有把握的一局棋。他却失策了，煮熟的鸭子飞了。那以后他的心情一落千丈，各种情感都堵在了出入口。这时南海的母亲也多次来催，要他尽快返回她身边去。他知道医院这种地方最讲究按资排辈，可为什么独独排到他这儿时，那沿袭很久的规律就打破了呢。那几天，他越想越想不明白，他想离开的打算更坚定了。让工作离开，让人际关系离开，也让自己不好的心情离开。在一个偶然的机会里，他了解到国内著名内分泌学家——泰斗级人物叶城里教授要招研究生的信息。他认为这给了他一个最好的机会。

住一等舱的老头却拿出自己携带的土糍粑来啃，胖子看到了，一种嘲笑的神情浮上了脸颊。老头才不管呢，照样吃得津津有味。

突然，这条船的二副气喘吁吁冲上甲板来找大副，说是底层甲板间发现了毒蛇！这可把那胖子的脸吓歪了。老头却像醒悟了什么似的，忙收起吃剩下的半块糍粑，快速跑下了舷梯。

胖子把身体挪动到了罗平边上，递上一张名片。罗平接过了名片看了一眼，知道了胖子叫吴作梁，南海人，是个书画商人。

紧接着，船舷下端有不少人在奔跑、叫嚷："蛇在这里！"

罗平转过身去，朝下望，许多船员恐怖地围在底层卫生间的角上，终于逮住了蛇，是两条三角头毒蛇。厨师长举起其中的一条，竟开起了玩笑，"哪儿爬上船来的大家伙，有两斤半重！老子正愁缺做椒盐蛇、蛇羹的原料呢。"

吴作梁在边上看热闹，他说是水里沿甲板爬上来的。

后来大家吃到的那餐椒盐蛇段便是用这"自投罗网"的大蛇做成的。

罗平仍在舱里想自己的事情。那叶城里是大专家,又是学霸,他的德行曾让罗平望而止步,可张妈妈知道后反而轻松地对儿子说,老叶是她同学,想考他的研究生,包在她身上。果然她的电话起了很大作用,奇迹出现了,叶城里百里挑一,最后录取了他。

张罗平的骨子里不太喜欢重庆。首先是饮食上就有距离。他吃惯了他妈烧的那些饭菜,那些菜很清淡,里面都放糖。而重庆菜全是辣的,除了辣还很麻。其次重庆男孩很野,动不动把人打残打死。他见过医务人员被这种人打伤、毁容的事。南海男人就不一样,再怎么骂都不会动一下手。他考上叶城里的博士生首先得感谢他妈,连他被录取的消息也是他妈第一个通知他的。这事让他明白了一点道理,母亲与叶城里关系不错,那个大名鼎鼎的叶城里就买他妈的账。叶城里是南海医科大学教授,又是南医大附属南都医院的副院长,他身上有五六十个头衔。考上叶城里的博士生与其说是罗平跨出了人生的重要一步,不如说是他妈逼他跨出了人生这关键的一步。将来会发生什么,谁都很难说。

有了吴作梁递的那张名片,张罗平与他马上就熟悉了。吴作梁在闲聊中得知,张罗平在南海的家与他隔得不远。罗平答应抽空会到他的字画商店去参观。

张罗平问吴作梁这会儿去川东干什么。他说去朋友那里收点旧货。罗平想起了昨晚他上船时拎起的那只奇怪的大包。

"看来,你可是收获颇丰啊。"罗平笑道。

"哪里,见笑了,都是些不甚值钱的东西。还收了一大堆别人扔掉的东西。"

"艺术家的眼光就是与我们常人不一样。"

吴作梁一听别人叫他"艺术家",表情更夸张了。"那是,那是,其中还有像大便纸一样的东西。"

"大便纸?"罗平吓了一跳。

"那些放了那么多年的发了黄的纸,你说是不是看上去真有点像揩大便的纸。"吴作梁煞有其事地说。

轮船到了万州,准备停一夜。底层的客舱里又传来了旅客们惊恐的喊叫声:蛇、蛇……蛇、蛇,怎么回事?这地上到处都是蛇!

这是一阵惊恐、短促的吼叫声,似从四面八方传来,直把夜里的人们短暂的睡意给吓退了。罗平也从惊吓中爬了起来。朦胧中他看见门外过道上全是蛇在爬行、蠕动,恶心不已。这哪里还是白天看到的那艘体面豪华的邮轮呀,整一个蛇岛。

全船马上拉起了警报。现在临近子夜了,乘警、船员揉着惺忪的眼睛,埋怨着纷纷跑出了船舱。那个厨师长又出现了,他看见地上越爬越远的蛇,不仅不害怕,反而高兴得眼睛充血。"哪里又给老子送了这么多宝物来呀。晓得不,这全是歌乐山上的幺妹子蛇呢,抓还抓不到哟,贵得很呀。"

吴作梁穿着睡衣也急忙跑了出来,"大师兄,什么叫'幺妹子蛇'呀。"他问厨师长。

"歌乐山上生的这种幺妹子蛇,有猛毒,晚上它还会像重庆人称'幺妹'一样的叫唤呢。"

"妈呀,好可怕呀。"吴作梁倒吸了一口冷气。

旁边听见厨师长这么介绍的几个南海旅客吓得毛骨悚然。"啊呀啊,太恐怖了,这哪里还能待啊,我们要退票,我们要下船去。"

一下子,船舱里的气氛有些紧张,那些穿睡衣裤的人都嚷着要下船去。厨师长朝大家摆摆手,又笑了,"安静,安静,别慌嘛。这蛇它也有弱点,毕竟人家也是一条生命啊,你们说,晚上那顿蛇段、蛇羹好不好吃。人家可是做出了牺牲呀。你们几个先到船员舱里去打瞌睡,等老子查清了情况，收拾了这批可爱的'家伙'，再来向你们汇报，咋样？"

"如果那堆蛇又爬回到我们那儿去了呢？"有人问。

"那就全额退票，怎么样？还白吃白住送你们到南海的家中，好不？"厨师长又斩钉截铁地说。

吴作梁等旅客闻言便不再说话了。二副可能从没碰到过这种情况，悄悄对着厨师长埋怨了一句："你个龟儿子，许那么大个愿，我看你哪个收场吧。"

还是那厨师长胆大，他搬出了船上的大功率灭火器，发给了同事，对着甲板、弯道、过道上的那堆蛇，一阵猛喷……果然，不一会儿，那堆大大小小的蛇便浸泡在了白色液体中，暂时不动了。

这是晚上 12 点钟采取的行动。大副、二副、厨师长忙叫船员们用铁锹把蛇直接铲死。可只铲了几条小蛇，就听见有人叫唤着爬上来，那人连滚带爬出现在了众人视线里，却是那个老头："大哥，大姐，对不住，对不住了，我那点'货'不乖，爬出来了，惊扰了大家，我给大家赔个不是。"

大家一看，都笑了，他就是那个穿得"破破烂烂"，吃自带糍粑，却有钱住头等舱的怪异老头。这时，大家才弄明白，原来他白天挑上船来的那副担子，那两竹篓里装的全是毒蛇呀。他见他的蛇全泡在了白色液体里，心痛得哭了。大副说："要处罚哟，谁叫你把这些吓人的玩意儿往人多的地方带的！"

老头道："确实是不太清楚规则，我想竹篓扎紧了，绑好了，不太会有啥子问题。"

"以前，你也这么带过，上过船？"二副又问。

老头点点头，厨师长会意，佯装怒火上来了。"你干吗不给老子去乘飞机，去给别人当成恐怖分子拷起来，充公！充公！听见没有？不然，我们就把你和那堆蛇一起交给岸上的警察。"

老人一听这堆蛇要全部"充公"，他知道那是啥意思，坚决摇头。他掏出了一封介绍信，像是给南海某政府机关的。他还看透了厨师长此时的那点心思，知道他想贪点"货"，就径直走向厨师长与他耳语了一番，厨师长看看介绍信，又想了想，算是同意了。

老头一小半的幺妹子蛇归了船上，一大半的归还了他。船上还答应帮他暂时找个地方养起来。

三

后来听人说，老头名叫陈民权，家就住在歌乐山上。

他是一个民间的蛇医，昨晚他辅导船员很快捉回了那一堆堆的毒蛇。事后，吴作梁带着一帮去南海的人，沿船头船尾细看了一圈，才放了心，又各自回到了自己的舱位里。

"女神"号按原计划，准备第二天清晨5点起锚过雄伟的三峡。清晨在多声汽笛声后，舷梯已脱离了船舷向岸上缩回，正要启锚离开。这时，岸边不远处有三个人披着一抹金晖，边叫边追着朝万州码头直冲下来：

"请等一等，不好意思，请等一等……"

船上、岸上的人们听到声音后都不约而同地转头看去。罗平在船舱里正在看子今与儿子的照片，这种叫声让他抬起头来。见移开的舷梯停在空中，他知道是怎么回事了！有人晚来，而船正准备开了。他心里有些气愤起来。只见一个长相姣好的姑娘冲在最前面，她斜戴一顶圆顶礼帽，她的后面十米远，另两个跟班一样的男女已跑得气喘吁吁了。她先扭了一下脚，忙又继续往前赶。他们穿过码头上送行的人群，直到了舷梯口。轮船上的大副发现这一情况后，紧急下达停航的命令，船又像一个醉汉慢悠悠地把舷梯移了回去。

那三个男女还未等梯子放好，就心急火燎地跨了上来。尤其是前面那个女的,她顾不了脚下二十米处湍急的江水,在人们的惊讶声和叹息声中,一步两级跨上了船,挤进到船舱里去。

此时船上的人与岸上的人都惊出了一身冷汗。罗平缩在船舱里直摇头,他又想到了子今。子今晕船,所以在他的印象中,她很少出门。送行前,子今还做了一顿好吃的饭菜来款待他,说是为他"饯行"。她做的是一道典型的重庆菜,叫"粉蒸排骨",那菜很强调火候,在当地很有名。他回想起来,那是妻子这几年里做得最好吃的一道菜。那菜不辣,子今第一次在那菜里加了糖,很适合他的口味,菜中透着一股麻味儿、蒜味儿。他吃得津津有味,把剩的汤全喝光了。

吴作梁在舱里对刚才那姑娘的一连串动作,算是看傻了。他走出舱去,一张胖脸木在那里,又张开嘴来哈气,久久没有合拢。

进船后,那男跟班由于跑动太剧烈,一个摇晃,给船舱的门板绊了一跤,重重的一跤。他手中的箱子摔下来,里面的东西散落了一地。还好人们看到的是几件换洗的衣服、几张地图和一些川滇买来的土特产,此外也没什么吸引人的东西。但他这一跤确实被许多人看到了,罗平也看到了。男跟班吓得面如土色,急忙拾起散落的东西,小心翼翼地用衣角擦了一下再放回去。走在前面的姑娘也被刚才的情况吓了一跳。她回过头来,叹了口气,嗔怪地看着身后这个冒失的男人。这时罗平却装着不屑一顾地走了过去。经过她身边时,她从罗平不太友好的表情里读懂了某些内容。正是她的晚来,才让全船的人为她多等了十分钟。

晚走了十分钟!她显然也看出了这一点。她知趣地低下头,避开着其他乘客,走上楼去,进了自己的头等舱。

舷梯再次离开船边的时候,姑娘俯身向下看着湍急奔腾的江水,为他们刚才莽撞的行为又叹了一口气。而自从那位姑娘出现在船上后,胖子吴作梁的眼睛就再也没有离开过她。

这次张罗平买的是打折船票,座位是三等舱。座位谈不上奢侈,但整条船正像一个流动的高级宾馆,还是让他大开眼界。他有个病人家属在码头上售票，为他开了一点小后门。这船不算大，连下面的两层共五层，但设施齐全，装修豪华。船上的老外都穿得朴素，倒是与他一样的本国公民穿着讲究，西装领带，像被人捆起来一样。

刚才船上闹蛇患，现在过去了。罗平想起了那个黑色拉杆箱还被他遗忘在下层行李处，他想下去把它找出来。正拖着箱子从下层去往上层，可能是船正加速的原因，船身剧烈地摇晃了起来，他通过一个黑暗过道的时候，一个踉跄，竟跟迎面过来的一个手拖箱子的女人撞在了一起。

撞得很重！巨大的冲撞力让两个人都猝不及防，以致滑倒下来，发出了一声闷响。这样的结果几乎让那个女人与罗平的位置换了个个。女的总算看清了他，他也看清了这个女人。这个女人不是别人，正是刚才在万州硬挤上来的那个大大咧咧的女游客。

匆匆一瞥，也让罗平看清了这个女人的真实面貌。这个女人如果不是面带愁容，应该说长得相当漂亮。而且她是那种经得起细看的漂亮，五官不大，但协调，体型体态都十分有女人味。她那对眸子更是如黑夜里的夜明珠熠熠生辉。那女的经暗中这个男人这么近地端详，心中似一头小鹿在跳。慢慢地她发现那端详又变成了一种怒视，她的呼吸竟有些急促起来。她急忙由爬而跪，由跪而站了起来。而刚刚那一倒，他好像也受了伤，他想站也站不起来了。她向对方欠了欠身，表示了歉意，那态度是温顺的。两人始终没有说话。

张罗平倒下去的地方正好是一处舱道的入口，有一点铁栏做台阶。他整个腰脊正好倒在了那处铁栏上，他此刻的疼痛是可想而知的。可面对一个面有愧意的女子，一个惊慌失措的女子，他又能说什么呢？他只得向黑暗中的她挥挥手，示意她快点离开。

那女的赶忙拖起一只黑色箱子，不再多说什么，马上消失在了通道的拐角处，如一只受了惊吓的兔子。舱外，这艘船正在经过被刘白羽先生称作"一条画廊"的巫峡，那是长江上最壮美最诗意的一段自然大峡谷。

吴作梁又出现了。他那表情开始像在找人，当他再次看见张罗平时，他只简单地与他招呼了一下，眼睛却向着四周环视。

船到了武汉，又停了半天，上下了一批人。中间有个男人挺引人注目，行为举止像外国人，却又长着亚洲人的脸。此人四十岁左右，五官端正，脸庞棱角分明，有一双炯炯有神的眼睛。他背一个牛津包，步履很大，上船后即与船上的老外用英文交流起来。

吴作梁初见此人也记忆颇深，以为他与自己一样，是一位"打折"艺术家，所以他开始在那人周围活动，以便打听他的情况。

很快，有一个机会给了吴作梁。那人等船驶离码头后，独自来到甲板上，拿出了一个烟盒，从中抽了一支雪茄烟出来。这个动作本就吸引在不远处注意他的吴作梁。吴作梁一见，呆了！他见到了正宗的古巴哈瓦那雪茄烟。那烟很粗，估计很沉。那人撕掉了一层密封很好的炭精纸，抽掉了当中的金丝状捆线，想用打火机点燃。可那人的打火机竟打不出火来了。

吴作梁走了上去，帮他点燃，同时闻到了那高级的雪茄烟里喷出来的第一口烟。那人朝吴作梁点点头，重新打开了烟盒，这个举动，吴作梁懂，是让他也抽一根！吴作梁快速地思索着，终于伸出手去，从那金光闪闪的烟盒里抽了一根雪茄烟出来。

吴作梁不光捡了一个大便宜，还认识了这位气度不凡的"绅士"。这位先生叫钱岩康，不是什么艺术家，而是一位医生，而且是一位才从美国学成归来的妇产科医生。

张罗平第二次看见那个女人是在船上的第三个傍晚，地点是船上的餐厅。这间餐厅舒适、豪华，不过那墙上挂着的一些西洋仕女裸体画让他看了刺眼。他选了一个看不见它们的位置才坐了下来。那个位置在角落里。

那女人已换了一套衣服，下身是一件摆幅很大的裙子，上身则是一件紫色的紧身衣。这身装束给人的感觉成熟而庄重。

这时，餐厅里人还很少，个别人提前进来喝咖啡。钱岩康也坐在里面。一开始，钱岩康与那女人坐在同一张桌子上，讨厌的吴作梁出现后，那女人换了一张桌子，也坐到了靠近角落里的某个地方。

吴作梁新梳了头，头上油光可鉴，他坐在钱岩康一侧，却色眯眯地盯着那个女人看。"钱先生，你看《圣经》呀？"吴作梁寒暄道，"你不是中国人？"吴作梁态度认真地问。

"我是出生在重庆的呀，我问你，重庆算不算是在中国？"钱岩康笑了起来。

这边的谈话，那边的女人都听到了，她没有丝毫反应，继续在看一本书。

吴作梁见那女人偶尔也会转过头来朝他看，心里很愉快。他边嚼口香糖，边吞着口水。他又把钱岩康给他的那根雪茄烟拿了出来，摆到鼻子下面来嗅，但那感觉倒像在嗅一根烧熟了的火腿肠。

那女人与张罗平才几个桌子的距离，他的一个侧面正好在她的视线之内。

她那上衣无领，中长袖，金丝镶边，显得很贵气。它的胸口开得很低，还好其他地方被严实包裹了起来。她这次出场，还化了妆，抹了口红，那口红很淡，不经意看不出来。这种装束为她本人加了分。

见钱岩康专心在看自己的书，没太理他，吴作梁便夸张地叫起了张罗平。张罗平也佯装没听见，故意用随身听的两个耳塞堵住了耳朵。

吴作梁横了横心，便拿了一杯咖啡走到那女人的身边。那女人对面的位子是空的，却放着她的一件披肩。吴作梁很绅士地在她面前欠了欠身，问道："请问，我可以坐这儿吗？"那女的还没回答，那个女跟班就过来了。她拿起那件披肩，坐了下来。吴作梁只能端起咖啡站了一会儿，又回到了钱岩康这边来。

张罗平坐在里面是因为这里的灯光足够亮，他可以专心致志地看子今给他的照片。他要了一杯咖啡，没放糖，他边听着音乐，边欣赏那些照片。那些照片一半是旧的，里面的子今甚至还是学生时的装束。他看着看着就笑了起来，后来干脆笑得前仰后合。

他翻照片的速度越来越快，照片在他眼前变成了一幕幕小电影……

突然，一张照片被风吹了起来，飞到那女人那边去了，并一直飞到她的脚下。他急忙循着那张照片找了过去。才找到她的脚下，他正要弯腰，她却先于他弯腰去把它拾了起来，递给了他。他原有的一点怒气又这样被她巧妙地按捺了下去。他朝她点了点头，算是谢过了，才又回到自己这边来。

他知道她也喜欢亮，不然她不会占据这里面最明亮最舒适的一个角落坐下来。也只有那样的一种灯光让她换了一种心情，趁着人不多，她独自喝起了饮料，表情略显轻松了些。

那边的吴作梁朝她频繁地媚笑着，那感觉近乎恶心。那个女跟班走了，那个男跟班马上就出现了，坐在了刚才那个女跟班的位置上。两个跟班看上去年龄相仿，男的表情却有些老成，他装出了一种老练，想让人以为他很成熟。

男跟班看出了吴作梁内心的那点肮脏的念头，也注意到了他的那点挑逗的下作的小动作，就拿了一根烟走了上去。吴作梁只道他是来借火的，忙讨好地掏出了打火机。可男跟班上前去对着他的脚趾就是重重的一脚！还没听完他叫"哎哟"，他就先说了声"对不起！"，然后转过身去自己拿出打火机打燃了烟。这个小动作干净、利索，吴作梁却痛得捂住了裤裆。别人多不知道，但罗平还是全部看到了。

罗平注视着那个冷漠的男跟班。那个男跟班除了与他的主子偶有几句话外，没与别人说一句话，别人也只愿与他交换眼神。他跟得很专业，有点保镖的味道。他一只手插在夹克衫的口袋里，给人一种随时要拔枪射击的感觉。到底谁会去伤害她？这条船上比他们值价的人物多着呢！

那个男跟班仿佛成了这艘船上的一截影子，一个没有生命力的东西，或是一把左轮枪。吴作梁被暗算后，嗷嗷叫着，一拐一瘸地溜回了自己的舱位。

四

夜幕降临后，那女的表情看上去更有些心不在焉。她不像其他游客，船一动，都愿留在甲板上看长江上美丽的夜景，再让自己的相机忙个不停。她对那些美景无动于衷，而是躲进了舱内，把自己关在了餐厅里。原来她在看一本书，一本讲宋美龄的爱情的书。

晚上，天上有一轮皎洁的月亮大如磨盘，时隐时现。甲板上风也大了起来。船开快后，那些西方游客尽现于甲板，他们大腹便便，模样怪异，许多人穿着季节颠倒的服装。有的上身是厚厚的长衫，下身却是薄薄的短裤。有的脚蹬长筒皮靴，上身却是短袖的装束。甚至还露出了他们腿上黑黑的不雅的体毛。他们毛多，体味厚重，不抹香水似乎就不愿现身于人类社会。可谁会去说他们？西方代表自由、自主，也代表自恋。

吴作梁又开始到甲板上来抒情了。这回他挎着一个高级照相机却不照相，他左右去看，却没找到他要找的人。

罗平来到了甲板上，这时远处山峦上的城廓处映出了一盏盏的灯火，他清楚自己在离这个盆地越来越远。当脚下面响起江水跳动的节奏时，他内心有一种复杂浪漫的共鸣出来，那叫作心声。他想到了十年前，他考上重庆医大拿到录取通知书后，初次踏上重庆的土地，他也是乘船到的重庆。那是一艘很大很大的船，装了很多的人。因为是夏天，人又多，许多座位是五等舱的旅客就选择了到甲板上睡觉。而那些重庆籍的船员非但不把他们往下赶，还拿出蚊香、席子、扇子供他们使用。

在那艘大船上似乎绝对平等，没有一个矫揉造作的富人。大家都是穷人，连同他自己，所以那次经历让他很难忘。到达重庆后，有学校的人来接船，抢着帮他把行李扛上车。他想起那艘大船名叫"江渝"号。

陈民权老头又出现了。他哭丧着脸，手里仍捏着那半块糍粑，后又放在嘴里去咀嚼。他站在船尾，盯住身下的江水发起呆来。

张罗平兜到他身边时，他回过头来朝张罗平尴尬一笑。可能是灯光制造了浪漫，许多西方人情不自禁在甲板上接起吻来。他见了这些场景心情有些别扭，感觉怪怪的，所以又回到了舱里来。

那个女人还坐在那里，没有要走的意思，只是她手里又多了一架照相机。那个男跟班用一种奇怪的语言在与她交流，好像在教她如何使用。她摆弄着那架照相机，不时对着周围的景色拍摄，她看上去很高兴，不一会她又觉得口渴了，男跟班去帮她拎来了几瓶易拉罐。

船的速度放慢了，像在穿过一处巨大的旋涡。天完全黑了下来，又一个晚饭的时间到了。可在这时，船尾传来了"有人跳江了"的尖叫声。

张罗平奔了出去，从人们惊讶的表情中他知道了原委，那个站在船尾的老头陈民权不见了。刚才他待过的地上只留下了半块糍粑。大副过来问两个发现他"失踪"的人。那两人说，远远看见他翻过了船舷，跳了下去……

这个奇怪的老头，选在这条船上自杀吗？难道是为了他那一堆毒蛇要"充公"？还是这艘船上的风水较好，他只想到这儿来跳江？

几个着警服的人，走向船舷朝江上眺望着。与此同时，豪华餐厅里响起了充满异国情调的音乐。那音乐软绵绵的，像被人灌了杜松子酒。越来越多的客人开始进来，回到固定的座位坐下。餐厅里流光异彩，歌舞升平。吴作梁换了一身衣服又出现在了餐厅里。他态度谦恭，收敛了许多。两只眼睛也不再东看西看了。他径直向张罗平走来，在罗平的身边坐下来。

有一支青年"肚皮"乐队开始了演奏，乐队共十人，都是男人。他们的特点是戴着草帽，又戴着玛瑙耳环。他们的音乐很纯粹，一会儿把人带到了拉丁丛林，一会儿又带到了乞力马扎罗山麓。表演者个个都露出了自己的肚脐，他们边奏边舞，把饥肠辘辘的人们弄得一进来便不停地分泌胃酸。

晚餐是自助餐，品种相当名贵、丰富。客人们和着"肚皮"们的节奏开始选食和挑酒。人群里，钱岩康停在饮料机前取啤酒。吴作梁则引着张罗平也托着一只盘子在拣一些蔬菜水果。张罗平的脊椎由于那一跤仍有些酸痛，也因此让他更加想念子今了。他猜想子今此时此刻一定在笨拙地喂孩子，没法子，他们都是首次当父母。音乐让他骤升了愁绪，吴作梁心里好像也有一些怒气，他们一起喝了点酒。酒使罗平心中暂时忘记了子今，暂时有了一种重生的假象。带着一丝醉意，他仔细聆听着那些域外音乐，突然他发现那个女的又移动了位置，坐到了他的正对面不远处。

吴作梁见状比他还要兴奋。他嘴边的那支口琴又出现了。他欣喜地朝那女人吹了起来，同时举起了杯子。女人把头扭了过去。吴作梁便开始不停地为罗平倒酒。

五

那女的坐在那里不停地喝着饮料，要么用相机拍着墙上的画。她不专业，但专注。她与罗平的视线不经意又碰了一下，她表情里总有一点歉意。因为她见他一只手仍撑在腰间，知道那一跤他跌得不轻，她低下了头。虽然他的腰间还隐隐作痛，但她刚才为他捡照片的那点友好对他又有些慰藉，他终于原谅了她。音乐变得亢奋，进入高潮，许多游客如痴如狂，人们开始跳舞。钱岩康走进了舞池，和着节拍扭起了身子，他的舞姿有点笨拙，引起了那个女人的偷笑。

跟着有不少人也走下了舞池。一为消遣，二为消化。紧接着那女的褪掉了身上的一件披肩，走入了舞池。她也没有与人共舞，而是独自舞动了起来。

吴作梁放下了口琴，目瞪口呆地注视着她，眼睛都顾不得眨一下。她像一只在枝头飞舞的蝴蝶，色彩斑斓，令人满目生辉。这个时候，张罗平却赶紧把脸转向了别处。她的踢踏舞、吉特巴舞跳得实在好，这是被钱岩康、吴作梁等人的掌声所证明了的。整个厅里的人们都停下来，用眼睛围住了她，看她一个人的舞蹈。她似乎不懂得谦虚与收敛，在无数双眼睛的期待中，她愈加自信，迈出了充满魅力而又疯狂的舞步。罗平不得不随众人的头转了过去，她见有这么多人欣赏她，竟有些陶醉了。接着她又脱掉了紧身上衣，露出了整个肩膀。这种场合，好像西方人更懂女人，也更懂得欣赏女人。他们如痴如醉地看着她跳，为她和着节拍、鼓掌。

罗平看不出老外这样咋咋呼呼的理由，反倒感觉肚子饿了。他趁机离开位子又去取了些鱼与虾来吃，同时把目光投向了她。

她独自在那里舞蹈让他心里感到好笑，这让他又想到了子今——他那同为医生的老婆。子今与他同一所学校毕业，但她比他小一届。他与子今也是在学校的一场周末的舞会上认识的。那时罗平不会跳舞，也很少往舞会上跑。那是一个"五四"青年节的周末，学校里的人都去了，他才想到跟过去看看。这一看不要紧，让他看到了另一景象，那里正像另一所学校。有一个专业在等着他——这就是交谊舞。跳舞确实是一个迅速交到女友的方式。怪不得许多相貌平平的同学却都有赏心悦目的女友。看来会跳舞是个很有用的专长。后来周末舞会他都去，但他大部分时间都只是一个观众，他不会跳。他只有等每场舞会结束时才随大队人马上去胡跳一回。他在人堆中扭胯、摆腿，那种舞被称作迪斯科。迪斯科是一种泛动物类大众舞蹈，只要是有屁股的动物都会跳，而且这种舞，猩猩跳得肯定比人好。他就是在那种大众舞蹈中挖掘到子今，发现到子今的。子今是舞场上的精灵，她异常活跃，逢舞都跳，请她的男孩子很多。子今后来成了他跳舞方面的启蒙老师。

他正在遐想往事，肚子里的鱼虾还来不及消化，那女人却不知何时站到他的面前来了，这是真的。她还向他摊开了右手，那是一个邀舞的动作。

罗平愣了，脸马上红了起来。而吴作梁看到这一切，兴奋得都快疯了。她想去拉着他的手，他摇了摇头，可她面带笑容，重新做了一次这个动作，他知道无法推掉。这时，只见吴作梁的眼睛由快乐变成了愤怒。他只得不再犹豫了，跟着她起身，下了舞池。

人们赶忙学着他们的样，成双成对地参加进来。钱岩康鼓励地朝他们竖起了大拇指，同时带了一个女客人跟了上来，很快消失在了舞会的旋涡中，吴作梁也随便拖了一瘦高的女老外，下了舞池，转到了他们的身边。

一支支音乐开始把张罗平他们锁了起来，那四条手臂构成了锁链的架式。他们粘在一起很平静，也很般配。她的头发正好在他的耳处轻拂，出于礼节，他的手环过去扶住了她的腰，可他的视线一直在比她更高的部分扫射。舞曲进行到第三回合时，她借着音乐的掩盖，才在他的耳边清楚地说了一句："让你摔跤的事，我很抱歉！"

张罗平到刚才被她拖下舞池前还有些闷闷不乐，其实从摔了那一跤以后，他每一坐一站的时候，腰上的痛就时隐时现。到她来邀他共舞，并向他亲口表达了歉意时，他实在不好意思再说什么了。他只得专心与她共舞。她双手竟时不时滑落下来，扶在他的腰间，似在帮他按摩。

可不一会那女人面色竟煞白起来，再过了一会儿，她竟然从他的手臂里滑向了地面，舞池里的人顿时大惊。

"肚皮"们停止了音乐，钱岩康与吴作梁更是惊讶万分，他们同时猛踩了自己的舞伴一脚，奔了过来。

张罗平遇见此事反而愈加清醒。正好他与钱岩康都用上了他们的医学知识。钱岩康把女人抱了起来，张罗平分开了人群，从吴作梁的身上硬扯了一件大衣下来为她裹上。继而他又掰开她的瞳孔，摸了摸她的脉搏……须臾之后，他对在场的宾客们说，不要紧，她只是有些贫血，出现了低血糖。旁人才舒了一口气。

这时，那两个跟班也焦急地出现了，从钱岩康手里接过了那个女人。钱岩康告诉他们，她身体很虚弱，要像抱婴儿一样地转移。但张罗平没有吩咐他们什么，只是默默地看他们做完了这一切。

"她晚饭好像没吃什么东西？"张罗平转身问两个跟班。

女跟班答道："对，她什么也没吃，她在减肥。"

男跟班见钱岩康把那姑娘上衣的一排扣子解开了，眼神里流露出了愤怒。

张罗平通过这事，知道了这个姑娘的名字叫何念子，是个台湾人。

六

罗平走后，子今的小屋里彻底断了炊。两天后，她干脆带着儿子罗今回到了父母家里。与罗平的际遇正相反，胡子今在单位里可谓如鱼得水。他们原先所在的医院叫东都医院，那医院在沙坪坝。胡子今在妇产科，张罗平在内分泌科。子今的上司是个男的，山东大汉，很豪爽，但身上留下大蒜与大葱两种体味。他与她年龄差很多，别看这些不着边际的情况，这对子今的前途来说，有很好的发展空间。她那老主任不光欣赏她，而且全身心仰仗她。当着她的面，他就会说，今后俺这把椅子一定让给子今医生。全科也约定俗成，只要不出意外，科主任的接班人非胡子今莫属。而罗平原来那科里，情况就另一副模样了。那科主任年龄与他一般大，从农村来到重庆，有一步登天的味道，所以把那位子捂得很牢。科主任后来把他带的人提上来充当了副手，张罗平的希望才彻底打了水漂。

子今现在是副教授，她一年前招的这个男生仅是个硕士。硕士在三甲医院里都很自卑，完全抬不起头来。病房走廊里全是有所谓博士头衔的人在昂着头走路。但这个叫贺子麦的男硕士对子今是百依百顺，帮她干这干那。

贺子麦上次送老师爱人回来，却与自己的未婚妻周兰吵了一架。周兰奚落他只混到个硕士，对他今后的前途并不看好。还说张罗平的今天就是他的明天。贺子麦对未来的老婆末尾那句话一直耿耿于怀，他说，那好，就是真到了那步田地，我也不会把你单独扔在重庆。自然，胡子今的前途如此光明，与她父亲的暗中相助，或者说直接影响也是分不开的。

子今的父亲，那位参加过"抗美援朝，保家卫国"的老军人，后来做了相当长一阵子的总后驻渝物资处的处长。女婿要调回南海去，第一个不理解的不是他女儿子今，而是他。一切都顺理成章的，干吗要重起炉灶啊？他曾告诉他女婿，要他来帮他做业务。可女婿对此好像看得并不重，老胡才依次想到了自己的儿子。

胡子今的哥哥胡子都，本来是个正规建筑设计师，毕业于重庆建工学院。后来在父亲的"庇护"下，真的就搞成了这个物资"批发站"。还把业务做到了全国，在全国钢材紧俏的九十年代中叶，他的业务却蒸蒸日上。

张罗平走后，子今把年幼的儿子扔给了父母去照顾，自己把精力投入到医院。所以她和罗平以前筑的窝被她空关了起来。她一下班则直接到父母那边去了。

物资大王胡子都平时很少到父母这里来，今天他是被母亲点名叫回来的。不用猜，父母这样做的用意，还是为了子今。罗平刚走，家里人怕她感情上孤独。

罗平走的第二天，贺小麦与周兰又来胡子今家帮忙。子今在两个学生的帮助下，把家里彻底打扫了一遍。之后子今告诉二人，要暂时住到儿子外公外婆家去。

胡子都发了之后，胡家处事仍低调。老胡四季都穿部队里发下来的军服，也从不穿新皮鞋。子都天生也不讲究穿着，梳平头，脚上是一双北京布鞋，但他谈吃。有了钱之后，他最愿意去的地方就是高级馆子。近几年他可以说是把沙坪坝大大小小、旮旮旯旯里的馆子都扫荡遍了。他开的车是普通的桑塔纳2000型，最近才仿效朋友换成了国产广本，也不值多少钱，主要是出行方便。

胡子都的妻子吴芬芬，是他的第二任妻子，是他发达后跟过来的，长得还算可以，嘴巴也绝对会说。吴芬芬也是子都同一单位里的同事，她帮了子都不少忙。尤其是子都停薪留职这件事，是她去找领导说通的。挤掉了子都的前妻后，她处事反而高调起来。她原来也是一个挂牌设计师，与子都一样，她多少年来也没设计出什么像样的房子，倒是帮助子都发达后，才找到了新的感情定位。

胡子今回来，胡家三代会合在一起，社情、民情、亲情都有了。子今抱着她的儿子张罗今来家后，子今的妈马上撵走了家里养的大狼狗噜噜，洗了两遍手后才来抱罗今。子今仍不放心老娘，以为她会把儿子看成狗那样的宠物，乱喂他东西吃，还会乱摆乱放。于是她把一个超大型号的奶瓶摇了摇递给了老娘，并提醒她，抱罗今到花园去透空气，并吩咐她每隔五分钟喂罗今一次奶。吴芬芬看着子今获得了解放，马上把她拖到另一间房子里，向她展示才从香港扫荡回来的项链。子今嘴巴上应付着，心里却在想别的两事。吃饭的时候，子都喝了两杯VSO，还在自顾自倒酒时，芬芬用胳膊碰了一下他，他才反应过来，便问妹妹："子今，你真打算两年后，也转到南海去工作？"子今抬起头想了想，点起了头。子都马上就叹息了，道："你在这儿干得好好的，干吗要全部放弃啊？"

子今放下了筷子，不吃了，回答道："你怎么能够不明白。"

子都冷笑道："笑话，你这不是完全放弃了自己，在竭力成全张罗平吗？"

老胡想拉儿子一下，阻止他说下去，反被他把手甩开了。

"哥，你真的不懂。"子今仍重复了刚才的意思。

"子今，还是别离开爸妈，别离开我们吧！这儿毕竟什么都是现成的。"

吴芬芬也插话了："子都讲得不错，去一个新地方，重新再来，多不容易啊。"

子今听着，不讲话了，大家的眼睛都看着她。老胡一开始光顾着与儿子觥筹交错，见大家把问题甩了出来，他就发表自己的见解了，"女儿啊，感情、爱情这都很重要。咱们五十年代参军的这拨人更明白这个道理，你问你妈。"

他又接着说下去："但话又说回来，现在社会朝着无轨的方向发展了。有些现在的情况要与将来的可能情况紧密联系起来才好。"

子今注意听完了父亲的话，她顿了顿，才朝爸妈说道："爸，我想到市一医院去进修一段时间，把业务水平再提高一步。"

老胡说："好啊，业务好，到哪儿都吃得开，病房里摆平了吗？要不要我为你说说话？"

"不用，没问题，主任很赞成的，爸，妈，我可能要暂时把罗今放在你这儿了。"

"行啊，我也没事，正好带一下小孙儿，还有刘阿姨也在这里嘛。"胡妈妈道。

七

船到了南海市，下船的时候，何念子先走，她是头等舱。她看见许多人在看她，尤其那个吴作梁，像一尊雕塑一样看着她，表情却近乎绝望，好久都没动一下。她下船走过他时，总算朝他抛了一个媚眼，"走了。"

"哦嗯。"吴作梁才又活了过来。

钱岩康下船时也朝吴作梁挥了挥手，他见送他的那根雪茄烟仍被他捏在手上玩着，不时放在鼻子前嗅着，知道那根粗烟成了他的一种摆设。

张罗平的腰腿像还在痛。他是最后一个出舱门的。下船后，罗平叫了一部出租车正准备钻进去。驾驶员问罗平去哪里，他朝右边指了指。

何念子和她的随从钻进了一辆宾利轿车。那车开走的方向与罗平的方向相反。

张罗平回到父母家时，心里面还有些气呼呼的，他不明白母亲这么匆匆忙忙地把他招回来的真正用意是什么。吴玉屏把儿子的脸左看右看折腾了半天，才忙着去端菜。根据吴玉屏向儿子交代的，不久之后，儿子的家也要从遥远的四川盆地迁到她的身边来。但父亲张孟超似乎要平静一些。见长得比自己高出一个头的儿子从遥远的重庆不辞辛劳地赶了回来，他好像满腹心事，与吴玉屏的心情正有些南辕北辙。罗平的父母都在南海。目前都是南海医务界、学界里数得上的专家教授。他们1961年进入北京协和医学院学习，毕业后又去了山城重庆。在重庆东都医院工作到了"文革"前，后来辗转又回到了南海。在南海，他们有许多同学都在市里的大学或科研单位里担任要职，有些学生还挤进了上层。如今这个社会的方方面面都"埋伏"着他们的关系。"关系"这种东西得经常照应着，该用则用，过期作废。这个"过期说"是从行政事务上学来的，知识分子不像"官人"，学者的功夫在身上，别人撵不走，只要你不生病，还在"站台"，这个"站台"就是站在生命的舞台上，他们的剩余价值就无限。所以学者的生命应为小白萝卜，那玩意质朴，价值却大。寒冷受冻的时候，人们就把它拿来当昂贵的人参看待了。

饭前张母把儿子拖去洗手。洗手是她为他颁布的一道医学圣旨。水槽的一侧放着各种洗手液。医生的家里很强调洗手这样的程序。吴教授认为各种细菌就在手上，把手洗干净了，等于建起了一道屏障。

晚餐是在一种舒缓的弦乐中展开的，乐曲是张孟超选的。这几年张家就是在这样一种气氛烘托下就餐的。说起这种爱好，还引出了一则故事。这都归结为张孟超几年前从一次国宴上学来的"心得"。几年前，张孟超教授作为南海市选上去的"有突出贡献专家"受邀到京城参加国庆观礼活动，晚上据说还在人民大会堂就的餐。他们这些专家学者与党和国家领导人交叉坐在一起，那感觉别提多激动了。可那时候他光顾着激动了，酒喝得不少，菜却吃得不多。领导人们可谓都见过大世面，动杯动筷两不误。他却不习惯，愣在那里只顾喝酒，而国宴是有时间规定的，你超过时间按兵不动，只认盘子不认人的服务员就会把你盘里的东西收走。张孟超想起那次人民大会堂里的国宴心里就想笑：光喝酒，菜却被端走了大部分。主要还是怪自己没见过太多世面。如今那个晚餐上的细节他想起来还格外激动。舒缓的音乐声中，他光想着与党和国家领导人共同举杯，竟忘了品尝自己面前的精美食品。但张孟超从那次国宴以后总结出一条养生之道，那就是：吃饭时要听点音乐，一来可以制造气氛，二来又可以分散肠胃的注意力，有助于消化。但老伴吴玉屏听了则不乐意了，吴教授是著名脑外科专家，研究各种脑病几十年，她认为每餐必乐，咚咚锵锵的，脑部充血太快，不利于胆汁分泌，弄不好会患结石症。她进一步指出，咱们是老百姓，哪有那么多大事要庆祝，又不是每餐必酒，何必仿效国家领导人。意见尽管没有统一，但今晚的就餐气氛还只能靠那点过时的音乐来支撑。张罗平显然已经很累了，唠唠叨叨的父母再说什么他都当没有听见，只顾吃母亲为他烧的菜。

他吃完饭回到自己房间，才想到了向子今报声平安，他想子今应该还没睡觉。子今在电话里向他倾诉了许多离别的话，最后问到了他那只"曲奇饼干"箱子，他只能老实说还没打开来享用。等放下了电话，他才想到了那只"甜蜜"的箱子，忙去找了出来，可怎么也打不开箱子锁。他开始纳闷，不知哪里出了问题。他反复琢磨那两把钥匙，仍是打不开箱子。他想再打电话去问子今，又怕被她笑话，琢磨了半天，最后发现一定是箱子弄错了，肯定是箱子被人调换了！他情急之下，拿出榔头和老虎钳撬开了箱子，结果让他大惊失色——那箱子里哪还有什么甜蜜可口的饼干呀，那里面竟是一个让人有些毛骨悚然的逝者的骨灰盒。

那只骨灰盒是漆黑色的，当中嵌着一个老头子的照片，显然他不认识这人。天啊，谁把他那只箱子给调换了？吃不到可口的饼干是小事，里面这个骨灰盒肯定让他家里的人急成了热锅上的蚂蚁。

八

何念子回到南海的家里，马上昏睡了两天。她那种昏睡是彻头彻尾的大睡，不吃不喝也不醒，屋里窗帘紧闭，暗无天日。要不是她爸爸何存义从台湾打电话来，指名道姓要她接电话，她还要待在舒适的床上。父亲回了一趟台湾，为了爷爷的后事，打算去台北把风烛残年的奶奶和两个姑姑接来南海，准备在南海为这位"总统的侍卫官、保健医生"搞个像样的骨灰安放仪式。父亲告诉女儿，爷爷一辈子功成名就，国共两党的头号人物都表彰过他。在民国历史上，他更有着传奇的浓墨重彩的一笔。父亲一再叮嘱念子：要把爷爷的骨灰盒保管好。骨灰盒是父亲这次来电话提到的关键词。何念子想到前不久在重庆与父亲分别时，父亲是把那个装有爷爷骨灰盒的箱子交到她手里后，才先乘飞机飞走的。她记得父亲与她分别时还重重地拍了一下她的肩膀，说："丫头，留一点心思啊。"

放下电话后，她马上跳下地，想了一想，又把那只黑箱子重新拖了出来。那只黑箱子很新，拖出来时还有一股帆布胶水的味道，箱子不重，她拿出钥匙来却打不开了！她疑惑了一会儿，搞不清楚是怎么回事，只得屏住呼吸，再用钥匙开了一遍，还是无法打开。她慌得失去了理智，大叫了起来。男跟班闻讯，像碰到了火警，撞门而入，见披头散发的念子，不知所措，她又让他出去。她翻开屋子里的抽屉，赶紧找来螺丝刀撬开了那只箱子。当箱子里各种奇形怪状的饼干掉出来时，她傻眼啦。她的瞌睡全跑了。爷爷的骨灰盒呢？她的大脑快速地过滤、运转、思索，思索这到底是怎么回事。是父亲拿错了箱子？不，她不敢怀疑办事周到严谨的父亲。她记得父亲是给过自己一只拎包的。而那只包正是她和父亲一起放入黑色箱子中的。那么这是怎么回事？她简直要疯了，脸上沁出了与这个季节不相符的汗珠。她不敢再往下想了，箱子难道是被人调换了?！这让她想到了去年她去澳大利亚的经历。出机场的时候，她自己的一只箱子被人模仿并调换了，安检时她被悉尼警方查出携带了大量"摇头丸"。还好她的辩解有机场里的监控录像作证，原来她的箱子上有个不为人知的记号，只有她知道。而且当时就锁定了犯罪嫌疑人，这才让她说清事实，脱了险。她以为这一次又是那些想带"白粉"的人使用的"调包计"，想混水摸鱼，嫁祸于人。可她拣了几块饼干吃了吃，发现确实是真的。她再翻遍了箱子里所有地方，也没有发现"白粉"的踪影，她百思不解，不是毒品那又是什么呢？她又拣了两块饼干来吃，觉得那饼干很好吃。于是她边吃饼干边把这段时间里的事情认真地梳理了一遍。这只箱子是她在重庆的解放碑买的，由于她要去丰都鬼城游玩，才买了这个箱子，一路拖着它跑。在万州，他们上了"女神"号。可能正是那堆饼干给了她启发，也给了她灵感，她终于有点恍然大悟。摇晃、船舱、摔倒，她还大笑了起来，她想到了与那个高个子医生的那次非同寻常的邂逅：相撞、共舞、昏倒、施救，像一幕幕连续剧，最后是没留下姓名后的离开，命运真是捉弄人。与人开这个不大不小的玩笑。

她竭力去想那个男人，去想跟他在一起的每个细节，包括他的每次表情，她都清楚地记起来了。他带走了她的东西，她必须马上找到他，拿回那属于她的箱子。她开始在内心深处勾勒那个年轻医生的整体影像。回忆着他好听的嗓音，还好时间拖得不长，她对他的外貌还基本可以勾勒出一个清晰的轮廓。她想起来曾经那么近距离地与他共舞，与他相拥在一起。两人意外地相撞，那里的光线很暗，船又在摇，他怎么也没有发现箱子拿错了呢。她想到了另一种解释，他正在全神贯注地注意自己，他确实重重地摔了一跤。那一跤一定很痛，都怪自己，冒冒失失的，什么都无所谓，又丢三落四惯了。他的手，那双医生的手曾在她的身上游弋。一切的一切，好似又发生在了眼前，印象由模糊到深刻，由深刻到模糊。这太搞笑了，竟有这种事发生，与别人的箱子拿错了？！他的箱子与我的箱子难道完全一样？也是在解放碑那儿买的？这是一个经典的"一见生情"的例子。这些都要等找到他后才有一个答案。

接下来的问题就来了，要怎样才能找到他呢？何念子被眼前窠然发生的这一切吓得完全清醒了过来。

九

胡子今把家里安排了一下便去市华仁医院进修了。她这个时候选择去进修还有另一重考虑。那个老主任很欣赏她，但医院的院长似乎并不欣赏那个老主任，这在上升空间里应该是一个活结又套了一个死扣。

老主任与胡子今走得近是因为与她的家庭走得近。原来子今的爸爸祖籍也是山东。那主任到过子今的家后，就像回到了山东自己的家中，饮食中有沂蒙山的米酒，下酒菜中则多了胶东产的大枣、大葱与大蒜。他与子今她爸喝过几趟酒后，那"老乡见老乡，两眼泪汪汪"的朴素感情就越喝越深了。这些，同事们都看在眼里，但妇产科本身就是女儿国，里面的学业佼佼者层出不穷，个别人还有很硬的后台。子今原本是护士出身，毕业于护校。她靠妇产科方面的临床经验才破格进入了医生行列。又拼死拼活才捞到了一个本科文凭。本科在如今研究生多如牛毛的时代里确实不好意思说出来。即使是那个本科文凭，子今当时也读得十分辛苦，还是在张罗平的辅导下一点一滴抠出来的，满是自己的汗水和张罗平的艰辛。她知道要想在事业上站稳脚跟，尤其是在妇产科学，临床是关键的因素。只有丰富自己的实际工作经验，在临床上独树一帜，自己才不会被淘汰，才能把那一大把博士、硕士比下去。她正是基于这种考虑才提出了进修的要求。现在罗平走了，她将来是去还是留，从一定意义上讲都要看她现在的专业水平。理论上差一截不要紧，临床上千万不能掉队。

华仁医院的妇产科主任也姓胡，是个女的，她早就听说过东都医院的胡子今，知道她也是一个专业能人。尤其是这次引见她来的又是知名的东都医院的妇产科主任，她不重视还不行。胡子今来这里，把身段也放得格外低。她向胡主任建议，可以把她当住院医生般使唤，意即加班、顶班、去门诊都行。胡主任惊讶了几分钟，内心也有说不出的高兴。她们华仁医院妇产科名声在外，地理位置比东都医院要好，病人更是多如牛毛，缺技术人手是长期以来的问题。

胡子今来的第一天上午就到急诊去看了一个病人。那孕妇被车撞了，浑身是血。中午她又参加了一个宫外孕畸形胎儿的临床手术讨论。这是一名从青海医学院转过来的特殊孕妇。她患有严重的疑似放射性的病，却又怀孕了八个月。体检表明胎儿体征正常。胡子今坐在一边听同行们海阔天空地谈论着这件事。讨论会马上形成了两种意见，一种处理意见是遵循保守法，即考虑到那孕妇的实际情况，为了保全孕妇的安全，建议在打开腹部后只把胎儿拿掉。这种意见以胡主任为首。而另一种意见认为，应该为这个特殊的孕妇冒一次险，最好是把胎儿和孕妇都保留下来。因为孕妇今年已经四十岁，且她的全身包括子宫在内都有其他病变存在。支持这一观点的人以美国学成归来的钱岩康教授为主。钱教授留着好看的山羊胡子，他是一个虔诚的美国基督徒。前不久他趁假期去南海游历了一圈，现已回院上班。其实他就是在"女神"号上与张罗平、吴作梁见过面的那个美籍华人。

两位专家所站的角度不一样，对孕妇下的结论就不一样。胡子今又坐在他们之间的中间地带。从她的角度看过去，钱岩康手握一只烟斗在沉思，胡主任则拿着一支笔在手心里旋转。见大家暂时沉默了下来，胡主任被一个电话叫出了门。子今想，一个顾全医院的荣誉和科室的平稳发展，采取收敛一些的态度，如胡主任，万一有什么闪失，倒下的不是某个人，而是整个妇产科。另一个以生命的宝贵，以尊重生命的至高无上为宗旨，如钱岩康。这两种意见在子今心里有点像东西方价值观的对撞。当胡主任最后要新来的胡子今医生也表表态时，胡子今倒向了胡主任一边。

当她和胡主任又一次来到那名高龄孕妇的病床边并看到她渴求的目光时，她的内心有些动摇了。那是怎样的一对眸子啊，那个女人很想留下她的孩子。她拉住了子今的手，她说她不惜以自己的生命为代价。这种表态让胡主任有些意外，却极大地感染了胡子今。尤其是当子今听到那个孕妇的丈夫已死，他为了国家的核工业事业在川藏滇西工作了二十年，她自己又受到了核辐射而染上了这种怪病的时候，子今向她洒下了同情的眼泪。

子今开始认为神圣的医学应该为她来冒一次险，以帮助她留下她与她丈夫那唯一的感情的根脉。

手术方案下来了。钱岩康教授考虑到那位患者又是孕妇的特殊情况，决定亲自为她动刀。胡主任正巧余下的一段时间不在科里，她要去南海出席一个国际妇产科会议，子今便成了钱教授邀请上台的副手。在把病人推进手术室之前，钱岩康依惯例在自己的办公室里进行了短暂的祷告。他虔诚地用手在胸前画了一个"十"字。

胡子今则比他提前进了手术室，她是护士出身，她在手术室里帮忙进行着手术前的一切准备。钱岩康来了，他眯缝着眼睛，脸上多了一副秀琅架眼镜。人们知道他要动手术了。当手术室门口的红灯亮起来时，孕妇的亲人们已在门口焦急地等待了起来，包括她的父母亲也来了。这台剖腹产手术果然不太顺利，进行地十分艰难。还好有临床经验丰富的胡子今为钱岩康做副手，才没有发生诸如大出血而下不了台的大事故。

胡子今的妇产科临床经验丰富，也帮了主刀钱岩康不少忙。那女人羊水事先破了，脐带也脱了，胎儿仍浸泡在羊水里，情况十分危险。这样下去，弄不好婴儿会窒息死亡。钱岩康果断沉着，胡子今开始帮他擦汗。他发现孕妇的腹腔内有大量的癌细胞，且已经扩散。在胡子今鼓励的眼神中，他沉着应对。手术进行中，先是病人出现了休克性大出血，还好被抢救过来了。胡子今看见孕妇的脉搏越来越微弱，也真为钱岩康捏一把汗。整个手术历时几小时，把钱、胡两人累得够呛。小孩生了下来，是一个男孩。当婴儿的哭声响起的时候，钱、胡二人才松了一口气。产妇体质暂时很虚弱，小孩的外婆抱走了小孩，小孩的外公则寸步不离地守在产妇身边。过了一会儿，钱岩康与胡子今又来了，产妇睁开了眼睛，向钱岩康伸出了瘦弱的手臂，钱岩康急忙把她的手接着，重新放回了被褥中。

当天，这件事便在整个医院里成了大新闻。人们对钱岩康的医术与医德都给予了很高的评价，一下子钱岩康成了全院家喻户晓的人物，胡子今也跟着沾上了光。很快媒体消息也发布出来，且传回了东都医院。

胡子都听说了这件事后，第一个就给妹妹打了电话，"好好干，子今，你在这里前途无量呵。"

媒体对这个产妇的后续治疗进行了跟踪报道。大大小小的采访记者开始在病房里络绎不绝。而钱岩康却对媒体的这种做法深恶痛绝、怒火中烧，他两次把溜进来拍照的记者赶了出去。但采访的记者还是找到了突破口，他们去院长和党委书记那里死缠烂打。钱岩康不睬记者，但在院党委书记的允许下，采访钱岩康的记者还是络绎不绝地进到了病房中来，晚上的重庆新闻也多次出现了钱岩康与胡子今"救死扶伤"的身影。

在他们身边，镜头里同时又出现了医院院长与党委书记的身影。可那个病人却因治疗受到干扰而招架不住了。她从手术室出来后没得到片刻的安宁。那些未经同意的记者，擅自闯入到医院病房里来，有的隔着玻璃窗对着床上的她又是拍又是说。她看到了，有些惊慌，更多的是无奈。媒体已经严重干扰了医院对病人的治疗。钱岩康再一次发火了。他先骂了护士，继而又骂书记。他告诉那些记者，病人还没有脱离危险期，虽然她已从监护病房回到了普通病房，但离真正的康复还远呢。

"钱教授，我们十分相信您的能力。她迟早会好的，这点不用怀疑。而您的这种精神，尤其是顶着压力为她开刀，产妇、婴儿都得到保全，这多么值得称颂啊。"一个记者充满感情地说。

"瞧你说的，这有什么值得称颂的？每个医生都会这样来做。"钱岩康敷衍道。

"这种才能可能别人具备，但这种精神，这种把自己的名和利抛在脑后的精神，并不是人人都具备的，因而更有宣传的必要，您应该被广大的同行所知道，不这样的话，确实是太可惜了。"记者又真诚地说道。

后来的日子里，那名女病人甚至被窗外的镁光灯吓晕了过去。这还不算，她又出现了肺部感染，咳嗽不止。

胡子今又叫来了钱岩康。钱岩康不得已，又把病人转入了重症监护病房。这时，钱岩康真的怒了，并阻止记者再进病房一步。但还是晚了，不幸还是在那个女病人手术后的一个月发生了。

在监护病房里，那个病人清醒了一段时间之后，又陷入了深度昏迷。某一天深夜，护士把钱岩康从家里叫来，病人出现了异常反应。

他决定次日给那个病人做第二次大手术，病房里跟着又手忙脚乱了起来。

次日，那婴儿仍一切正常。小家伙肯定在另一间屋子里，也在等着这台手术的消息，可是第二次手术没有第一次手术那样幸运。尽管还是钱岩康和胡子今上台，进行了"双保险"，手术时间也比第一次时间短，但手术没有成功。

那个才做了一个月美梦的病患母亲，带着对丈夫的不尽思念，带着对儿子的无限留恋，终于离开了这个世界。

十

南海医科大学位于南海市的中心，如果把南海市看成一个正圆，那么南医大就在这个"圆"的圆心附近。既然是在圆心周围，那它的一切都会被放大并受人关注。大多数房地产开发商都曾觊觎过这个钻石地段。

以前，就是这点旮旯角儿里的街面房，光租金就为学校创下了几千万的进账。可去年开始，市里要造高架路，又把大家害惨了。其中有一段路便延伸到了南医大的正门外。看着那气势恢弘的高架路把同样气势恢弘的校门压得喘不过气来，校里校外的教职员工们都气不打一处来。他们嚷了半天，要上访。可上访也只是叫叫，没用。那是市里重点项目，去年人代会上通过的。建得差不多后，尤其是高架上开始试灯后，大家一看更傻眼了。白天看着它绕开走，晚上据说在灯光的辉映下，那延伸过来的一截高架路不偏不倚就横在了学校的正门外，有十层楼那么高，如咽喉处插着一把剑。那把剑的当中还有一处上、下闸口，机动车便是从那闸口处驶上驶下的，蔚为壮观。从教室窗口往外看，那上上下下的汽车就如同飞机在起飞或降落。年世旺为此感叹，这太煞风景了，他想安慰一下个别信风水的老学者，便请了个风水师拿个罗盘来装腔作势一番，想付点钱，让他测一测，说点吉利话。不料风水师看了看现场，走出很远才甩下一句狠话来：贵校被卡住了命脉，从此贵校便留不住财产了。说完他头都不回就不见了，连赏钱都不要了。这些话让年世旺听后十分沮丧，像刨了他家的祖坟，他又不能伺机发作。就是这些话，后来又传到了几个租街面房的温州老板耳里，他们当中尤其是那个开古玩店的吴作梁第一个跳了起来。吴作梁是南海人却又总是冒充温州人。他最信风水。原先他是将租金交到 21 世纪中叶的，现在他不肯了，他什么都不肯相信，就肯信传出来的那两句话。他纠集了一批温州人死皮赖脸来找年世旺。他们要年世旺中止合约，并补偿损失。就在他自己的办公室里，年世旺一反常态地扯起嗓子朝他们吼道，你们有种向李希楷——李市长要补偿去啊。

那帮温州老板还真的在吴作梁的率领下，纠合了几个老校工就找到李希楷市长那里去了。

原来李希楷市长的女儿李北北目前就在南医大里读本科。不知又是谁多嘴，走露了风声，她的身份一暴露，便在关键时刻派上了用途。正是她带着这帮怒气冲冲的老板与校工去找她爸的。过去，李市长是从来不接见上访客的，这是他的原则。以往市政府对这类事情的处理方法通常是交给信访办的同志来解决。人们早琢磨出信访办是干什么的了，都知道它起不了什么作用。那只是一个"堵枪眼"的虚设衙门，为安慰一些退休职工而虚设在那里的。南海市的信访办更不例外，由几个返聘上来的退休干部在那里慢条斯理的填表、登记，又打着官腔，消磨着大家的时光。

这次当听说是南医大的"教授"们集体来找他时，李希楷市长却亲自出来了。他那秘书王储都弄不明白市长为什么一下子变得如此谦卑，犯得着为他们这样吗？

王储不以为然地跟在李市长后面。李希楷把大家召进了市政府一号会客室，是市政府里最舒适最豪华的一间。那是他以往会见重要外宾的场所。这间会客厅里的灯光很亮，桌子又窄又长。听人说是为预防某些人会见时打瞌睡而专门设计成这样的。李希楷拿出了最好的茶叶款待大家，不喝茶叶的几个"女将"还人手几个桔子加香蕉剥来了吃。当然喝茶的人也有吃水果的份。吴作梁也混在那帮人群中。大伙的内心从走进会客厅的时候起就热络了起来。这帮原先个个理直气壮的家伙，现在坐在李希楷面前时正像做了什么亏心事似的，表情都灰溜溜的，谁都不好意思再开口了。

倒是李希楷的话讲得冠冕堂皇又语重心长："南医大的老师们、老板们，欢迎你们来。首先我代表市政府向大家对我们工作的支持和理解表示感谢！"

王储在一边示范性地鼓掌，别人也学他的样鼓起掌来。

"大家肯定听到过这样一句话，'大河里有水，小河才不会干'，还有另一句话，叫着'要致富，先修路'，这第一句话用到我们日新月异的南海经济建设的大背景下是适当的。第二句话又可以改变为'要发展，多修路'，看看我们目前的情况，是不是这个理？有路我们才能朝前走，有路我们才能进步，反过来说，没路肯定就是死路一条了。"

他最后这句不好笑的话，在场大半的人都笑了。见人们一笑，李希楷反却严肃了起来，"而那条新竣工的高架路就是我们南海市延伸出来的可持续之路、发展之路。那是我们1200万人口的滚滚财路啊"。又是一阵经久不息的掌声。李希楷讲到这里停顿了一下，自顾自地喝了一口水，又说道："由于我们南海的经济发展速度太快了，一日千里，是一日千里啊，市政交通自然跟不上，我们为了保证发展，保证GDP，所以才考虑到'向空间要道路，向时间抢效率'上去了。"

李希楷见大家听得很认真，个别人还拿出了笔和纸来记，他便接着往下说道："这条高架路连接着我们南海的历史和未来，连接着我们人民的昨天、今天和明天，我们一定要保质保量把它建成建好。现在一大半的工程已完了，是试运营阶段，等正式通车那一天，我们日理万机的徐省长还要亲自来剪彩。这是他老人家亲自要求的，这多不容易啊。到时我们也一定邀请你们来，邀请在坐的各位一起来，一起来见证这段历史，见证这激动人心的时刻吧。"

他说到这里，坐在温州老板当中的吴作梁低声调侃了一句："李市长像个诗人。"

确实坐在这里的人不兴奋、不激动还不行。大家都被市长的盛情款待感动了，后来又被市长亲口说出的这一盛情的邀请弄得不知所措。谁敢相信那是真的，参加徐省长、李市长组织的剪彩，他们你看看我，我看看你，见李希楷始终态度诚恳的样子，知道那是真的了。个别人拿杯子的手都因激动而颤抖了起来。

李希楷见所有人都在记他讲的话，唯独他女儿北北坐在那里，不记又不吭，心中掠过一丝不快。不过他很快又调整好了自己的情绪。把头扭向了其他人，换了一个坐姿说道："这么跟大家说吧，这条高架路是我们这届政府为广大市民的出行而实施的第一号工程，它无疑也是我们南海将来一段时间发展的重头戏。"

听者中有人被水呛了，咳嗽起来。李希楷停了下来，关切地问："老师，不要紧吧。"那是一个老校工，从一见李希楷手就开始抖了。也难怪，活了一辈子，见校长都不易，竟然跟着一帮"二愣"来见了市长，不激动还不行。他竟有些自责了起来："不要紧，不要紧，不好意思把市长的话打断了。"这时办公厅的工作人员拿来了一些托盘，托盘里盖着什么东西，李希楷见状便打住了发言，让他们拿到跟前来。

李希楷叫办公厅的工作人员拿来的水果叫云雾，台湾产的，大家光顾着开眼界了，从市长手里一一接过云雾，却不知如何剥，王储拿起一个做起了示范，大家也就学着秘书的样由外而里剥了开来。直到这个时候，大家确实已不关心校门口那晦气的高架如何通过了，也把来的初衷忘得干干净净。大家都琢磨着如何将这个不曾见过的好看的玩意尽快送进馋嘴里去。李希楷见最后一个上访者把果肉顺利地送进了嘴里后，才松了一口气，他不失时机地说："大家等会儿带几个回去，给家人尝尝。希望大家理解，从心底里支持我们的工作。"

"理解，支持。"许多人便不再说话，个别人边嘟囔着边开始剥第二个云雾了。走的时候，那场面甚至有些让人感动。人人手里提了个水果包。李希楷因为还有一个会议，故专门委托秘书王储把大家送下来，一直送到了车上，回去时人们坐的是市长安排的面包车。

那车自从市政府开出来后，所有坐车的人都尽情地威风了一下。听它奇怪的鸣笛声，如拉警报，看许多不同的车辆为它让道。而平时耀武扬威惯了的小交警一看那车牌，这时也都做出了"通行"的标准手势。

十一

张罗平到南海的第三天，是个星期六，他准备去拜访叶城里。可听说叶城里去北京开会了，这会儿书画商人吴作梁胖嘟嘟的脸又出现在了他眼前。张罗平只能临时换了安排，去了吴作梁那富丽堂皇的商店。商店其实在南医大商铺一条街上，是最热闹的一处地方。今天吴作梁换了一身装束，马上像换了一个人。他的头发分了路，身穿背带裤。手上还多了一把扇子。活像一个绅士。

"你的医术很高，其他方面的功夫也不错，尤其对女人。"吴作梁酸溜溜地说。

"你说什么呀？"罗平反问道。

"从江之头到江之尾，两个，暂时是两个女人被你'服贴'得团团转。当然我今天请你来，是想由衷地成为你的朋友。"吴作梁说他最喜欢与医生交朋友，因为他浑身都是病，什么脂肪肝、高血压、高血糖、高血脂，他全都揽上了。不多交两个医生朋友，他感觉死神天天在那里朝自己招手。

罗平道："缘分啊，缘分，初来乍到，我也需要一些各式各样的朋友。"

吴作梁自称是南海市面上的一部"活字典"。他谁都认识，尤其是头面人物。张罗平便问他叶城里熟悉不，他吹嘘说，怎么不熟悉，上上周的周一他还与他在"王朝"酒楼吃过广帮菜。

张罗平信了，开始在商店里浏览。吴作梁的商店正开张着，不时有客人来看货，进进出出。张罗平马上又在这间屋里看到了吴作梁上船下船挎着的那个大包。那包现在被他掏空后扔在店的墙角，整个店里堆满了他这次从川东川西拾捡回来的旧货：破陶俑、瓷器、琉璃，窗台上还放有几大张黄色的纸。张罗平便问那些黄纸是什么，吴作梁仍是用船上半开玩笑的口吻道："它们呀，在船上时，被水打湿了，正在晒干。"

"闹蛇患的那个时候？"

"没错，不值钱，是几张'大便'一样的纸。"

说起叶城里，好像吴作梁更感兴趣。他干脆把店门关了，仔细谈到了他。叶城里教授是国内知名的内分泌学方面的权威。内分泌学科研究的是各种腺体，那种病房里住着的病人多是形态各异、怪头怪脑的。叶城里的科里就有这样的病人。要么如巨人症特征的篮球运动员穆铁柱，要么如脑垂体萎缩情况的杂技团的侏儒演员，科里还有六十岁的"小朋友"，以及六七岁的"老头"。他说，叶城里还是一个古董收藏家，有时会到他这个小店里来转转。

"叶城里教授是卫生部授过匾的'模范医学专家'、院士，是马来西亚归侨。他一直行走在上层权贵之间，是一个智慧超群的人。老叶出名后，就很少往科里跑了。现在他每年要出国几次，去出席各种国际会议。他每月还要出省几次，去领奖或颁奖。叶老，太神圣了。这简直是一个神啦。"吴作梁仍沉浸在对"神"的描述中，他接着说："说起他的成名，有各种说法，最接近实际的一个版本是：大概在'文革'最后那一年，他负责治好了一位中央首长的姐姐的脚肿病，那其实就是一般的糖尿病的并发症，可首长的姐姐不这么认为。她认定是叶教授给了她'第二次生命'。"

"第二次生命？"

"这样的评价传到了首长那里，首长听成了'给了姐姐一次命'，那还了得！首长以激动的心情亲自打电话去表扬了叶城里。末了还给了他一个当时称得上最高的待遇，把自己家中的电话号码抄给了他。"

家中的电话，罗平闻言吃了一惊：

"这个信息马上又被狗鼻子一样灵敏的当时那所医院的院党委几个人捕捉了去。有一段时间里，叶城里的医德、医术都被党委会集中向媒体曝光并放大了，占据了当时科技、医务学界的所有报纸。"

"太了不起了。"罗平赞叹了一声。

"叶城里的名气一响，他睡在家里的时间就少，他待在学校里的时间更少了。大部分时间他都在一个城市赶往另一个城市的路上，去为一些重要的'长'字辈的头面人物诊断。不管病的简单或复杂，他都要亲自出马。他清楚自己出马的含义：就是为那些重要病人们上了'双保险'。他的名牌效应也就这点象征意义。许多上层人物、头面人物都相信他。他的足迹遍及大半个中国。他也因此在社会上拥有了几十个头衔，这些头衔都挤在他名片的旮旮旯旯里。叶城里忙得要死，他这样的大专家才被格外重用。可另一些人却闲得要命。比如他的儿子叶子悬。"

"叶城里二世？"

"我怀疑，叶城里教授在'造'这个儿子时，一定打过瞌睡。"吴作梁开始贬低叶城里的儿子。

"不是咱们医务界的？"

"哪是啊？还只能算是咱们半个文化界的。"叶子悬自称朦胧派诗人，喜欢靠近顾城、北岛、海子。"叶城里搞不懂年轻人为何还把时间浪费在一些既赚不到钱，又不会拔高自己实际声誉的事物上。叶城里不断地被人找，被人麻烦，同时又有人不断给他好处和更多的头衔。用他夫人卢布今的话说，这值得，累死都值得。被人找，被人麻烦说明你有用。没人找，没人麻烦才说明你无用。累一点又算什么呢？每年他招的博士生有限，但含金量很高。不是他想招，而是学校逼着要他招。事实上那些招来挂在他名下的研究生，他一般都没花太多精力管过，而是由其他名气不如他的教授代劳。别的教授这样做的目的叫'借船出海'，而他这样做的目的则叫'借鸡生蛋'。那些研究生毕业时仍需挂他的名。这就是他的'名人效应'了。那些想考他研究生的人，真正关心的也不是内分泌学术上的提高——可能有一点，而真正关心的是叶城里教授身边有许多上升的机会。叶城里的名声可以保证他们有好的去处。"

张罗平摸着架上、地上那些旧坛坛罐罐，听着吴作梁海阔天空般的胡侃，不觉就来到了那几张"大便纸"旁。他确实马上感觉那堆东西真有些臭。吴作梁见状，又解释开了："在船上时，我放在包里的某瓶饮料盖子松了，流出来，打湿了它们。真的有些臭，是吗？这些纸本来就是牛的大粪做的。好了好了，不扯这个臭哄哄的话题了，还是接着讲叶城里吧。"见罗平边思考边在屋子里踱步，吴作梁接着说道："叶城里喜欢登山，喜欢有氧运动。"这一点罗平比他知道。卢布今是叶城里大学里的同班同学，生性也好动，她生在平坦的南海，那儿平坦得连一个高一些的丘陵都没有。她却也是一位登山爱好者。她与叶城里经常约一些要好的同学去登山，山也越登越高。据说在毕业那一次与同学攀登阿尔卑斯山的过程中，突遇了暴风雪，他们被困在山上三天三夜，后来靠一只打火机救了大家的命。因为就是那只打火机燃起了一把火，既为大家取了暖，又向空中发去了求救的信号，他们这才得救的。而那只打火机就是卢布今提供的。

"有相当长一段时间里，叶城里认为他的生命是同学卢布今给的。后来感恩变成了爱，他终于对她燃起了另一把熊熊爱火。卢布今贤慧低调，又精于算计，与叶城里结婚后完全放弃了自己的事业，成了叶城里的学生、徒弟和老妈子。"

"叶城里就是靠了卢布今的大力支持，路才越走越顺，达到今天的成就的。但不知何故，近几年，尤其是从重庆调来南海这些年，叶城里与卢布今的关系发生了严重的问题。"

"哦？"

十二

张罗平听了书画商人吴作梁的一番介绍，认为自己不辞辛苦投靠的恩师叶城里太值得追随了。他立志要成为他那样的人。

吴玉屏是南都医院著名脑外科教授、博导。她的研究生就是叶城里教授推荐过来的。她和叶城里学术上便经常接触。儿子调来身边后，她花了两天时间带他去南医大、附属医院等处熟悉和探路。人们一看见张罗平就知道他是吴玉屏的儿子，说两人是一个模子倒出来的，然后吴玉屏就不住向人作揖，拜托大家关照儿子的前途。人们就说一定一定，那举动活像在拜庙里的菩萨。

但吴玉屏恰恰忘了带儿子去内分泌科。说来也怪，大家一见吴玉屏，提到最多的还是"叶城里"三个字，而不提罗平的爸爸张孟超。

儿子回来这段时间，张孟超反倒没什么改变，作息规律一律照常。实验、上课、开会，按部就班。最多也就是晚上坐上饭桌来与妻子儿子吃顿晚饭。吃饭他要听音乐，所以大家真正交流的机会反而少了。罗平隔两天就要打电话回去找子今。有一次打到科里，是钱岩康接的。他去叫子今时，这边罗平却断了。因为罗平听到了话筒那边一阵悦耳亲昵的男女说笑声传过来。

虽然这段时间叶城里还未回来，但罗平对他的敬畏已经非常强烈了。他看到有几处学校的对外宣传专栏上，上至中央首长、中至市委领导、下至学校领导与叶城里握手、开会、剪彩、喝茶的照片比比皆是。他知道许多年轻医生与他一样，把成为叶城里的弟子看成是奋斗的目标，也是改变现状的动力。他们想方设法投到他的麾下，就想通过这条

"大船"带他们出海远行。叶城里有资格堪称南医大这块地盘上的超霸。

有一天晚饭后，吴玉屏给儿子讲了他们那些老同学的过去，着重讲到了叶城里。她说叶城里是协和医学院里同学们的骄傲。叶城里、卢布今、张孟超、吴玉屏、钱润生、汤文都是协和医学院的同学。毕业后他们几个人一起抱着"一颗红心支持大西南"的豪情壮志，主动要求去了重庆。在重庆东都医院一干就是七年。而"文革"也开始了。

叶城里与钱润生，他们在东都医院的时候，由于有海外关系，有人整他们，斗他们，批他们是特务，还批他们走"白砖道路"，医院内的学生造反派为他们戴过纸糊的高帽子，为他们剪上飞机头……叶城里一度后悔了，后悔没有听家人的劝告，回马来西亚去。叶城里与钱润生是当时留渝同学中的佼佼者，是最有培养前途的两名青年学子。可后来这两人的结局却截然相反。

张罗平想追问下去。吴玉屏不说了。她叹息道："当年那些艰难的日子，比起困在阿尔卑斯雪山上的日子还要难熬。"

罗平放在家里的那个骨灰盒，次日就被吴玉屏看到了，她吓得不轻。不光是骨灰盒本身让她心惊肉跳。那个用最高档花梨木制成的骨灰盒里的一张男人的照片更让她毛骨悚然。那是一张久违了的某个有名的人的脸。那张脸可谓三类人十分熟悉：一是国统区内的上了年纪的重庆人，二是国民党政府里的那一帮子要员，三是在东都医院工作过的上了些岁数的老者——老专家教授。人们说起过那个人，都是在 1949 年以前。因为他有狼一般的嗅觉，鹰一般的爪子，可谓是一个文武双全的人。他就是何子成，蒋介石当时的侍卫官兼保健医生之一。与金诵盘、卢致德、熊丸等蒋介石的保健医生比，他的作用可能兼而有之。他年轻时的照片一表人才，挂有少将军衔。这个在陪都岁月中被安排在蒋介石、宋美龄身边，负责他们饮食起居的人，又有人说是一名共产党情报人员。证据有二：一是当时就有人看见他进出过曾家岩上的"周公馆"；二是与蒋介石逃去台湾后，也只有他，作为国民党将级军官能够自由来往于大陆和台湾。即使是在蒋介石还没死的 1975 年之前，他也秘密来往于北京、重庆、香港了。1987年他又是第一批返回大陆来省亲的台湾老兵。吴玉屏曾经在病理科还查到过他的奇怪的原始病历，知道他"文革"时好像还溜回过重庆，他是来东都医院治过脑病的。

今天在自己家里，吴玉屏再次翻到与这个何子成有关的资料时，其惊讶的态度可想而知。这个叫何子成的人，饱经沧桑又神出鬼没。想不到竟活了这么久，直到现在才去世。她回想了起来，在与他的病档有关的历史中有一段记载：有一次在黄山官邸，为了让宋美龄避开日机的轰炸，他飞身扑到宋美龄身上，保护了她。自己的脑袋却被多块弹片击中了。宋美龄亲自找了美国医生为他做了两次开颅手术，取了两次弹片都没有取干净。每当气候突变，不管是自然气候还是政治气候，他那头脑就痛。不知他享有什么特权，从那以后，他便多次到东都医院来治他那脑痛病。吴玉屏"文革"时甚至还撞上过一回。某个夏季，有一天傍晚，吴玉屏的老师、中国著名的脑外科专家暴立民教授邀请她一起去看一个神秘人物的病历。他就是当时从香港溜过来的何子成。在医院保卫科的层层保护下，经拍照、扫描，发现他的脑干已完全受损，且浸有淤血。暴立民教授当机立断，亲自为他做了开颅手术。吴玉屏则做了那次手术的助手。手术很成功。可蹊跷的是，那次手术后，暴立民教授就被造反派揪了出来，进行了批斗。他们说他是国民党特务。当时那台手术是在极其保密的情况下进行的。为了减少人手，手术麻醉都是吴玉屏兼做的，怎么会导致暴立民教授的灭顶之灾？是谁把这个消息传出去的？这大概永远都是谜团了。

在一个雷电交加的暴风雨的夜晚，这位留学德国回来的、当时中国最好的脑外科专家，实在忍受不住年轻的造反派生理、心理上的双重折磨，趁人不备，爬上窗从病房大楼的五楼摔下去，自杀了。

如今在吴玉屏家里，关于这个国民党的军医何子成与他的那个诡谲恐怖的骨灰盒，马上发生了一场争论。罗平面对母亲的满脸惊讶与疑惑，越解释越不清楚。

"说说吧，这么一个国民党军政要人的骨灰盒，他安放灵魂的东西，会在你一个共产党培养出来的年轻知识分子手里。别再隐瞒什么，全讲出来吧！"

"妈，你搞错了，我真不知道是怎么回事，这玩意到底是哪儿来的？"

"罗平，你可别给你妈我脸上抹锅灰啊。咱们受党教育多年，敌我矛盾、是非面前还是一清二楚的。"

"瞧你说到哪里去了，把话越说越远了。我猜，只是有可能，是这一次乘船过来，在那轮船上不小心别人把箱子拿错了。"

"箱子拿错了。你好意思这样对你妈说，谁信啊？快说吧，到底怎么回事？"

老年的吴玉屏，尽管脸上的皱纹沟壑纵横，但仍掩不住她过去眉清目秀的五官与肤色。

"真没有什么，这堆东西的主人，我真不认识，我不知道怎么会搞错的！"罗平仍翻来覆去那句话。

"是不是重庆那地方，改革开放比咱沿海城市慢，你物质上没跟上来？你缺钱用？你爸你妈，咱们是谁啊，咱们有钱给你花啊。"

罗平见老娘越说越认真，越认真她还越说。他叹了口气，把头低下来，手插进头发中。"我不说话了，你见识广，你沿海，你改革开放，你说是怎么回事吧。儿子我洗耳恭听。"吴玉屏见状，像侦探一样，绕他一周，说道："你不会是在帮人看墓碑，倒墓穴的原始价吧！"

"什么什么，你说，你接着往下说。"罗平笑了。

"前几天，咱们科里死了一位一级教授，下葬那天，我和你爸都去了。出来之后，我们心情特沉重，沉重的倒不是因为那个九十几岁的教授，而是出门时，居然有人向我们兜售墓碑、墓穴，而且专拣我们这些老头老太来游说。说什么，没死的时候，你们先挑两个风水好的，预买两个墓穴放在那里，将来价钱定会翻几倍。有的人就是倒卖这种预留墓穴发了大财。你爸那天真是肺都气炸了，我从没看见他发过这么大火。

他冲着那两人递将上来的资料扔到了他们脸上。"

"我会是那种人吗?"

"你爸还骂了一句粗话……"

"什么粗话?说来听听。"

"娘希匹,先给你家里人留着吧!"

"娘希匹,不是蒋介石骂人的话吗?"

"对啊,你忘了你爸是哪里人啦?浙江人啊。"

张罗平从此事得到一个信息:这个老人的骨灰盒不是一般的骨灰盒。那个老头子是与蒋介石、宋美龄都有千丝万缕的关系并在中国历史上显赫一时的人。而那个大大咧咧、马马虎虎的女人,更是一个与这个老头子有亲戚关系的人。

吴玉屏早年在东都医院工作时就听说过山上那林园密林里发生的事。"文革"当中,鬼事更是不断,后来她借叶城里的帮忙离开了重庆。叶城里为什么会帮她的忙呢?只有她自己知道。

十三

东都医院在重庆沙坪坝。它坐落在歌乐山下的高滩岩。两山环抱、江水回绕,环境优美。它的前身是国民政府"中央医院",1929年始建于南京,1941年迁至重庆,1951年定名为"东都医院"。吴玉屏在骨灰盒的下方发现了一本小册子。粗看上去像用来私记"大事"的。但扉页上清楚地写着"蒋夫人宋美龄疑难杂症治疗汇编"几个字,旁边又注记"蛇影行动"。她此刻心跳到了嗓子口。她听说过熊丸有一本书,是秘记了关于蒋介石、宋美龄1936年去北平协和医院秘密检查身体后,留下来的个人机要病历,不为外人所知。这到底是不是当年名医熊丸所作的那本协和"机要病历"？她在协和医学院读书时曾听说过此书。该书的副标题与何子成的这一本是一样的。都叫"蒋夫人宋美龄疑难杂症治疗汇编"。但主标题不一样，熊丸那一本简称为"机要病历"，讲的是蒋介石与宋美龄两人的事。何子成这本小册子《蛇影行动》则只偏重于讲宋美龄一个人的隐私。难道当年国民党军统人员到处寻找的这本书竟有两种"版本"？或者说就是一本书？哪一本更有价值呢？她随便一翻就翻到了上面这则事记。何子成在这本《蛇影行动》小册子中清楚地记录了"民国某一天"的某一次"嘱委员长令"：

> "民国三十一年六月六日：是日午，二时，夫人皮疹、烟瘾发作。委员长嘱找维克多医生……下山，穿穴，诊治、观瞻三刻，服'鸡汤'，返途中，遇大物，夫人惊，扑吾坏。为拭泪。斩杀之数尾。带回三号楼啖、饮。"

这一则事记讲述了何子成下山去陪蒋夫人宋美龄看病。吴玉屏推测，宋美龄与何子成在回来的路上，在道中（洞中）遭遇到毒蛇袭击。尊贵的蒋夫人在突然发现穴中的大物（即毒蛇）爬过来后，竟不避尊卑，吓得下意识地"扑倒在"了侍从何子成的怀中。这里，给每个读到这一句的人，产生了有趣联想的空间。还有，何子成在他如此重要的记载中为什么出现了一些低级的"错别字"，这是疏忽，是笔误，还是暗示、恐惧，还是他当时时人时鬼的复杂心情。

何子成和宋美龄的"私人关系"在民间有许多版本，有人说是姐弟，有人说是情人。总之他们关系十分热络、亲密。当然，这都是那时候的重庆人的猜测。何子成又载："民国二十六年十一月，唐生智兄留驻金陵，委员长偕夫人入蜀。不日南京沦陷。众妇孺被杀之电文传至林园，委员长与夫人闻，甚悲恸，动泣。谓之吾国耻。必欲报复。"《蛇影行动》又载："为避日倭来渝追剿、轰炸，委员长令筑城、坚壕、深秘道。遂成地下交通网络。林园至陆军医院段秘道，嘱余负责。"他这里交待了那修秘道的大致位置与由来。而且根据蒋介石的秘令：林园下面所建的那段秘道由何子成来负责。也可能当时就是由他来把这些野窑深穴打通的，把这歌乐山下面的这些地道联成了一片。这是外人绝对不清楚的。但为什么何子成也要安上"蛇影"这样的名称呢？可能又是一种暗指。1949年前后的国民党内外交困，病入膏肓。何子成的"病历"直接披露了蒋介石的内幕，在国民党有关的"军统""党记秘录"中也有记载。

秘道到底从哪儿连过来？确切的资料不详。有人说它仅限于歌乐山、沙坪坝、白市驿一带，而以林园高山为中心，直通白市驿机场。这样从上面猜测，它下到陆军医院，上到林园官邸，左至歌乐山中，右至白市驿机场。可谓布局精巧。外面山高势险，林木茂盛；内部机关纵横，来去自由，便于躲藏，岂不妙哉！如果真是何子成所为，真可叹为天人杰作！这确是一本不可多得的"内部著作"。这对从一个侧面了解抗战末期的山城情况有很高的史学价值。

《蛇影行动》还讲到了1945年的重庆谈判。

那天，蒋介石专门邀毛泽东到了林园。两人当年谈话坐过的石头、石桌都还在。那天林园晚宴的次日，毛泽东早起，在石径小道上与蒋介石不期而遇。两人从家常聊起，话含刀锋，一来一往，已含杀机。后来毛泽东在他所写的著名的《沁园春·雪》一词中，有几句疑似写当天心情与林园景色的句子："山舞银蛇，原驰蜡象。欲与天公试比高。须晴日，看红装素裹，分外妖娆。"据何子成在《蛇影行动》里的观点：毛润之的这首词里的"银蛇、蜡象、天公"，皆有特指，是典型的南国"气象"，而非后来的"北国"。登上林园山之峰，透过层峦叠嶂的林涛，朝下垂眼望去，如象群在奔跑。沿着一条形势蜿蜒逶迤的山道，尽头处有一处滩涂坪子，便是声名远播的东都医院了。远处望去，那东都医院古朴的琉璃瓦顶的建筑群银灰闪烁，与舞动的山风遂成一幅图景，正像一条盘桓在高滩险岩之上的红信巨蟒。那里地势北高南低，东宽西窄，风水十分诡谲。它北部一处山叫凤鸣山，寓有朝拜之意。崖边多有乱石溶洞。南面而去，是旧时陆军医院的家属区院落。那家属区最标志的部分便是几颗千年黄捅树。树又紧挨着另一处巨大的悬崖山坡。整个悬崖山坡上古柏参天，怪鸟吟歌，风声吹过，如鬼域庙堂一般。

山坡下则水流潺潺，怪石嶙峋。有一个政府建了多少年未建好的水库，几条溪水不断地从河谷中涌出又进入沟渠。古语道：险处生景。当年张孟超和吴玉屏的家曾就在那万丈悬崖边上。她知道，这个"中央医院"里最奇怪的事就要数蒋介石的贴身保健医生熊丸秘记的那本"蒋夫人宋美龄疑难杂症治疗汇编"的下落了。

据说1945年日本投降以后，这本早该焚毁的内部机要病历，在东都医院却因为一个多事的"伙夫"扑灭柴火而拾起保存了起来。为什么熊丸的书被人拿到东都医院来焚毁。这个伙夫到底又是谁？

后来伙夫在他生前曾以一笔昂贵的费用准备与美国某出版社达成协议，秘密出版。时不凑巧，交易谈了一大半。另一伙冒充"军统"的人出现了。伙夫遭到了追杀，发财未成，却被一伙来路不明的枪手给打死在了重庆街头。那书又沦落到了另一批江洋大盗手里。

与此事有关的怪事后来就更多了。军统杀了许多人，仍没追回那本"机要病历"。熊丸自责之余，自制了一个"紧箍咒"般的玩意，整天戴在头上。后来成了他在台湾发明的一顶奇怪的治头痛的帽子。

吴玉屏早在东都医院时就知道四川人熊丸的那本"机要病历"。她知道那是熊丸1943年刚刚成为蒋介石御医时的治病手记。无非是他缜密小心的医疗作风在临床上的工作心得。那本书谁也没见过，而何子成的这本小册子概括的内容很翔实，时间跨度更长。可能是对"机要病历"的"补充"吧。没法子，在这么大的领袖人物身边工作，伴君如伴虎，没留一手，没考虑好后路是万万不可的。这件事又勾起了吴玉屏与叶城里的一段深情往事。那是在东都医院，"文革"时期，有一次吴玉屏差一点被一个造反派头头非礼，是叶城里关键时候出现在了那里，把她拯救了出来。

2000 年 12 月 21 日，蒋介石医生熊丸因胰腺癌病逝于台北，享年 85 岁。是月 27 日由蒋夫人宋美龄女士钦定御用牧师周联华为其证道追思。与会者集当时的政要名士，场面肃穆哀荣。

熊丸，四川人。医学上讲他谈不上一代名医，是由于成了蒋介石的御医才名扬海内的。1934 年熊丸考进同济医学院，1937 年，他大二时上海发生了"八一三"淞沪抗战，日本人开始入侵上海。同济因而历经多次迁校，由上海到金华、桂林、昆明及四川等地。当时在重庆的蒋介石，行辕设在重庆南泉的黄山。为了他的安全，国民党军事委员会曾以黄山为中心做住户调查来清理门户。其中就有一户是熊丸父亲的别墅。当时因为躲避日本人的轰炸，熊丸父亲正带着全家人住在这栋别墅中。当国军军委会的人员调查到熊家，通过审查后，知道了熊家有一位同济医学院的优秀毕业生时，他们便希望熊丸能到军事委员会侍从室工作。熊丸接到军事委员会的任职公文时，正值要升任同济医学院的讲师，他拒绝了军事委员会的聘任。没法子，国军只有通过他父亲来与熊丸做工作了。熊丸收到了他父亲的来信，那是父亲对儿子的命令。熊丸从不违背父亲的意思。由此，一代"御医"生涯也就从此开始了。

蒋介石身边最贴身的秘书、侍卫长等人员，都是几年一换，唯有专属侍从医官——熊丸——从未更换。这可看得出来蒋介石对熊丸的信任与看重。

蒋介石的身体健康全权由熊丸负责，每日的身体状况是否合适都要熊丸做决定。当手下的某人身体有恙时，蒋介石便请熊医师为其诊治，这代表了蒋展示出的最大关怀，例如陈布雷、吴稚晖、何应钦、戴传贤等人都接受过这样的照顾。

何子成的这本《蛇影行动》与熊丸私自撰写的那本《机要病历》比，到底又是一本什么样的书呢？蒋介石与宋美龄一定有许多不为人知的秘密隐藏其中。

十四

张罗平为了尽快找到那个"失踪"的女人，打电话给吴作梁，好让他一起来帮他回忆在船上的情况。罗平扼要讲了一下那只骨灰盒的来龙去脉，还提到了那本"书"。吴作梁还没听完他讲的话，就惊愕了两分钟，拖了一句："你别走，老子马上过来一下。"便挂断了电话。

吴作梁碰到张罗平的第一句话就叫开了："张兄，这是真的吗？不会这么巧吧？你真该获'奥斯卡'编剧大奖了！"

张罗平云里雾里的："吴先生，这到底怎么回事？我获什么奖？我刚才说得一点不错呀。"

"我问你，你真有那么一本叫什么的、什么'机要病历'，讲在协和医院检查身体的蒋介石、宋美龄的各种隐私的病历，熊丸后来补写的书？"吴作梁逼问一句。

"熊丸补写的书？我怎么越听越糊涂？"张罗平道。

"蒋介石在 1936 年 9 月某一天拖宋美龄去北平协和医院秘密检查了一次身体，说是检查身体，但肯定还有极秘密极隐私的事。后来没有留下任何病历记录。"吴作梁解释道。

"哦，这确实不太正常。"

"不是不太正常，简直是太不正常了。后来从美国记者那里得知，宋美龄将那一次有关的内部'体检'情况告诉了熊丸，熊丸吓得不轻，并悄悄将相关内容整理复述了下来，故在民间有一个蒋、宋隐私加丑闻的大杂烩的版本。"吴作梁越说越轻飘起来。

"更正一下，我弄到的这本小册子可是何子成写的。"

"知道，知道此人。陪都时期宋美龄的那个侍卫官兼私人医生，有人干脆说是情人，老子不信，打死我都不敢信。这种尘封了近半个世纪的内部资料会在你这儿?!"吴作梁这时用了激将法。张罗平疑惑地掏出一个塑料包来，然后蹑手蹑脚翻开，那本发黄的油印小册子出现在了吴作梁的手上。

吴作梁把书接过后，他再度表现出了惊讶，"奇人，奇书!"当他再一次小心翼翼翻了几页那本书后，他的手摸了摸心口，一顿一句又说道："张兄，我要说，我的张大爷，这是真的。你办了一件大事，而且你要发达了。你真要给老子发大财了。这本《蛇影行动》大概就是当年那本熊丸的'机要病历'吧?! 我看像。讲了蒋介石、宋美龄许多真实的'隐私'，当然也包括蒋、宋二人的一些'丑事'。"

"揭丑的?"

"没那么简单，医生想得都比较远。一为蒋委员长想，一为自己的下场想。何子成的文风、风格都与那位大专家熊丸所写的无任何差别。但是何子成这样偷偷保留下来的动机又是什么呢?"

"你说什么何子成，什么熊丸? 我怎么越听越糊涂了?"

"说来话长。这样吧，这里不好谈，到我那里去。不，我们另外找个地方坐下来好好谈谈。找个最贵的饭馆怎么样，咱边吃边聊，我请客。"吴作梁在街边一连扯了好几回领带，又吞了好几次口水，对张罗平连拉带拖起来。

张罗平看看表，不想去，说道："叶城里今天仍没回来，我想快点见到他。"

吴作梁急了。"现在不是说叶城里的时候，说何子成，只说何子成，懂吗? 咱们就去对面那家上岛茶楼里吧，过去十步路。"

吴作梁指的地方是一处高档的茶馆。他把张罗平拖进去后，急切地说："实话跟你说吧，这次我去山城，包括去川东，都是为了搜寻这么一本民国遗失的秘档'机要病历'。有一段时间，这本'机要病历'在民间的地位十分显赫，可能是海峡对岸炒起来的行情吧。蒋介石在世时，刚离开大陆的那几年，这本熊丸不当心流落到民间去的'御医名档'引起了他的高度关注。这毕竟是一本集金诵盘、卢致德与熊丸的综合临床珍贵治疗密档啊。据说，蒋介石晚年就是少了这本密档，他才'病急乱投医'，在1975年去世了。否则，他还可能多拖几年。当年熊丸搞出了它，先没与老蒋打声招呼，后来老蒋是听别人说的。去台湾后，又没来得及销毁。不知这个大名医是不是对蒋介石有宿怨，还是想被共军逮住那一天盼望着立功。他与蒋介石好几次都险些被共军逮去。在那本协和'机要病历'里，他除了记录下宋美龄当年在协和医院里那段不为外人所知的体检内幕外，还把许多与蒋介石、宋美龄有关的在重庆这段岁月中的治疗秘闻、处方、身体隐私以最直白的方式记载了下来。可以说它又不完全是医疗方面的治病信息，还包括有蒋、宋真实的品德、情操。甚至把两人的丑言、丑行、丑闻都偷记了下来，汇编成一本册子。他应该带走，不应该销毁。但他动了销毁的念头，大概就是不想让蒋介石知道了。结果销毁未成却流传到了民间。临上飞机飞台湾时，熊丸才将此事拐弯抹角告诉了宋美龄。宋美龄大惊失色，忙问他里面到底还写了些什么，熊丸也如实相告。刚开始，蒋介石只要求别被重庆《新华日报》这样的媒体给虏了去，让共产党了解、嘲笑他的实际情况。可他又认为这个神经病熊丸太书呆子气了。后来他又想通了，认为他就是一个医生，没恶意，只是不当心。所以蒋介石只叫毛人凤小范围、私下里去办理，将它查找回来，就地销毁，甚至不惜错杀三千。结果那玩意一直没找回来，蒋介石为此责罚了许多人。现在蒋介石早死了，这些东西的文物价值不降，反而又成倍增长了。据说，在美国、新加坡，以及中国台北地区的某些博物院，协和医院机要病历都很受人关注。不管他们出于什么目的，人们继续在出高价收购这部流落于民间的'禁书'。"

"而我这本小册子只是何子成写的，又不是熊丸那本书，咋搞的，看把你激动成这样。"

"一样的，一样的。熊丸与何子成不是一样的人吗？都是御医。好像还有一种说法，何子成先有一本书，熊丸是模仿他才搞出来的。"

"先有这本《蛇影行动》，才有那本《机要病历》的?"

"正是，而且有了你这本何子成的小册子，就能顺藤摸瓜找出另一本'机要病历'来呀。你仔细瞧瞧。他何子成是许多事情的亲历者，许多事情的见证人。光这本书，只要把它弄出去也能发大财呀。你看嘛，他这里讲到宋美龄的内幕事情是很多的。宋美龄是何许人物啊? 但金无足赤，人无完人。宋美龄一定也有不为人知的一面。如果熊丸的《机要病历》真落入到了小贩手中，或者流落去了美国，她的美丽形象肯定大打折扣。正如地下小报上恶毒诽谤她的那样，她是一个酗酒、打牌成瘾、精神错乱的女人。她有难看的荨麻疹，患有胃瘫，还是一个大烟鬼……他们晓得后还会对她作何感想。杜鲁门、艾森豪威尔、司徒雷登、马歇尔……她的这些尊贵的美国朋友、熟人，获知后又会做何种评价! 据说与宋美龄有关的这些病历内容，她是最忌讳传入到民间的。在1927 年蒋介石与宋美龄结婚之前，在民间流失过一次宋美龄的小产病历，都把蒋介石狠狠地急了一次。那件事还被一名德国人写成过书。宋美龄知道后，差点'疯'过一次，现在这一本流失的熊丸的《机要病历》更是一本蒋介石贴身御医们弄出来的系统反映宋美龄隐私、身体状况、精神状况的临床治疗总结。"

"这个熊丸，完全超出了医学道德，好换个话题了吗?"张罗平见吴作梁越说越来劲，就换了个话题，收回了《蛇影行动》，问他对船上那个女的有何印象，吴作梁装了几分钟傻。马上又痉挛似的笑着说:"她呀，美女，扬子江美女。印象太深刻了，那女人像个重庆妹子。"

张罗平告诉他"你搞错了，她是一个台湾人。"吴作梁仍坚持说:"我知道她是一个台湾人，我是说对她的印象，她更像是一个重庆女娃儿。"

说到这里，张罗平的腰又有些隐隐作痛了。他用手撑住腰。吴作梁猜到是怎么回事，笑了起来。

吴作梁最后露出了他的"动机":他想借张罗平那本"小册子""钻

研"几天，他说是要干成一件大事，想找出其中的秘密。

张罗平不借，说："现在不急这件事。"

吴作梁又急了，说："现在不急这事，那急什么呀？最急的就该是这样一件事了。"

罗平说："等见了叶城里教授再说吧。"

吴作梁一听更急了，忙不迭地说："你还叶、叶城里个什么呀！"他焦急地摸了摸秃头，又道："我决定了，由我来陪你搞定这件事情吧，到时我们与台北'故宫博物院'联系，我来帮你发财，而且分文不取，怎么样？"

十五

一周之后，叶城里终于在家里了。由于有了吴作梁天花乱坠的吹捧，叶城里在张罗平心中不光成了神，甚至成了妖怪。

张罗平去叶家的时候正赶上吃晚饭的时间，于是他在叶家附近的一间咖啡吧里选了一个座位坐下来，想挨过一些时间再进去。

据说叶家来自马来西亚，祖上是马国马六甲一带有名有势的望族。从明朝成祖开始，叶家的祖先就从福建出发，跟随郑和的船队到过南洋的槟榔屿和马六甲。叶家世世代代以橡胶种植为主，并以福建与马六甲的橡胶商贸发家。叶城里是家里的独苗，却没有继承生意，而是学了医。他1943年生于福建泉州，在那动荡的1937年，日本全面发动侵华战争，铁蹄蹂躏了大半个中国。正是由于这个原因，他的家族才放弃了在中国的生意，躲到了马六甲。叶城里童年即被带到马六甲，不会讲汉语，只会讲马来语。他是在马来西亚长大的。叶城里在重庆没有什么像样的成绩，倒是调来南海后，在事业上一路高歌猛进。有人说，他是有高人指点，机遇也把握得比较好。

他的家在南医大的学者楼，是景观最佳、位置最好的一幢。学校按照学者的工龄、职称来打分，叶城里与卢布今的分加起来是南医大里最高的。他们随便搬到哪里都是最先挑选房子。叶城里目前已相当于一级教授了，装修待遇与套内面积标准也应该往上面靠。但再怎么弄，内部装修标准也赶不上他们的同学吴玉屏家的好。罗平的父亲张孟超这几年靠隐性收入赚了大钱。叶城里仍在临床里混。而张孟超早就搞生物制剂了，那种生物制剂研究很对市场的路。真正的科学家都知道，那都是些什么，只是一种胚芽培植技术的衍生物翻版。可一般人哪里懂，广告里怎么写老百姓们就怎么买。正是那些卤水里发出来的嫩芽给这些含金量并不怎么高的科学家们带来了丰厚的回报。连罗平都猜得到，他爸爸没有叶城里名气响、威望高，但隐性收入是叶城里的几何级数，一般学者是不敢望其项背的。叶城里是活在精神世界里的大专家，他奔的是名誉与地位，巨大的威望是叶城里最骄傲的。现正传他的院士资格正在审批之中，如果他再当上院士，待遇还会上一个台阶。院士是科技工作者的最高荣誉，往往只为七老八十的人留着，争抢的人也多。叶城里的实际年龄为六十七岁，如果当上院士，他就走向了顶峰。对中国知识分子而言，院士便是那顶峰。但在南海，在南医大，这种机遇的获得仍十分困难，存在多种因素，也是对每一位即将登堂入室的准院士的一项综合考验。

当张罗平第一次看见他心中的偶像叶城里时，心里着实吃了一惊。这跟他心中设想的叶城里的形象差了十万八千里。而叶城里看见张罗平时反而内心并不感到意外。叶城里既不高大也不英俊，甚至还有些猥琐，但精神很好。叶城里的外貌具有典型闽南人的特点，额头低且鼻翼宽大，他自己解释说这是生活在热带地区人的共有特征，这些地方的雨林丰沛，气候炎热、湿润，人的呼吸憋闷，从人类学的角度看，要考虑散热充分，鼻翼不大不行。他行动敏捷，走路很快，亲自下来为张罗平开的门，罗平跟在他身后都有些跟不上他的步子，卢布今今晚不在，她去老同学那串门去了。

张罗平从跨入叶家的第一步起就感受到了叶家扑面而来的马来西亚特色的装修风格，家里许多家具是从马来西亚槟榔屿直接运过来的紫檀木，那种家具名贵且不生虫。闽南人招待客人有一定程序，他们擅长泡功夫茶，故招待远道而来的张罗平也摆出了一套上好的茶具。不过不是叶城里来泡，而是他三十岁的儿子叶子悬来招待的。

叶公子一见张罗平倒明显吃了一惊。可能眼前这个男人太英俊了，让他相形见绌。叶子悬长得较粗犷，皮肤黝黑，外形酷似一个马六甲来的渔民。他称自己没读过多少书，却是一个热爱写诗的人。从事写诗的人给人印象大多比较虚飘，他们当不好领导，又不愿当个百姓。他们一般还是个既不想好好工作又没有太好的工作的人。叶子悬见罗平坐下后马上变出了一部薄薄的书，说那书是他上周才出版的，举办过签名售书仪式。罗平一听，马上站起来，用手去捧着。其实那本书只是一本诗集，讲了一点不成熟的关于风花雪月的男女间的一些破烂事。而那部书据说是搭在他老子的一部医学名著后面才卖掉的。近几年，子悬写的几本书，大多是诗集。但愿意看的人实在太少了。没法子他只好动员他爸去为他的那些书吆喝。给病人、下属一圈后，倒也全部卖掉了，让他捞了点浮名。叶子悬在他老爸的庇护下曾去一些关系户挂过副总裁、副总监、副总经理、副主任、副导演的虚名。都是副的，正的别人也不让他碰。他还做过歌星、舞星、影星、笑星等闲差，他都不是那块料。确实每件事他都是弄着玩的，玩金钱，玩精力，归根结底是玩他老爸那点有限的寿命。

罗平来之前他母亲吴玉屏曾关照他，要他代表她单独向叶城里传一张字条并道谢。这张纸条上只写了几个字："你要找的'蛇'恐怕已经出洞了。"

这句话的含义他不一定清楚，他也不必多问，照着办就是了。他知道考上叶城里的研究生关键是他母亲帮了忙。当叶城里手里捏着一大叠

"招呼条子"而无法决定时，吴玉屏亲自给叶城里去了电话，主要是"亲自"这两个字的分量。据传在协和读书时，叶城里曾追求过年轻貌美的吴玉屏，为她写诗，为她拉琴。而当年的吴玉屏确实是大学里公认的校花，照片被放在许多照相馆的橱窗里，更是许多青年才俊倾慕的对象。在大学里，叶、吴两人甚至还有一段罗曼史。这段久远的罗曼史也只有叶城里与吴玉屏心里知道了。关于张罗平的前途，叶城里确实够给吴玉屏面子。他顶住各方面压力，拒绝了来自最上层及金钱的各种诱惑，足见吴玉屏在他叶城里内心的分量。吴玉屏给叶城里的纸条里写了那句话，其含义是什么，晚辈们更不知道了。

叶子悬泡茶的动作娴熟，那些精致的小茶杯在他手里像变戏法似的轮转着，不一会儿，一杯杯飘着清香的铁观音茶就呈现在了客厅的茶几上。罗平首先注意的不是茶，而是子悬手腕上那根粗粗的金手链。罗平想到他也曾帮子今买过同样一条金手链，那是首次到香港去开会时买的。子今很高兴，后来却在两人第二次到香港去旅游时掉了。另有一种说法是被导游捡到，贪了。总之那是一个不祥之兆，那之后他不敢再去香港了。今天他看来，觉得男人戴那玩意比女的戴要好看，尤其是手腕粗粗的男人，像眼前这位叶子悬公子，他有一点野性，却很显性感。

子悬见罗平总在瞄他那只手链，心里不免有些得意。他干脆把手举过头顶，夸张地向空中扬了扬。由于是晚饭后不久，叶城里在卫生间里又磨蹭了一会儿，刷了遍牙后才出来。出来前他关了其他房间里的灯。

"罗平，晚饭吃过了吗？"叶城里问张罗平。

听到这话，子悬轻轻嘀咕了一句："虚伪。"

想不到这话叶城里没听到，罗平却听到了。罗平本来只顾低头品茶，经子悬这句锥子一样的话，忙把杯子放下了。他半蹲半站地起来朝着叶城里回答道："吃过了，叶老。"子悬又冷不丁冒了一句："客套。"

叶城里见罗平站在那里毕恭毕敬的，忙摆摆手，让他坐下。罗平又坐了下来。这当中罗平发现叶城里嘴里镶着一颗金牙，这让他想到了他是一个马来西亚出身的华侨。坐下后，叶城里叫罗平喝茶，罗平拿起杯子，却又放下了。他看到子悬的金鱼眼里有一种蔑视，那是一种不把任何人当回事的蔑视。他刚才说"虚伪"时，真不清楚他说谁。罗平仍心虚着，更不敢动杯子了。不管怎么说，在叶城里眼里，罗平比自己儿子有出息。子悬从没想过子随父业，考大学，再找份正当又体面的工作。他当了两年兵，转业后到一个宾馆干了两年经理助理的工作，后来到日本他妹妹那里去待了两年，他东一榔头西一棒槌，就这点工作履历，可就是这么一个人却发疯似地喜欢上了文学。文学抵销了他在其他领域的一事无成，既使他陶醉，也害了他。父亲曾劝导他说，在中国从事文学创作这种工作要面临许多问题，而有些问题是无法逾越的。可子悬宁肯放弃别的，也不肯放弃文学。他写了五年的诗，接着又写了五年的剧本，这些作品的影响力都十分有限。他那些书出版之后，知道他的人仍不见多少，他才急了。为此他伤透了脑筋。他太想出名了，太想让更多的陌生人认得他。他做梦都想让人知道有个叫"叶子悬"的男人在为文学奋斗。为了文学他还疏远了很多的人，第一个疏远的是他的妹妹。他妹妹曾对父母说，像子悬这种类型的男人在日本早就该饿死了。

叶城里拿起一杯茶喝了一口，却马上叫子悬去把它换了："子悬，倒了，倒了，重新来，重来，招待罗平要用最好的茶，去我屋里拿，拿最贵的那一种。"

子悬一听愣了一下："你招待客人不都用客厅里的这种茶吗？"

"叫你去拿就去拿嘛，怎么这么啰唆。"叶城里又补上了一句。

如今的子悬又扛起了先锋戏剧、先锋小说的祭旗。他公开声称要写一部伟大的小说。他通过熟人早与出版社的领导挂上了钩。他还没有动笔，就告诉别人打算写它一百万字，好让人事先就知道有个叫"叶子悬"的人开始为创作小说废寝忘食，写到他写不动而离开这个世界。叶子悬的情史也绵绵不断、跌宕起伏。风格也是他擅长的那种，打一枪换一个地方。他一会儿以文学晚辈出现，那些他喊出来的"女老师"都喜欢与这个文学光棍谈广泛的感情问题。有时候他又以文学长辈自居，向一些刚出校门的女学生兜售他的感情春梦。也只有他那老子叶城里对他那文学梦始终不以为然。

叶子悬重新泡了新茶，回来后，白了他老子一眼。他玩世不恭地把杯子拿在嘴边来再次观赏，然后示范性地把那茶喝得"啧啧"响。叶城里叹了一口气，示意罗平喝茶。他知道儿子不想成为他那种类型的人，但儿子又羡慕他的成功，模仿他的成功样。叶城里端起杯子喝了一大口，但他没吞下去，而是用来漱口了。

子悬问："张医生是才从重庆那边赶过来的吧？"

罗平点点头，听到儿子这么冷不丁又冒出来一句话，叶城里抬头看了子悬一眼，忙帮罗平回答："罗平比你大，子悬，礼貌些，今后见了他，要叫罗平哥。"

子悬滑稽地又翻了一个白眼，他眼大，那个白眼像鱼的肚皮。他眼睛又朝下闭了一下道："知道了。"看得出，父亲在儿子面前还是有威信的。子悬为自己点了一根烟。

"重庆还冷吗？现在这个时候。"叶城里问。

"不算冷，最冷的时候过去了，其实最冷的时候，也和南海的春天差不多。"

子悬："那太好了，我小时候，也在那儿待过，不过早已忘了。我就最怕冷，地方好不好，气候最关键，不冷是最关键的，南海有什么好？你要回到父母身边来？"

"那儿热呢，你想过没有，子悬，做人做事老是这么片面。"父亲斥责说。

"罗平留在重庆工作了十年，他对重庆的天气最有发言权。"

"那儿的冬春不冷，但夏天着实吃不消，一言以蔽之曰，太热了。"罗平解释了一句。子悬深深地吸了一口烟："重庆男人特耐热，也特颓废，个个都跟草莽英雄似的。"罗平一听这话表情有些窘迫，声音也哑了。

叶城里："子悬，你怎么说话的？"父亲看出了儿子身上的那点肤浅的优越感。

子悬把刚才猛吸的那口烟搁置在了丹田处，慢慢吐了出来："我没别的意思，开个玩笑。离开重庆时，我还小。可我听说重庆的姑娘性格挺可爱，待人挺热情，脾气却很烈，绝对不是春天那样的温和。"罗平一听这话，点点头。

叶城里呵道："罗平说的是气候，你在胡扯什么女人啊?!"父亲再一次斥责儿子。

子悬回道："爸，你别插嘴，我要说的是'脾气是气候带出来的'，你那可爱的急性子脾气，不也是马来西亚带来的。"

罗平被子悬这句抬扛的话惹笑了，说道："确实有点关系，我看重庆女人的脾气主要是与她们的饮食有关，她们吃东西不顾忌，辣的、酸的、苦的都喜欢尝，也不太讲究。她们不喜欢喝汤，喜欢喝酒。"

叶子悬道："女人喝酒才够劲。"

罗平表示赞同："那儿的女人确实能喝。"

叶城里补充道："不是够劲，是够呛。重庆那里我们也待过这么些年，气候有点像马来西亚。"

罗平惊讶："叶老最近去过重庆吗?"。

叶城里答道："最近的一次是前年，南医大进渝招生，是我带的队，记得就住在沙坪坝'重大'的一个招待所里，那年很热，空调都不管用了，你妈知道。"

子悬问："谁妈?"

叶城里答道："罗平妈。"

子悬神秘地问："我们怎么不知道?"

叶城里反问道："你们?"

子悬紧接着说："对呀，我和我妈。"

张罗平见场面有些尴尬，忙拿出了这次送给叶城里的见面礼，是一座重庆民间老艺人做的根雕。作品造型虽有些"张牙舞爪"，但它是用缙云山上的黄杨木做的，材质坚硬、光洁，很有质感。叶城里很喜欢，拿出了老花镜仔细端详了起来。这时门铃响了。

十六

叶城里扫兴地收起礼物朝子悬噜噜嘴，示意他去开门：谁这么晚了还来登门？

叶子悬心里犯着嘀咕去把门打开，一张近似于女人的脸出现在门口，却是个男的。"叶老，叶老，有客人啊。"那人边换拖鞋边捧着一只大瓷碗进来。

"邹主任，来，来，我正好来介绍一下。"叶城里站起身来把根雕交给罗平，迎着客人走了过去。"这是即将加入我们团队的博士生张罗平同志，这是我院内分泌科的邹小进主任。"

"久仰，久仰。"邹小进和张罗平彼此相向地半鞠躬，而叶城里正好站在两人之间。这一动作让叶子悬看上去却像新婚夫妻拜天地，他不禁掩嘴一笑，又嘀咕一声："酸腐。"

邹小进耳尖却听错了。"什么，豆腐，怎么会？我知道叶老和卢教授都喜欢吃甜食。"子悬笑了，没再说什么。他马上把邹小进手上的碗夺过来，一看，见碗里是一堆小汤圆，还有酒酿腌着，模样有些怪异，就有些嗤之以鼻。

"邹主任，这么晚了，送一大碗汤圆来干什么？"邹小进并不言语，只是像女人般地微笑着。

叶子悬嘀咕道："邹主任，你这到底有什么含义呢？才过了'三八'节，离元宵节还早哩。"邹小进在叶家客厅里甩了一下手，像甩了一个水袖，又终于开口了："哪里，哪里，叶老，是这么回事，我爱人小柯回来了，是她包的，肉馅的，今天是周末，她一定要让我带几个过来，让恩师尝尝。"

邹小进的爱人现在英国留学，她也是叶城里的学生。前年出的国，是叶城里推荐的。那以后，邹小进老把老婆那点信息挂在嘴边炫耀。

叶城里尝了一个汤圆，连称好吃。那里面的芯子确实到味，他让子悬也尝尝，子悬尝了，没说好也没说不好。嘴巴僵着，直翻白眼。

"张兄，剩下的全属于你了。"叶子悬看着还在冒烟的碗，又悄悄瞥了张罗平一眼，见他在吞口水，才又说道。

邹小进不解地睁大眼睛，眼里流露出一丝惊慌。张罗平听罢直摇头，那表情有些尴尬。邹小进小气地说道："张医生可以尝几个，还是给卢教授留几个吧，她最喜欢吃我们家小柯包的饺子和汤圆了。"

叶子悬又说了："你说我妈？告诉你，就是她晚饭吃得太饱，才碗都来不及洗，要出去走一圈，消化消化的。"

叶城里说："邹主任，就别留了。"

叶子悬说："罗平，你别装了，你肯定没吃晚饭，这堆肉丸做得不错，不吃白不吃，端去呀。"话虽难听，可叶城里看子悬劝罗平的表情是诚恳的，没作弄他的意思，就朝罗平点点头。邹小进端着一只大碗站着也别扭，看着碗里还有一些叶家父子吃剩下的，故也在旁边补充了一句："子悬说得对，罗平，又不是外人，你也就尝尝吧。"

叶城里的招呼，张罗平听上去总像在给他布置作业，只是邹小进自己也这么说，他才不再扭扭捏捏了。他大方地端过瓷碗，先吃了几个，后又吃了几个，权当是一顿夜宵。倒是叶子悬偷看了一眼站着的邹小进的表情，觉得他似乎很心痛，就又涮他了："我看邹主任好像有些舍不得那堆汤圆？至少有些不太情愿给我们尝。"邹小进一听这话，像是兔子尾巴给人踩住了，一惊，忙申辩道："瞧你说的，哪里的话，不会，不会，我还以为咱们小柯少盛了呢！"

后来大家了解到，邹小进这次送汤圆来是想与叶城里讲外出开会的事。前两天，他接到一个日本来的内分泌方面的学术会议通知，他想去。但叶城里一般对出国开会卡得是很严的，邹小进又是他一手提上来的。现在见叶城里昏头昏脑的，完全不清醒的样子，旁边还有两个不相干的人，一个玩世不恭，一个呆头呆脑，他就把余下的半截话咽了回去，打算明天在科里再与叶城里讲，当然是在明天叶城里没有会议回到科里来的前提下。邹小进见罗平不再吃了，碗里还剩了三个，便觉得有些可惜，就又劝了一回罗平。罗平说"够了"，他才把碗拿了过来。

叶城里现在关心的是罗平带过来的那座根雕，他想尽快支走邹小进，故又发话了："小邹，还有几个丢了可惜，你自己带回去吧，现在是晚上，我又不能多吃。"叶子悬仍有些看笑话似的："爸，那玩意没什么营养，吃多了还不消化。"邹小进尴尬地边点头边迅速地将那三个汤圆吞进嘴里。叶城里、叶子悬这时都把眼睛移向了别处，张罗平没这样做，他看到了全过程，想笑没笑出来。邹小进边打着嗝，边说："那好，明天见。"说完就拿起空碗出去了。

邹小进走后，屋里三个人的关注点又集中在了根雕上。叶城里首先被这尊作品的造型吸引住了．它的造型是一只苍鹰，作品取名为"伫立"，叶子悬见老头子捧在手里爱不释手，就在一边充当了业余解说员。他告诉父亲，鹰是整个动物界里最矫健、最长寿的动物。张罗平听着子悬的介绍，会心地一笑，他将这个作品献给他的恩师，其中的寓意是不言而喻的。

第二天，在科里，叶城里同意了邹小进外出开会的请求。

十七

张罗平去了内分泌科。邹小进却不让他回病房，只让他待在门诊里。罗平心里马上有了一种不祥之兆。

头一天去门诊，门诊外的走廊上排队的病人望不到头。罗平一上来先跟在别人后面学。看了几个病人都是糖尿病，开了一大堆药。马上就到中午了。累得臭要死的时候，吴作梁又来了电话。

吴作梁说他人就在外面，在医院南端的酒楼上等他，叫他不用脱白大褂，马上来就行。这人好像比张罗平还熟悉这里的情况。

张罗平穿着白大褂去了。找到了那间包房，他正要进门的时候，看见对面包房里有一个年轻男人，背影很熟。

吴作梁坐在椅子上，与旁边另一个男人在窃窃私语，桌子当中放着一瓶茅台酒。等张罗平坐定了，吴作梁就介绍了来者。

"王储——李希楷市长的秘书，张罗平——叶城里教授的高足。"

这样，张罗平、王储、吴作梁三人又站起身来，以示礼节。

上次吴作梁混在那堆温州老板中去了市政府后，搭上了王储。这是他那次意外的收获。那件事情过去后，吴作梁又把王储叫到了自己商店里来，并且选了一件最值钱的古董让他带回去看看。

吴作梁坐在张罗平与王储之间，他边倒酒边又开始说开了："今天咱们都是最要好的朋友在一起，都不要谈什么业务好不好，谈享受，只交朋友，喝两盅，吃吃菜。"

王储心领神会地在边上微笑，张罗平发话了："吴兄，我可不行，我不会喝酒，也不能喝酒，我下午，不，过一会儿还要回门诊接着看病人呢。"

吴作梁一听笑了，"张兄看上去确实是个实在人，下午还看什么门诊，你到别的科里去看看，有几个是下午还要接着看病人的。别管它，咱顾咱的，待会儿再为你泡杯茶喝，或者到底楼去找人捏捏脚"。

"那更不必了。我陪陪你们，喝两杯吧，下午照常去上班。"

王储很会喝这种高级白酒，吴作梁为他一倒茅台，他来者不拒，也不敬酒，自顾自就把酒倒进了嘴里。还连连称："此酒正宗，好酒啊！"

张罗平酒喝得少，好菜却没少吃。见大家该吃该喝的节奏有些慢了下来，吴作梁第一个放下了筷子，他道："知道茅台酒产在哪里吗？贵州的一个富得流油的地方，叫赤水河。那儿靠近遵义，一说遵义大家肯定听说过，毛泽东确立领导地位的那次会议就是在那儿召开的。当年这种烈性酒是用来为红军战士消毒而包扎伤口的，喝得很少。后来是周恩来向尼克松做的那则广告非常成功，茅台酒才名贯天下。你想想，美国乃至西方，那发行量最大的《时代周刊》上都有周恩来与尼克松拿着这种酒在碰杯的照片，它的影响该多大啊，能不火吗?!"

吴作梁又叫了一瓶茅台酒来，打开来为王储倒了一杯，并说："茅台酒的故事说明了什么？说明咱们国家太大了，宝贝太多了。而且许多宝贝，许多值钱的东西都埋在深山里，需要我们去发现去挖掘，造福于民。"

王储这次没有马上喝掉，而是看着张罗平讲了起来："这杯我要和张医生一起喝。张医生，听说你手里现在有一个宝贝，你发现了一个天大的'秘密'，是不是？关于民国历史上的一段不为人知的事情。"

张罗平知道他指什么，马上答道："是有这么两样东西，我也猜到了会有较高的史学价值。但那都是别人的东西，是别人暂时放在我这里的。我迟早是要还给别人的。"

听到张罗平这么说，吴作梁与王储交换了一下眼色。王储又说开了。"那是的，张兄，"他的称谓也随之变了，"能不能借我们市政府资料室过目一下，这么重大的文物资料，有关国共两党的内部资料，我想极有近代史的研究价值，能不能先在咱们南海市市政府备个案，也就是俗称的留下一个'脚印'呢?"

这酒第二杯下去感觉比第一杯还好。尤其是对那些不会喝酒的人来说，这第二杯茅台酒刚刚喝出了点味道出来，张罗平脸上泛了红晕，吴作梁与王储见此，一个唱起了白脸，一个唱起了红脸。

王储叫"别再给张兄倒酒了"，吴作梁说"好东西就该兄弟们一起分享"。这明显一听就是吴作梁话里头有话了。可迷迷糊糊中张罗平竟站在了后者立场上，他叫吴作梁再倒酒。

三个人后来一算共喝掉两瓶半茅台酒。出门时张罗平脚有点飘了。

吴作梁又建议："张兄，现在是夏令时，离下午三点钟去门诊还早呢，我给你安排一个'盲人按摩'，休息一下吧，以饱满的精神状态投入到下午的工作中去，你看怎么样？"

张罗平终于被吴作梁的体贴服务感动了。他意外地朝王储交上了一把钥匙。王储不解。问道："你这是？"

张罗平在走进"盲人按摩厅"前，向殷勤的吴作梁道："你不是想借那本书去看看、琢磨琢磨吗？王秘书不是也想借那本书去市政府备个案、留个'脚印'吗？那好，那书，另外还有一个玩意，我都带来了，现正好带在身边。"

吴作梁惊愕道："那本'传奇'你带在身边？"

张罗平："是啊，那两件东西这两天我都带在身边，我想万一碰巧遇见那个女人，我会将东西马上还给她。"

王储忙道："其实大可不必这么急，晚一些时候还她也一样嘛。"

说罢，吴作梁安排张罗平进了"盲人按摩厅"。王储拿了钥匙亲自去取那本何子成还未出版的油印书《蛇影行动》。

等到张罗平下午做完"按摩"出来，一切又恢复到了他上午去上班前的状态。他有些后悔把那本《蛇影行动》交到市政府去了。而且当天晚上他在床上为白天的事，辗转难眠。他终于又想起了中午吃饭时在酒楼包房前看到的那个年轻男人，就是他在船上碰到过的那个何念子的男跟班保镖。

十八

前几天《蛇影行动》在吴玉屏那儿放着，叶城里按纸条上的约定打电话给吴玉屏，想问她"蛇出洞了"的纸条是怎么回事。碰巧吴玉屏在一个重要会议上正与人交谈，可能没听出是叶城里，有些心不在焉，这个电话便不了了之了。其实她是想告诉叶城里东都医院的一些往事。

如前所述，让吴玉屏瞠目结舌的还不只是那个"大人物"的骨灰盒，而是伴随在那骨灰盒边上的一本发了黄的油印书《蛇影行动》。这本书的作者看来是打算出版此书的。他已在原来的书本上做了内容上的增补和删节。作者便是何子成，那个骨灰盒照片里的人。算起来，她与他还见过一面。那是三十多年前，"文革"时，在东都医院。具体事情她开始慢慢回忆起来。

那两天，吴玉屏趁上班开会时间便把那本《蛇影行动》小册子翻出来，琢磨了一阵子，让回忆的闸门打开来。

吴玉屏看着看着开始明白了。这部书也是何子成背着他的上司蒋介石偷偷记录下来的不为人知的一些事情。有朝一日他想把这些内容公诸于众。这样看来，作者是快要做到了。书的最下角还写有"本书修改稿请直接交到李总手里"。李总？吴玉屏看出所指的是目前台湾华景出版社的李总编。那些被书的主人涂抹掉的内容，她又一一将其复原：原来蒋夫人宋美龄每当躲敌机的时候，就会撕肝裂肺地大哭大叫。这种现象就是临床上所指的歇斯底里症状。而这种病症她已是很多次发作了。重庆是潮湿的温热气候，每当此时，人十分难受。她那胃病也十分严重，活动范围受到极大限制，导致她心情更加不愉快。重庆整天阴气沉沉的，林园的冬天更是雾霭茫茫，难见天日。防空警报一会儿响，一会儿灭。她的脾气也随之越来越坏。宋美龄是最喜欢交际的女人，空袭导致了她不太好公开露面，只得"暗渡陈仓"了。她便常假这山中的秘道来山脚下的东都医院喘喘气，远远地看看重庆百姓的生活。另一方面她下山来还可用那医院里进口的德国仪器为自己检查身体。

何子成私下记载道：夫人从1944年1月至9月一共去过东都医院七次。那七次造访，外人皆不知情，都是走的秘道，并由何子成这样英俊的军官作为贴身警卫带路。

吴玉屏年轻时听说过宋美龄来东都医院偷偷治病的事。主治的都是外国医生。民间甚传，她是个很难侍候的主。宋美龄基本不相信中国医生，也不相信中医。她的许多怪病都是靠洋医生洋仪器治好的。她逃去台湾前一周，还专门回到重庆东都医院来溜达了一圈，拍了片子，搜走了病历，看看没有什么把柄或是什么难以启齿的治疗记录留在这里了，她才安心离去。而保健医生熊丸搞的那本有关她的"治疗汇编"，只是熊丸医生个人的治病"心得"。熊丸要销毁它，却没有销毁。几经周折，流落到了重庆的民间。"文革"时甚至被人拿了出来。

年长的人还告诉她，医院后门外的那个原来的大开水房下面就有一条暗道，直通山上。当年有些美国医生也是通过那条暗道进入到山中去为蒋、宋诊病、治病的。蒋、宋的行踪以及病历自然是国民党的机密。为他们治疗的医生和当年设定在医院里的那几套进口的特供仪器，都随着时间的久远越来越成了机密中的机密了。

吴玉屏看到后来，在这本《蛇影行动》中，还忽隐忽现出现了一个令人心惊肉跳的名字：钱润生。

何子成与钱润生早就认识？他们是怎么认识的？他们也曾经见过面？那又是在哪里见的面呢？吴玉屏边看边想，又好像回到了重庆。她身上也像宋美龄当年那样瘙痒了起来。刚看到《蛇影行动》的那几天，许多往事，尤其是解释不清的那些往事全涌上了她的心头。她不得不私自决定将这本价值连城的油印书抽出来，单独放好。

吴玉屏那几天看书看得心惊肉跳，全身不适，许多尘封的往事又涌上了心头。张孟超以为夫人的颈椎病又发了，嚷嚷着准备为夫人买一台昂贵的西门子按摩椅。吴玉屏不愿向张孟超提起东都医院的一些往事，是由于那些往事中有她与叶城里的情感纠葛。即便是手里握有《蛇影行动》这件事，她也没有向张孟超说起过。

何子成的"事记"中讲到了"文革"时期，这是让吴玉屏吃惊不小的事情。那个时候，他们都还在重庆工作，对重庆这座城市最深刻最顽固的记忆就剩下"文革"了。这也说明那个时候蒋介石还没死，还在动员人手找那本流失的东西。国民党内有许多人仍有压力，还在竭力讨好宋美龄帮忙找熊丸汇编出来的那本禁止公开的书。《蛇影行动》中提到钱润生，让吴玉屏吓得不轻。但关于这些内容，书中都讲得很笼统，因为已接近书的末尾，被人翻动得也多，字形断裂得厉害：

> "1968 年春，余自港往雾都，空空空入陆军医院道，治头疾，未果。空空空空，时大陆学生暴力甚之，死伤遍野。空空空精英俱失，或走，或戮。找名医暴氏，人称殁，直杀。有钱生遇之于道中。空空空空空。问钱生，曰名润生，其父在美。暴徒追之。故护之与之遁。出洞又见耶稣，空空空空空。悚然，异道去矣。"

"空空"即是阅读此处时的字迹断裂或不详，要猜。何子成的这条事记说明，"文革"时期，某次他来雾都治头痛病，想找暴立民教授，可惜暴教授那时已自杀身亡。他便躲进了秘道，然后逃走。这个秘道应该就是林园地底下的那条坑道了。那么，他在秘道里碰到了一个姓钱的年轻人，那人真是钱润生吗？他们似乎还说到过什么？还有，他在到林园去的秘道之中又碰到了"耶稣"？这位"耶稣"又是谁？是不是一个暗指、代号？这点太不好解释了，后面都是"空空空"。

这本《蛇影行动》中称，宋美龄既要看头痛的毛病，还要对付严重的皮肤病。试想，一个白天还雍容华贵地出现在各种记者镜头前的尊贵夫人，入夜后便会被皮肤瘙痒折磨得难以入眠，那皮肤上抓出来的鱼鳞屑尽落床头，这将是多么不堪入目的一幕啊。

在那些隐蔽的坑道之中，既埋藏有一些伪造的宝藏，又有国民党军统特务有意放入的一大堆毒蛇。现在清楚了，坑道里真有那剧毒的妹子毒蛇。是国民党放入的。《蛇影行动》还进一步指出，说是蒋介石"逃亡"去台湾的那一年，即 1949 年，某一次，有些中外记者想不通过宋美龄的同意而暗中潜伏到歌乐山的秘道中来。目的是想独家了解蒋、宋二人逃跑时真实的心理状况和身体情况。结果他们都惨遭毒手，以最悲惨的方式失败了。那些"不速之客"的记者几乎都被那坑道中的毒蛇咬死了，惨状吓人。

"蛇影行动"中记载："……夷人既灭矣，五脏俱吞无，血、脑为剥吸尽。尸蓝，颈上首级长毛。"说的是，那些中外记者全死了，他们五脏全被蛇吞食，还被大蛇抽吸了脑髓。

以前，吴玉屏听说过关于东都医院那个大开水房下面发生的往事：那里有一段秘道，通向歌乐山。吴玉屏通过这本书算是也作了间接的印证。陆军医院、歌乐山、林园……这些地名多次被提起。至于机秘的宋美龄"机要病历"这件事，"文革"中吴玉屏也听到些零零散散的传言，毕竟谁也没有见过。那些造反派头头也听到过秘道的事，他们中的一些人，曾以探险为由，当成"宝"来寻。有人可能真的走进过那些暗道，但没有听说过谁又从那个秘道中走出来。这方面的消息几十年来一直不断，真真假假，恐怖而凄惨，也都仅限于传说。还是国民党其中的一部分人找到了秘道，也确实有人进去过。但后来的探险者每每欲试，又都被那里面的毒蛇咬死了。

十九

歌乐山地处渝西，因"大禹治水，召众宾歌乐于此"而得名。千百年来，由于此山素有"幽邃"之特点，常有神秘、诡谲之事发生而不被外界所知。1949 年后，当地振兴，开山凿路，内通外达，才被人所探究了解。千古逸事，隐士俊彦，秘闻自然越传越多。至今它以墓冢陵园与森林公园并存，相映成趣，供游人踏青，寻访先人足迹。它是以嶙峋之山、奔突之水、狂泻之林、清澈之泉、原始之洞、变幻之云、五彩之雾等自然景观而糅和了悠远、绵长、晦涩、神秘、博闻等特质的一部近代史，代表了一种脱尘、清丽、幽深、古朴、旷达的人文情怀。

在这雄浑的大山深处，与重庆东都医院一起的还有市精神病院。两家医疗机构一个在山麓的南边，一个在山麓北边。有时从东都医院跑出去的患者就会误入精神病院，而从精神病院走失的病人又会被东都医院送回去。吴玉屏的记忆闸门如一泻而下的瀑布顷刻而出，不加掩饰。

1965年，吴玉屏初到东都医院时，马上被这里雄奇的山峰险景吸引住了。她再也懒得去动那些书本，把一颗美好浪漫的心寄托在了大自然中。有一次，她选了一个休息日，约上两个女同学卢布今、汤文去采歌乐山上的蘑菇。她听说歌乐山上的蘑菇，个大，无污染，营养丰富。

那天开始是晴天，等到三个女人进了山后则下起了雨。后来雨越下越大。三人中，只有吴玉屏带了一把伞。但那伞她本来是拿来遮太阳的。此时的歌乐山上云雾缭绕，瞬间骤变。三人迷了路。卢布今、汤文都挤在了吴玉屏的那把伞下，一起躲到了一处洞口里。那个洞穴在下山的某处岔路口，外小里大，别有洞天。汤文首先发现了一只兔子跑了出来，三个女人一齐惊喜地叫了起来。卢布今又发现了大量的野生蘑菇，三人忙着拿出工具挖了起来。不久她们就碰到了一件最恐怖的事情。

这里的蘑菇形态各异，品种繁多。吴玉屏仔细察看了此处洞穴。野草齐腰，蔓藤悬挂，洞内多溪流，干燥处多在岩石上。三人中只有吴玉屏拿着伞站着，卢布今、汤文早闻风而动去采摘蘑菇了。据后来吴玉屏回忆道，不久，她们听到了洞内有一种"咝咝"声传来，还有情况不明的什么东西甩打在洞壁上的声音。这种声音又像蔓藤被风吹起四处碰撞的声音，时隐时现，吴玉屏屏住呼吸，开始注意这个声音。靠洞里的回声，这个声音似乎变近些了，传得格外清晰。

卢布今、汤文全然不顾，完全沉浸在喜悦中，她们沿着溪流向洞深处走去。吴玉屏突然发现洞壁上有一幅奇怪的投影图，在溪流的反衬下，一闪一现的。她看不清那是什么图形。

　　三个女人采了一大堆蘑菇，装满了布袋，也不知不觉走进洞里100米了。洞里景色更加绚丽，出现了奇怪的五彩光。

　　那奇怪的"咝咝"声方位发生了改变，声音到了洞口，三个女人见洞外的雨小了下来，天气更加潮湿闷热，故快步退了出去。

　　在洞口，是汤文第一个发现，那些原本挂在岩石峭壁上的几条粗粗的"蔓藤"，开始发生了移动，"快看！"汤文这一叫也引起了吴玉屏与卢布今的注意，现在雨下了下来，洞口的光线更亮堂了。但三个女人也正是在这个时候才真正看清那堆蠕动中的粗粗的"蔓藤"是什么了——它们是一堆口中吐着红信子的碗口粗的大蟒蛇。而那种"咝咝"声正是它们游走时与树枝、树叶摩擦时产生的声音。

　　卢布今的蘑菇撒了一地，三个女人中还是吴玉屏的胆子大些。她屏住呼吸，慢慢地靠近了它们。她有些动物方面的知识，知道这种大蛇凶狠但无毒，它们的眼睛是瞎的。它们是靠空气流动与温度变化来判断对方的存在的。汤文胆子最小，她忍不住哇了一声。吴玉屏马上捂住了她的嘴。蛇在她们的右前方游走，潮湿的气流下，雨水夹杂着黄土，形成了一道道沟渠。那些笨重的物体一会儿缠绕在一起，一会儿平摊在岩石上，还将身体嬉戏般地拍打起了岩石。

　　外面响起了雷声与闪电，吴玉屏、卢布今顾不得蘑菇，跑出了洞，但她们回头一看，汤文没有跑出来，她好似在转身跑动时摔了一跤。这时，两条黝黑发亮的巨大山蟒因此被惊醒，调转头来，向她游走了过去。

　　从山上跑回来的吴玉屏把刚才发生的险情告诉了同学钱润生和叶城里。两个男同学惊呆了足足三分钟，马上拿了铁锹朝山上奔去。那钱润生是汤文的未婚夫，他更着急，边走边哭，又埋怨不断。

　　大家好不容易在山上找到了那个奇怪的洞穴。可眼前的一切让人大为不解和惊讶，雨过天晴后，洞中呈现出一道彩虹。彩虹伸入洞里，哪里还有恐怖的山中大蟒的踪影。洞内溪水潺潺，鸟语花香，莺歌燕舞。这一幕又让卢布今长久地愣在了那里。

"人呢？我是说汤文人呢？"叶城里有些不相信吴玉屏的话了。

"刚才真的发生了一件很奇怪的事，不可思议！"吴玉屏疑惑地寻找着不久前她们到过这个洞里的蛛丝马迹，"瞧，看到了吗？咱们到过这里的证明，那一堆就是咱们采过的野蘑菇，还丢在地上呢"。

钱润生奔过去看了看地上，确信地点点头："那么，汤文她人呢，她真的没有了吗？"

"她到底来这里没有？"叶城里仍然不相信，冷笑道。

吴玉屏突然惊恐地把钱润生往那边拖，"快来看啊！答案在这里，这旁边还有一个歪歪的洞。"众人随她的视线望去，那边她的手指处，在草丛、蔓藤之间，出现了几个地下溶洞群。

"慢。"钱润生的心提到了嗓子眼，他的头上冷汗直冒。叶城里也感到事态的严重，他吩咐两个女同学："我们俩进去转转，你们就不要跟过来了。"

卢布今知道他这样吩咐的用意，是怕女孩面对血腥恐怖的画面吓晕。

洞里面果然出现了蛇，而且不少是很可怕的毒蛇。但叶城里与钱润生或跨过或绕过了它们。今天，他们不想打扰它们。他们焦急要找的人是女同学汤文。在这恐怖的大山里，他们一直找到了晚上。可汤文仍然下落不明。汤文失踪了。

二十

先说钱润生、叶城里吧，他们进洞后走到了天黑，结果从另一个地方爬了上来。他们由此发现了一个大秘密。

那是一处地下的大暗道，呈蜘蛛网型。暗道的左向是直通歌乐山上的林园，这是钱润生后来走过的。想不到这条通林园的地下通道，在将来的某一天真还救了他钱润生的命。暗道的右向又直通市精神病医院，这条是叶城里走过的，那里面的沟沟岔岔他也记了一个八九不离十。这是一条怎样的地下通道呢？据钱润生描绘说，可能一半是天然的喀斯特溶岩地貌，一半又像是经人工凿出来的。暗道里岔口处会看到一束诡秘的白光，钱润生形容那是一抹神圣的"佛光"。叶城里听到钱润生这样说，笑了，还直摇头。他没有看到，但他解释那是进入山洞里，由洞下面朝上端走的某一个山口，山口往往是有隙缝通外面的。有时阴影中的阳光垂直射入便造成了所谓的"佛光"。钱润生坚持说不可能有什么"山口"，地底下潮气湿冷，哪来的什么垂直的阳光。两人争论时，只有卢布今不响。吴玉屏一颗好奇的心，被眼前的两个男同学弄得疑神疑鬼起来。钱润生坚持说除了看到了那奇怪的亮光外，里面有一段暗道大到可以开行两轮摩托车。

歌乐山是一座奇特的山，这六个年轻人来重庆实习期间便爱上了这里。毕业后又成双成对主动要来东都医院工作。如果真如钱润生当时所说，那么他们发现的这个山中的秘密，不仅有历史考古价值，还有现代实用价值。叶城里则不肯多说他在暗道里看到的事情，他肯定看到了神秘的东西，但他只说有一些奇怪的现象他无法解释。

那时，吴玉屏去问叶城里到底在下面看到了什么？叶城里一边敷衍，一边惊恐万分地说，下面除了一堆堆狰狞的死人，也没有什么，还有就是毒蛇，有一种会叫的毒蛇。

两天以后，许多在找汤文的人都没有找到她，她却自已回来了，而且毫发无伤。

汤文从暗道里出来是两天后的事。她神志开始变得不清楚了。吴玉屏变着花样问她，这一天你在那洞里是怎么生活的呀？你不怕吗？那些恐怖狰狞的蟒蛇呢？汤文说她仿佛进入了一个梦境。她没看到过什么恐怖的蟒蛇。但后来在病房上班时，卢布今问她，那一次你是从哪儿爬上来的，到底被山蟒叼走过没有。汤文圆圆的脸上只是傻笑，她还是说，那是一段梦幻旅游，哪来的山蟒？我有洞里的活佛保佑呀……钱润生与汤文在协和医科大学就成了恋人。两人都有海外背景，分来重庆东都医院也是他们首先倡议的。那次事情之后，汤文与钱润生感情更牢固了，他们也是这三对同学中第一对结婚的。钱润生知道汤文那次从洞里出来肯定有不同寻常的经历。汤文始终不肯讲她是怎么走出那个山洞来的。钱润生也不多计较，他想，只要她能活着回来，而且毫发不伤，这事就这么过去了。

二十一

钱岩康教授一直为那个产妇的死闷闷不乐了好长时间。为此他还去了教堂，在神面前忏悔。他请求上帝的宽恕，宽恕由于他的工作疏忽，一个生命在他眼前陨落了。

死者家人也没有提出什么异议。死者的父母，两个退休了的老干部，还选了一天，抱着他们的外孙——那个可怜的产妇的孩子，来给科里面的医生护士们看。那个孩子的名字叫"渝生"，属马，意即一个在重庆获得生命的孩子。

护士们买来了一堆糖果，那小渝生一见糖果，就哼哼着要咬，逗得众人直笑。孩子的外婆表情没什么，与医生护士们互道家常。只是那个外公，心里面好像总憋着一股子什么气。他眼睛始终看着别处，像在沉思。在同事们都抢着去抱那孩子时，钱岩康教授却悄悄地走开了。

那渝生长得不算太好，过了一段时间才发现，他脸瘦瘦小小的，腿还有点内八字。后来见面，被大家抱了几圈下来后，那可怜的孩子终于大哭了起来。

胡子今把这一切都看在眼里，她也没有去凑这个热闹。那个产妇的死，她也深知有一点责任。这件事情上，她与钱岩康就像两只绑在了一起而分不开来的秋后的蚂蚱。

胡子今转向较快，她已从那件事的阴影中走了出来。她已进修结束，回东都医院顺利接班，当上了妇产科主任。

那件事在她看来，患者该死不该死，人的主观能动性很小，而与医学无关的因素很大。她也知道基督徒钱岩康为此事还在内疚着，挣扎着。于是她眼下更想成为一个心理医生再去开导开导他。

终于在一个周末，为了解开钱岩康心中的疙瘩，胡子今打电话把他约了出来，去了解放碑，去看一个画展。她曾经打听到，钱岩康从小便喜欢美术。

果然，那个画展很打动钱岩康。从市中区那个精彩的画展里出来，钱岩康的心情好多了。两人路过一家咖啡店，便钻了进去，选择了一处角落。胡子今刚准备坐下，钱岩康过来为她拉开了椅子。这个动作很绅士，让她没有想到。钱岩康开始侃侃而谈，还主动与子今谈到了医学与艺术。

钱岩康说："画家作一幅画与我们开一次刀一样，后面的遗憾也是自己发现的。而等到我们发现遗憾的东西时，一切都晚了。生命经不起我们一次次的遗憾。我开过无数的刀，曾经自认为最理解医学的真谛，生与死的真谛。但现在我又发现，就像爱与恨一样，医学也有宿命的一面。"

胡子今说："许多事情你确实力不从心，不这样，你还会怎么去做呢？"

钱岩康说："我们医生一直横跨在生死的两头。尤其是我们妇产科医生，一直给生命以希望。但我们的局限也是明显的。一方面，那些天生的弱智儿、畸型儿不也是经过了我们的手降临人世的吗？先天是一种因素，后天是另一种因素。"

胡子今说："后天的因素太大了，尤其是在这里，我们医生平均分配给每个病人的时间并不一样。关系好些的、重要点的病人，你给他的就诊时间就多。”

钱岩康说："是想做而做不到吗？与中国来比，美国的小区医疗则更发达。这几天我在想，可不可以在中国也办类似于美国那样的一个个小区医院、社区医院。”

此时的钱岩康像大病初愈，他看着身边的同行，开始恢复常态了。胡子今表示同意。她回应道："好啊，你有这个意思，就好好地构想吧。”

"现在患妇科病的老年人也不少。多设一些家庭病床，患者看病就像在家里。”

"有意思，在大医院里，有些时候，你花了许多精力，包括时间，患者依然无法从死神那里回来。就是得到的细心关爱还不够。”

"关爱一条生命，身体的，心理的。有时，你得用去你更多的智慧与精力才行。开刀只是很小的部分而已。那样，一条生命才会在你的希望之中奇迹般地回来，让你惊喜不已。”

"这一次可是用了我全部的精力啊！"钱岩康又回到了他那个魔咒里。

"知道，这大家都看出来了。"胡子今的眼睛重新定格在了他的脸上。

"而且她都开始好转了，我内疚的也正在这里。她还是出现了这么大的不幸。我想说，如果再来一次，我绝不会这样做了。我对不起那死去的患者，那可怜的女人，她那丰富的脸部表情，我至今还记忆犹新。她有过希望与憧憬，她本来是会好好地活过来的，可她却死了。她在自己营造的希望里死了。我是一个屠夫，我是一个刽子手。这在我的临床医学实践中可谓一次巨大的耻辱！"钱岩康又开始沉浸在自责中。

"钱教授，别再内疚了。这件事根本不能怪你，你是好样的，你出色地完成了你的手术。我是你的助手，我看到了一切，我可以证明。是那患者的病太严重了。这一点，咱们全科的人，全院的人都看得出来……"

"可，可她毕竟是活过来过啊，她应该会活得好好的。"

钱岩康谈到这里，身体摇晃了起来，接着他又像一个孩子一样地擤了两下鼻子。

次日，钱岩康又在病房里看到了来体检的小渝生。他把那个小家伙从外公的手中接了过来，仔细一看才发现了问题。原来渝生的下肢不光有些内八字，整个身体还有些佝偻、缺钙。他征得了孩子的外公的同意，决定为他再做一次全面系统的检查。

钱岩康原也出生在重庆，他的爷爷却是一直生活在美国。

从小他就知道他爷爷是纽约华尔街的一位银行家，有很多钱。他的父亲钱润生也出生在美国。在抗美援朝时，却从美国回到中国来参了军，考上了中国协和医科大学，后来成了一名军医。也就是这段历史为他父亲带来了麻烦，五六十年代两次都受到了冲击。尤其是"文革"时期，钱润生被批斗。在岩康还很小的时候，就听到邻居的孩子在背后骂他是"美国特务"的儿子，不跟他玩，还朝他的脸上吐口水。他慢慢知道了，在美国的爷爷千万不能随便说，与美国有关的事情也千万不能随便说给外人听。

钱岩康六岁那年，家里发生了一件大事。

钱润生因为医治一名头头的病无效导致其最终死亡而被视为"现行反革命"。

钱润生就是在这个须臾之间逃走的。当时他是怎么逃走的，别人都不知道。钱润生后来说，他是从厕所里逃出来的，回了家，他的妻子汤文早听说此事的经过，正在揪心着。钱润生当机立断，马上带上正抹眼泪的妻子和六岁的岩康，连夜逃出了家。

之前他就被打落了几颗牙齿，还好后来他择时溜了出来。据后来的消息称，那帮穷凶极恶的造反派分子当晚就追到了钱家，把钱家搜了个遍，没有发现他的踪影。

那一晚，成了钱润生、汤文带着钱岩康逃离重庆的日子。他们浪迹天涯，辗转到了美国，最后到了岩康的爷爷处，才躲过了一劫。

但也是从那一天开始，钱润生唯一的女儿钱丽雅却被他们丢在了大旋涡中的重庆。那时，小丽雅才三岁，她与一个姓戴的保姆住在一起，相依为命。

那时国内的通讯极不发达，电话又不好打，一封信走了一年，又退回了美国。钱润生夫妻与女儿失去了联系，岩康与丽雅也失去了联系。那个小岩康三岁，始终拖着两条清鼻涕，并梳着两条小辫子的妹妹一直印在了岩康的记忆中，一直到现在。

三十多年过去了。中国大陆发生了翻天覆地的变化。已经七十多岁的钱润生老先生现在美国，他患有帕金森氏综合征。他在那已度过了三十年的岁月。他目前行动不便，但精神矍铄。他多么想能在有生之年找到女儿，把她带来美国与自己团聚啊。

21世纪初，在美国继承父业，已经成名的钱岩康教授，带着年迈父母的嘱托回到了国内，来到了重庆。他现在已经结婚，有了一个外籍妻子，还有了一个跳芭蕾舞的混血女儿。他把妻女的照片拿出来给科里的人看过。

渝生在钱岩康教授的呵护下，得到了全面的身体检查。渝生姓叶，乖巧听话。从那小家伙的身上，钱岩康看到了令人痛心的情况。叶渝生有先天性的佝偻症和营养不良症。但更主要的缺陷似乎还是基因层面的。钱岩康为他做了CT、B超、核磁共振后，心里知道，这些先天的不足，都是来自于渝生那从事特殊工作的已经双亡的父母。

钱岩康内心深处喜欢上了渝生这个可怜的孩子。他想帮他。在征求了渝生家人的同意后，钱岩康决定为渝生进行基督教的洗礼。

洗礼那天，全科的人参加了，胡子今也参加了。大家看到了受洗的全过程。这让大家又认识了一个完全不同的基督徒钱岩康。

洗礼后，钱岩康正式成为了叶渝生的养父。

二十二

《蛇影行动》勾起了吴玉屏的一系列恐怖回忆。

当吴玉屏知道儿子把何念子的《蛇影行动》借给朋友去"翻看"几天的情况后,气得七窍生烟。

有一天回来,她朝还不十分明白的儿子连叫了两声"你出事了,你出事了",并严厉地要求儿子快点将东西追回来。

张罗平却更加不解,"一本旧书,还叫不上是一本书呢,朋友好奇,想借去翻一翻,给朋友翻翻就是了,有什么好大惊小怪的"。

"儿子啊,你太不懂了,你没有经历过'文革'那会儿,那要是被人扣上了,是要上纲上线的啊。"

"可你要搞搞清楚,现在是什么年代了,你以为还是'文革'那个时候?"

"虽然时代不同了,可人还是一样的呀。你当这是在哪里?你呀,太不懂人情世故了。"

张罗平没太将母亲的忠告当一回事。可他后来连打了多次电话给吴作梁,吴作梁都说忙着呢。他不是在深圳,就是在哈尔滨。反正他目前不在南海。

他想去找王储,那个市长秘书,但又觉得不妥,才与此君见过一次面,还是吴作梁牵的线。左想右想,还是等吴作梁那小子回来再说吧。

某个下午,他闲得没事,想到了去吴作梁那儿兜兜。他骑了几分钟的车就到了吴作梁那商店里。让他意外的是,吴作梁居然穿着睡衣在接待一个熟客。

张罗平的突然出现让吴作梁着实吓了一跳。

"咦，你不是在哈尔滨吗，怎么回事，却窝在家里?!"张罗平好像悟到了点什么，表情开始不快道。

"哪里哪里，张兄，你真误会了，我确实是刚刚才到家，这不，我后脚进，你前脚就到了。"

"我那本书呢，你翻好了吧，你备好案了吧，留下过什么'脚印'了吧？是不是也该还给我了。"

不料，吴作梁闻讯，脸露难色，欲言又止。张罗平觉得奇怪，忙问道："你不会告诉我，你还要继续翻两天吧？"

"张兄，实在、实在对不起啊!"说着，胖乎乎的吴作梁竟像一个孩子似地哭了起来。

"怎么回事?"张罗平有点警惕了起来。

"就是你借我书的那一天的晚上，我的这间店里，进了贼啊!"

"什么？你是说我的那本'蛇影'被人偷了?"张罗平真有些不敢相信自己的耳朵。

"真太对不起您了，您对我这么信任，人又这么好，可偏偏让我碰到一回贼，十恶不赦啊! 让我在朋友面前抬不起头来。"

"这是真的? 报案没有?"张罗平想了想，内心一阵挛缩，嘴巴挤出一丝苦笑。他想起了他妈妈的话。

"当天就报案了，警察说一定调动最强的警力，早日破案，将犯罪分子绳之以法。"吴作梁脸上仍显出极度痛苦的样子。张罗平看不下去了，走了上去，安慰起吴作梁道："都怪我，不该借给你。事已至此，我们还是相信警方的侦探能力吧。"

最后，吴作梁拿出一个事先备好的信封来，说一定要先赔偿一部分钱给张罗平。张罗平觉得事情发展到这一步很可笑，坚决不要。吴作梁怒道："哪里，这点补偿，天经地义。"他硬把那个信封又递了过去，"咱们朋友管朋友，正所谓'桥归桥，路归路'。这点小意思，您不收下，我很过意不去"。

张罗平推脱不掉，接过了吴作梁硬塞进怀里来的那个红信封。

二十三

　　张罗平与何念子分别的时候并没有留下地址。事实上，那天那条船一靠岸，船上的人们就把目光移向了岸上，开始寻找自己的亲人，哪有功夫互留地址。

　　现在想起来，何念子当时做得更成问题，别人救过她的命，帮助她恢复过记忆。她却连这个"高个子医生"的一丁点信息都没有掌握。即使在船上她那一次因昏厥而倒地，后来也没有太多地向他表示过感谢。这女人太不懂事情了，男的也有问题，箱子怎么会搞错？两人当时各是什么心态谁也搞不懂。

　　由于他们都不属于这次同船的旅行团，买的都是余票，故没有两人的购票记录。旅行社无法回答有关的咨询。

　　何念子的父亲两周内将率一帮亲戚朋友从台湾飞过来，在南海，何家要为念子的爷爷举行一场隆重的骨灰安放仪式。念子的爷爷是四川人，到时，四川那边也要来人。

　　何念子必须在两周内，在那场葬礼到来前找回爷爷的骨灰盒，或者知道那个重要的骨灰盒的下落，要不然，父亲知道了，怪罪下来，何念子如何担当得起。

　　张罗平留下来的那一大堆饼干，她两天不到就啃完了，她觉得好吃，又到附近的商店里去买了一些相同的饼干来吃。

　　时间一天天在逼近，何念子吃饼干的心情也一点点变糟。最终她想到了登一则广告，这则广告不能明说，得暧昧，还得把目的写清楚。所以她托人在晨报上真登了这样一段耐人寻味的"寻物启事"，启事云：

　　三月五日，敝人乘坐"女神"号邮轮，从重庆到南海来，下船时，不慎错拿了一位男士的手提箱。里面有本人贵重的东西。而这个东西对别人则无用。这名男士是一位医生，很有修养与责任感。现急寻这位男士，请这位男士见"启事"后速与本人联系，或上门速将手提箱与本人换回来，万分感谢。

　　本人还将拿出一万元来重金酬谢。

　　凡认识该男士或提供有价值线索的予以酬谢。

　　十万火急！

联系电话：＊＊＊＊＊＊＊＊

老何

　　"启事"贴出来后，三天过去了，倒是有不少人来电提供有价值的"线索"，目的是想"冒领"那份数目不小的"不义之财"。但不管那些人如何巧舌如簧，都被何念子一一识破，轰赶出局。可真正的医生仍杳无音信。何念子急得肠子都快绞起来了。

　　何念子今年3月8日刚满35岁。她是台湾富豪何存义的掌上明珠。据爹地说，她是上天给他最好的一件礼物。

　　念子曾问爹地她小时候的事情。他告诉她，在娘胎里时，念子就不安分，常在娘胎里"拳打脚踢"，把母亲折磨得够呛。念子闻罢则笑得够呛。

　　父亲说，做了好几次B超，医生们都肯定地告诉他，这定是个男孩。但到婴儿呱呱落地时却发现是个女孩。念子问，那是不是你们搞错了。爹地不语，只是说，老天不要再搞错一次就行了。后来父亲为她取名"念子"。

　　念子在15岁前，性格及穿着打扮完全像个男孩。这为她爹地惹了不少是非。后来慢慢扭转了过来。她从小天资聪慧，从台大历史系毕业后，去了两年美国，她回忆说只是去散心的，以抚慰几年读书下来疲惫的心灵。大陆改革开放后，爹地每年都带她去四川，爹地说，她爷爷是四川人，总想着回四川去转转。

何存义做古董生意起家，为了扭转古董商人刻板的印象，他又开了一个"钻石"娱乐城。但念子对这一行当似乎很不屑，打小就从来没去那地方坐过。

念子的恋爱呈单向发展，她始终处于被动应召的地位。完完整整的故事也有过三回，也都是相近的情节。

几年前，有几个超级富豪级的男人看中了念子，向她发起了进攻，她永远处于守势。这是她爸亲自炮制的。人品据说都经过了她爸那双老奸巨滑的眼睛的检验。金钱就有这个魔力，它能把人们的注意力硬拽过来，向着它注意的方向。

她的第一位男友是个古董商，他们的第一次见面便是在他琳琅满目的古董商场里。事实上，她后来知道，这位富豪的父亲与她父亲是几十年的朋友。富豪给了她父亲不少价值连城的古董，最终她父亲才把她作为一件"大古董"给了这位古董商人。当她有一天明白了这一点后，便果断地从该古董商身边逃了出来。

"我不是那价值连城的古董！我是一个平常的女人。"念子对父亲说。

念子的第二位男友是一名律师，也是一位超级富豪的儿子。那人做事极讲条理，说话极富逻辑，时间观念也极强。随便举一个例子，她跟他每次见面，他都会不早不晚，恰好那个时间出现在她的视线范围内，时间误差为零。并且每次见她，他都会送她一款最新潮的手表。可惜此君的时间观念太强了，走的时候也极其准时，所以与他在一起"浪漫不足，严肃有余"。那家伙的时间观念像一个战场指挥员。

"老爸，我不要一个严格的指挥员。"念子对父亲又一次埋怨道。

念子的第三位男友是她的英文老师，有一口纯正的英式英语，俨然一个英国绅士。即使是在炎热的夏季，他也是西装笔挺，头发一丝不乱。他的母亲是何家商业上的大客户。他的最大特点是能用美妙动人的嗓音为念子朗诵拜伦、雪莱的诗歌原著。那嗓音原汁原味，从而时时刻刻在她身边制造出一种浪漫诗意的英伦情调来。但她总把他当成一个有教养的哥哥。至于男女感情，就是对他提不起兴趣来。

这三个精致的男人，用念子的话来说，就像从三本历史书籍中走出来的男人一样，给她似曾相识的印象。一个代表铁器时代、一个代表石器时代、一个又代表母系氏族社会。这些男人都不可能从情感上真正引起她的共鸣。她是学历史的，学历史的有一个特点：思想靠前，眼光却靠后。这就导致了她这三场恋爱都有名无实，有始无终，让父母叹息。看得出，她期望的恋爱经历只可以用价值观的平视来寻觅来发现，而不是靠她的父辈们为她提供的被人俯视的一次次被动的机会。因为她又是何存义的掌上明珠。

这回她与父亲回了爷爷的老家自贡，看了当地著名的"恐龙化石博物馆"。走的时候，父亲叮嘱她去一趟重庆。从重庆走，坐船沿长江下来，还可以浏览壮美的三峡风光。更主要的，她有头昏病，父亲让她去重庆有名的东都医院找一个熟悉的专家看一次病。不料她没有按这种安排来执行。她带着她的随从直接从自贡到了长江上游著名的"鬼城"丰都。烧了香，拜了佛，抽了一签后，才从万州上了这条"女神"号。接下来，在船上又发生了这么多不可思议的怪事、巧合。是不是去了一趟"鬼城"之后，有鬼附上了她的身了？

二十四

上次何念子在"鬼城"丰都抽到的签是一根十六中下签。那签上说："愁眉思绪暂时开，启山云霄喜日来。宛如粪土中藏玉，良工一举出鹿埃。"她向庙中人问解，一个尼姑模样的人作了个揖，避开了。而另一个喜欢管闲事的游客看了一眼，却说："这签无所谓好，又无所谓不好，看嘟个说。"

签上另注：得处无失，损中有益。小人逢凶，君子顺吉。

那男人又道："你既是来之于'粪土'，却又是一块宝玉？这点不太好理解。"

两个随从认为此话对小姐不恭，那男人还要说，随从喝退了他。念子回来也想过这签不知何意？什么"小人逢凶，君子顺吉"，指向了命之凶、吉，倒把她吓了一跳。

骨灰盒的事把念子搞得焦头烂额，几乎让她大病一场。到头来，她整夜失眠，心绪不宁，吃再多的安眠药都没用。她知道吃多了那玩意还有副作用。怎么办？父亲还有几天就回南海了。到时候一大批亲戚将尾随在他身后，并出现在她的面前。当他们发现爷爷的骨灰盒不见了，或者说遗失了，那还了得。

爷爷是谁，天下一半的人都认识。她如何向急性子的父亲交待？向自己的良心交待？家里的那些亲戚知道了这件事后，会不会同声咒骂她、谴责她，让那种咒骂把她掩埋？这样一想，那个不知姓名的男医生真可谓十恶不赦，他太可恶了。他怎么就这么迟钝，拿走了别人的箱子还浑然不知。还有，都过去这么多日子了。难道他不看晨报，或者他家里根本没有报纸？

现在何念子天天重复着上述这些念头。那个男医生，他竟能沉得住气？去守着一个不认识的老爷爷的骨灰盒干什么呢？

她的跟班，那一男一女，知道她掉了很重要的东西，也跟着她急得团团转。她这几天神情恍惚，妆也不化了，脸都懒得洗了。她不愿见任何人。天天想像着那个高个子男人能够找上门来，幻想着他会从天而降。他现在在她心中的形象时好时坏，匆匆的几眼已深深植入她的心灵深处，伴随着她度过了每个不眠之夜。

父亲又来了一个电话，称把骨灰安放仪式的地方也落实好了，并交待了注意事项，他说还有什么不清楚的地方可以问他的秘书季文文。末了，父亲还半开玩笑讲，这几天少出去哟，多睡睡，到那天别蓬头垢面、萎靡不振来见大家。

何念子想她眼下的处境何止是萎靡不振，完全可用崩溃这样的字眼来形容。她独自一个人去喝了两次酒，喝了个醉，恍恍惚惚又浮现出了那个高个子男人的脸。这几天她瘦下来一圈，一圈的腰围囤积了多少皮下脂肪啊。如果不是父亲大人因这件事要怪罪下来，她说不定还认为这是一件好事呢。可现在时间越来越紧，那骨灰盒子仍下落不明。她痛苦得肠子都快绞在一起了，仍无计可施。她认为这件事除了对不起父亲外，主要还对不起爷爷，这是对爷爷最大的不恭敬。她从小就和爷爷关系最好，爷爷也最宠她。

她的爷爷，那位曾在 1940 年作为蒋介石的侍卫官兼保健医生的何子成，在重庆林园随蒋介石一起接待过中共主席毛泽东。直到上个月那位老人才以 97 岁高龄于家乡辞世。他的家乡在四川省自贡市，那是一个贡献了大量恐龙化石的城市。老人家死前这几年每年都回四川住上一段时间，他说台湾那小地方怎能与他的家乡大四川比。四川地大物博，资源丰富，峨眉山、青城山、都江堰……名冠华夏，每一处都让他魂牵梦绕，他在台湾那么些年患了十余种病，而根本的病还是在心口附近。这几年如不是回到家乡来，回到父老乡亲中来，他说他定会死得更早。爷爷是上个月最后一天死的，死得静悄悄的。看来他对自己的死有所准备，所以今年这次回四川他带回了那套旧式军服，他就是穿着那身旧军服上路的。可他死后却造成了很大的动静。市、县各级政府都派人来了，尤其那些统战方面的领导几乎都来了。大家对他的评价很高，认为他晚年对祖国统战工作做出了重大贡献。

可何念子知道，爷爷回家乡有他私人的原因，爷爷告诉过她，他还是因为喜欢听正宗的乡音，看正规的川剧，吃地道的川菜，才肯跑回来的。

爷爷死了，他所代表的一段历史也结束了。

何念子最终想到了她的哥哥何来。她想把哥哥叫回来，一起商量，一起来面对将要出现的复杂局面。

二十五

那本还未出版的"蛇影"一下子被人弄丢了，张罗平感到很是晦气。他更不敢给母亲讲东西被偷这件事。吴玉屏好像比儿子更着急，不断叮嘱儿子快把东西找回来。

吴作梁算是给了张罗平一些补偿，共一万元。罗平想，这笔钱应该属于那个女人，也就先帮那位叫何念子的小姐收着，将来再还给她。如果她嫌钱多了，则退一部分给人家；如果嫌钱少了，就再去向吴作梁讨。反正商人吴作梁这么大一个店放在那里，他想一时半会玩"消失"是绝不可能的。

吴作梁可能是真觉得有愧于罗平。丢书之后，天天都在打电话约罗平，要约他出来吃饭、捏脚、洗桑拿。罗平都拒绝了。

终于又有一次，吴作梁像追一个女人一样地来到了张罗平的医院外，等他下班。他左手捧一束玫瑰，右手捏两张音乐会的票子。罗平又想走，被他死皮赖脸拦在前面。他说"一定要接受他的恕罪"。

两个男人果然结伴去看音乐会了。当中休息，罗平去了一趟洗手间，他看到了王储。卫生间里，王储没有睬他。眼睛看着另一间房间，不一会儿，那间屋子的门开了，出来了一个中年人。

他应该是这座城市所有的人都认识的人，他就是李希楷市长。张罗平刚来南海，也不太看电视，他真搞不清他是谁。这样，张罗平与李希楷分别在同一间卫生间的两面镜子前理容，谁也不看谁，谁也不搭理谁。

张罗平那天在医院附近的酒楼碰到过何念子的那个保镖，他几天后又去了一次那里，就再也没有见到那个男的了。他向一个老板一样的人打听，那人摇头，却去拖出来了另一个老板，他一看，又吓了一跳！眼前这个老头便是他船上碰到过的那名蛇医——陈民权。他不是在那船上跳江了吗？怎么回事？老头大概一下子也想起眼前这个人来了。他拍了一下手，侧面又出来一个人，这个人张罗平同样认识，是船上的厨师长。

"我认得你，你坐过我们的船，你是奇怪他，为什么没有死是吧？他怎么会跳江？他是你们这个城市市长的叔伯呢！他乘船都不用掏钱哦。"

但张罗平这次来是找那个女人的男跟班的。他只在陈民权的脸上停留了几秒钟，便向他们打听起上回那个男跟班。陈民权依旧一口重庆话说："好像是见到过这么一个男的，年纪轻轻的。但记不得他出去后往哪个方向去了。"

张罗平哪里知道，那本何子成的《蛇影行动》小册子哪里是被偷了，它一直就在吴作梁商店的抽屉里锁着。只不过这件东西，吴作梁在地下文物市场的暗箱操作进行得不太顺利。有人告诉他，蒋介石的私人医生熊丸掉的那本"机要病历"讲宋美龄更多一些。吴作梁说是同一本书，但别人没人认得。吴作梁要价又太高，脱不了手。

王储知道此物的史学研究价值，他想通过海外渠道，与台北那边进行联系，以了蒋、宋后代一个心愿。但正如别人说的那样，这本小册子是为找熊丸那本大汇编提供的线索。只有找到了熊丸那本《机要病历》，并弄到手，这本书的价值才能真正体现出来。这个地下市场的人都是行家里手。吴作梁与王储一商量，决定再派人去一次重庆。吴作梁想了想决定自己去。他这次去重庆，目的很明确，就是按图索骥，按何子成小册子中提供的一系列蛛丝马迹深入东都医院，深入林园，以验证一下这本书描述的真伪，也让这书中的一堆秘密早点大白于天下。

吴作梁没有要何子成那个恐怖的骨灰盒。那天，罗平给王储送钥匙，要他去取那本"蛇影"小册子时，王储就马上把骨灰盒还给了张罗平。

二十六

何存义的家在南海东郊的一幢别墅里，那里前门紧靠着国道，后门出来隔着一道围墙，又可以看见一处军马场。战马的不驯与嘶鸣让几里外的人们都可以清楚地听到。那幢别墅外墙的每块石头都是何存义从法国进口的，而且石头背面皆刻有编号。依照编号把这些石头拼接成外墙的方式是欧洲建筑业通行的作法。屋内象牙色的烛台配上黑色的镶金蕾丝桌布，彰显出主人高贵不凡的气度，也处处反映出主人的专业与挑剔的眼光。

何念子打电话给哥哥的时候，何来正在为一个教授当助手，在为一个白内障病人开刀。不过等手术一结束，他就回了电。他知道妹妹有要事找他。

何来瘦高个，但喉结很大。他手提电话的那支鸣号声是歌剧《卡门》里的乐曲。

何来是何存义与前妻胡桃花所生的儿子，目前不与父亲住在一起，自己租住在一处高级公寓里。

他曾在台北医学院念过书，学的是医学，回大陆后，先去重庆第一医院五官科进修过，现在又跑到长江的另一头来了，来到南海医大学习眼科临床。他这次"回炉"南医大深造临床，只是想来大陆学学真正的临床手术。大陆地大物博，十几亿的人民，意味着有一个得天独后的临床实践基地。人口众多的大陆，各种病历也多，国外见不到的疑难杂症这里都可以见到，医生实习的领域广泛。

何来的脸可以用秀气来形容，他天生就像一个宠儿那样得到长辈的赞扬。相反，何存义的脸却有些"苦大仇深"。何来除了脸与何存义不太像外，其他方面都与他父亲酷似：果断，敏捷，说话直截了当。

何来急急忙忙赶回来，以为妹妹这次去四川，又遭到什么恋爱霉运了。过去有一次，妹妹在台大被人恶追。曾有一个仪表堂堂的台大帅哥要为妹妹割腕，念子怕了，回来问哥哥，他笑笑告诉妹妹说，把自杀这么重大的话题轻易挂在嘴边的男人非但不会自杀，而且也不值得去爱。果然那帅哥在向他妹妹宣布"自杀"的第二天就笑嘻嘻地去追其他女孩了。

何来回到家后，妹妹念子又不敢提骨灰盒丢失的事了。她知道那东西如果找不回来，这将是何来所知道的她的一块永远的心病。她几年前与那位香港律师恋爱的事何来从头到尾也知道，那位律师留给何来的最深印象是他时刻都在嚼一块口香糖，以时刻保持口腔清洁。何来认为，那场恋爱留给妹妹的最深印象是那男人帮妹妹打赢了一场有关名誉权的跨国官司。他让她赢了钱，她还给了他一些钱，权当是一笔感情投资，后来却演变成了一笔感情分手费。那位律师到他们分手后才醒悟，他不该帮她打赢那场官司，而应该彻头彻尾输掉那场官司，如果那样的话他们就不会真正分手了。

何来问念子，念子一下子不知从哪儿说起了。他再一次看见妹妹时，着实吓了一跳。原来美丽大方、活泼开朗的念子现在像换了一个人。面无血色，唇青目黑，一副憔悴的样子。

"到底发生了什么事？"何来拿出一支烟，点燃。

她欲言又止，干脆不说了，他一定要她说出来，他想马上知道是谁把他妹妹弄得如此憔悴的。她终究没有告诉他爷爷骨灰盒的事，只是胡编了一个理由，她说她正在找一个男士，何来对这个问题挺感兴趣，忙问她："你要干吗？"

"我捡了他要的东西，他捡了我要的东西。"

"什么东西？"哥哥又问。

念子没说话，用手指了指心口。

"他叫什么名字？"

她说："不知道。"

何来又问道："不知道？他住哪儿？"

她继续摇摇头："也不知道。"

何来仔细辨认妹妹的表情，发现她不像开玩笑。他又用手去妹妹的额头上碰了碰，觉得她也没发烧。

何念子把头一歪，不乐意了，吼叫起来："你才发高烧了啦。"

何来摊开双手，一副无能为力的样子："那你告诉我，我怎么找？"

何念子："我怎么知道？那是你的事。他拿了我很重要的东西。"

何来苦笑："我更不理解了。"还好他是有正常思维能力的人，仔细一琢磨，便心里有点谱了，"我懂了，你有那么一点单相思了。"

何念子把眼睛先瞪大，然后又把头抬高了起来，幽幽地说："可能有那么一点吧，我想要回我的东西。他是一个医生，一个个头很高的医生，我只知道这么多了。我想让哥帮我找找。"

何来由苦笑变成大笑，他摁灭香烟，边找水来喝边说："我总算明白了，你找他要回东西，你魂丢了是吧？典型的一见钟情。你又像个情窦初开的小女生了，很幼稚。"

"不是那回事，随你怎么说。"她辩解道。

"让我帮你去找一个完全不认识的人，一个男人？"哥哥又嘲笑了一句。

"不，认识，怎么不认识，只要我认识他就足够了。"

"你认识？你告诉我，我该怎么帮你？"

"那是你的事，我怎么知道。"

"你在说梦话吧。南海这么大，市里大大小小医院几千家，医生就有十几万人，我到哪儿去找，这儿又不是台北。"他边说边把声音放慢下来。

何来的声音一慢下来，念子就知道哥哥开始同意了。以往何来的话声一轻，何念子便知道他采纳了自己的意见。

果然，何来又皮笑肉不笑起来。

何念子倒反而耍起小孩子脾气来了："我不管这么多，你得帮我找，哥，我相信你有办法。"

何来故意激她："凭什么，凭什么我有办法？凭什么我就得帮你找？"

"凭你姓何，凭你是我哥。凭我们的血液中有一部分相似。"她的脸因这句话憋得通红。

"讹诈！"何来用手在妹妹头上重重点了一下子。

然后两人大笑起来。

何家大少爷的手腕上戴有一根很粗的佛链子，粗粗的套件上还刻有何姓的第一个字母"h"。

他的母亲是何存义的原配。妹妹何念子是何存义与第二任夫人生的，可谓同父异母。在何来出生的时候，他妈妈胡桃花便因难产而不幸去世了。当时医生曾要求何存义在儿子和妻子之间做出痛苦的选择，要么要一个获得新生的儿子，要么告别自己的结发妻子。他妻子听到医生对何存义做出这般残忍的告示后，主动把哭成泪人儿的何存义叫到病榻前，坚决要求把生的希望留给儿子。

还好他的长相像母亲，使他成了母亲留在人世间，尤其是留在何存义心目中的一截影子。这也是何存义要儿子后来选择医生为职业的原因。

次日，何来拖着何念子来到了他所在的高雄医院大门外守株待兔，待了两个小时，也没有看见一个身高超过一米八、仪表堂堂的男医生。

二十七

　　如果想在这几天找到张罗平，那是一件非常不容易的事。他上班越来越紧张不说，整天累得屁股不沾板凳。而那本"蛇影"又惹出来这么多怪事。吴作梁阴一阵阳一阵还来麻烦他。他就是把晚上睡觉的时间算进来都不够用。

　　确实，他的时间很有限。他何尝不想尽快地把这个装着一个不认识的死人的骨灰盒归还失主——那个叫何念子的台湾女人。说真的，守着这么一个陌生的黑黢黢的骨灰盒，心里觉得十分别扭，又十分不吉利。他又不想把这件事告诉重庆的子今。虽然父母知道了，但父母还是尊重他的意见，想完全由他自己来处理。自从他发现拿错了别人箱子，从到了南海的第一个周一开始，他就时不时地拖着那只装有骨灰盒的箱子，每天花一个钟头的时间在医院附近的几条街道上乱转。

　　他想碰巧遇到那个丢箱子的女人何念子，或者看见她们开走的那部车。可好一阵子过去了，他望眼欲穿，她都没有出现。他所有的努力都付之东流。通过这件事，他也开始更多地责怪自己，检讨自己。责怪自己缺心眼，检讨自己办事马虎。照理说，他与她跳过舞，还与她交谈过，两人最近的直线距离是一个手掌，他没理由不去了解她呀。她滑倒下来时，他还为她施救，检查过她的身体，可她竟然还是不知道她的真实身份和地址，让她如此重要的一件东西遗落在他这里。

　　第二天，他也想过去报纸上登一则广告，把箱子尽快送还给她。可一打听，报纸上登广告的客户已排到明年了，根本插不进去。初来乍到，又没有关系，他只能放弃。

街边的警察已注意他多时了，终于有一天，那个嘴唇上长着一点硬髭的小警察过来盘问他了，"你整天拖着个箱子在这附近溜达什么？"

"溜达？"

"你到底想兜售什么？"小警察冷笑道，眼睛看着别处。

"没有啊，你到底想问什么？"罗平把注意力集中起来，面朝着他。

"你在找下家，兜售'毛片'吧？"小警察冷笑一声后，神秘兮兮地问。

"毛片？小黄碟？"罗平愣了一愣，开始笑得前仰后合。他把箱子打开，干脆让那警察朝里看，小警察总算看清里面装的是什么了，他显得波澜不惊地说："哦，原来里面是那玩意啊，那玩意倒是没人敢与你交易的。"

小警察摸清了底后，摆摆手想走，罗平却又叫住了他："等等，警察同志。"

"又怎么啦？"

"我的事你也清楚了，我也希望你能管管，能帮我在你们那儿备个案吗？"

警察回答得也很干脆："那不行，你没看我们，大案要案都忙不过来，你这点破事我们管不了。你还是慢慢转转，等等吧。"

张罗平可能是一下子闻多了汽车尾气，他在马路当中狠狠打了一通喷嚏。当他打完喷嚏拿出手帕擦完嘴，再一次看那小警察时，那警察同志却已越过了马路，躲得远远的了。

二十八

李希楷市长盛情款待上访者的消息在南医大不胫而走。大家觉得十分惊奇，最惊奇的莫过于年世旺校长了。年校长纳闷，以前官腔十足、架子最大的李希楷怎么会放下日理万机的工作，花几小时的时间来讨好这批水平不高、素质不好的上访者？

去的那帮温州商人回来便吹开了，他们把李希楷拿出的那几个香蕉、桔子夸张成了南美来的极品水果，又把给他们喝的茶说成加了长白山人参，还有的把给他们抽的烟硬说成了古巴雪茄，把送他们回来的面包车说成足有十米长，是接待外国总统用的防弹车，还有警车开道。这些虚虚实实的消息把南医大搅成了一锅粥。去的一批温州老板回来说服了没去的另一批温州老板，说市长希望他们生意兴隆，说市长让他们好好做他们的生意。去上访的那个吴作梁后来还讨到了市长秘书王储的名片。关于街面房"减税"的事，那些人就是第二天按着王储给的名片斗胆打电话给王储的，并从王储那里得到的答案。这批商人个个都笑逐颜开。他们会钻，个个都具备老鼠的精神：群居，到处打洞，到处筑窝。街面房的事经他们这样一咋呼，市场价不降，反而骤升了起来。你说怪不怪。许多位置不够好的商人后来就趁机脱手转给了不知底细的人。所以高架不高架的事在"市长、政府、水果、总统车、减税……"等一系列正面"主题词"的炒作下，已被商人们惦记、学校忘记了，似乎哪一点都不影响市口。

年世旺坐在自己的办公室听到了这一切后直想笑，又只得偷偷笑。他佩服这帮商人的炒作才能。街面房还真是越租越贵了。

这批商人的炒作精神透露着一种与生俱来的性格，这种性格真实地反映出了他们人生的两面。他们既有到处睡地板的非凡勇气，又有挥金如土住超级星级宾馆的福气。这一次次炒作的背后则完成他们的人生跨越。李希楷与他的市政府的形象一下子在整个南医大高大了起来。

许多人边打听边后悔自己没有跟去市政府，没见到笑容可掬的李市长。个别同学跑去班级里向李北北证实，问她这些是不是真的，北北一听急了，涨红了脸只嘟囔了一句"不是那么回事"，就跑开了。

那几个上访的商人本来还想再到年校长那里去坐坐，说是去正式汇报一下，却被年校长坚决回绝了。年世旺知道蒙在鼓里的现在只剩校内的人了。他不忘向商人们调侃一句："怎么，这件事整个南医大都知道了，你们才想着到我这儿来汇报？晚了。"

其实商人到年世旺这里来还想钻点别的空子，他们想要年校长返还点租金。路是路，桥是桥，王储答应给他们的"优惠"承诺是他们自己凭本事争来的，与南医大并不相干。偏偏年世旺已有准备，有了布署。年世旺一见这拨人，连自己的办公室都不想让他们进。他还继续挖苦他们道："我这儿又没有人参、雪茄、国宾车、警车开道什么的，我还希望你们到市长那里为敝人说说好话呢。"

校办的人后来透露了一个消息，说年世旺等来这个结果，并送走那批商人后，竟仰天长叹了起来，他没吐露一句完整的话，而是不停地嘟囔着："素质啊素质。"就两天不再与人说话了。

人们经过一次舆论导向后，现在普遍认为校外的那段高架路其实对南医大的发展并不要紧，放在那里反而显得蛮雄伟、蛮好看的。管他再怎么横过来竖过去，又不影响我们走路。神经医学有一项结论大抵是这样说的，人脑神经兴奋灶下的视网膜会因神经元放大而兴奋。人一兴奋，他看到外部世界的感觉便不一样，物相也不一样，还会得出相反的效果。如有人刚捡到一个皮夹子回来，他看到一只蟑螂在爬，他便不一定认为那是只丑陋的蟑螂，可能是只稍有缺陷的蝴蝶了。

这件事发生在南医大导致了两个后果。一是市政府答应给南医大老师每人十公斤苏北米，以弥补他们饱受"风水遭毁"的现实。不过那米要等到国庆节再下发。二是有三个感觉十分良好的男士将单方面追求李希楷的女儿李北北了。

李北北因此事成了南医大的"功臣"。这三个"色胆包天"的男人是：叶子悬、汪向志，还有何来。何来是后来参加进来的，动机不清。

他在南医大进修，听说了李希楷的女儿为了学校之事"两肋插刀"，他很有些佩服，很想与这位女大学生交交朋友。大陆的同事提醒他，你别乱来。他反而不理解了。他说在台湾，与领导人的女儿拍拖拍拖也没啥，怎么是乱来？别人又提醒他，这是大陆，不是台湾。他还正颜道，都是中国人是不是？别人一听他认真到这步田地，也就不再多说什么了，只好认为他大概一根脑筋"短路"了。诗人叶子悬的态度与何来似乎同出一辙，他本就感觉好得不得了，好像这南医大是他家开的一样。这里的老师是他家的仆人，至于女学生，他想点谁就是谁？那个保安汪向志与他们比起来，硬件虽然差了点，但他最唯物。他知道某些衣食无忧、饭来张口的千金小姐需要什么——需要一个保镖，一个壮汉。他酷似香港影星古天乐，有和他一样的五官和一副古铜色的肤色。他尽管只是南医大里的一个看门保安，却自认为是南医大男人堆里最性感的。

二十九

从本质上讲，李北北是个素质好、性格有些内向又本分的女孩。她相貌一般，仔细看鼻眼三角区域里还有一片细细的雀斑。就长相而言，她站在一万个女孩子里与站在十个女孩子里同样不突出，更显不出任何优点来。可生活就是这样，生活选择了她来做李希楷的女儿。

上次那回带人去找她爹的事，北北在学校被喻为英雄，却在自己家里遭到了母亲的痛斥。"你爸爸好久没碰到这种'将军'的事情了，你倒好，亲自带一帮人去戳你老爹的脊梁骨？"母亲徐卡琳面对一脸无辜的女儿，愤愤不平道。

这会儿，倒是旁边的李希楷劝夫人道："算了，别难为北北了。她只是个学生，这不能怪她。还好没发生什么意外。"

"就是，还好没发生什么。否则，咋办呀？你爸爸是市长，出任何事情都是要负主要责任的。万一人群里有那种'邪教'人员呢，人群中有某个人是精神病、疯子，或者，某个人身上绑有炸弹，像巴勒斯坦……"

"别说了，乱弹琴，有你这么乱七八糟比喻的吗？"李希楷见夫人明显在胡言乱语，小题大做，便制止了她。李北北在边上紧盯着父亲的脸，她不明白，父亲为什么生气了，她见父亲的脸因刚才母亲那一些话憋得通红。

其实就她而言，她爸爸当不当市长跟她的前途都没太大关系。她根本不太想与人争什么，一切都是顺理成章的，一切都是现成的。只要别人不来主动冒犯她，她会一辈子与世无争，看都不会多看别人一眼，一辈子安安心心过自己的日子。讲到她的学业，她也要求不高，毕业后只要进个医院，找份配得上自己的工作做就行了。她这样的女孩从不知道生活的艰辛，也不需要搞懂"奋斗"这两个字的确切含义。但她对爱情却十分执着，对挑选爱人有近乎苛刻的条件。她不太可能找个一般的男人就这样算了，因为有她爸爸这个榜样在那里树着。并不是她也要挑一个有市长基因的人来担任自己的老公，但起码是一个足够优秀的人。

具体来说，要有她老爸那样的名牌大学学历，英俊的长相，以及配得上自己的身高。

北北知道，她爷爷年轻的时候，就是一个美男子。但家里人讲爷爷的时候似乎很少。

她爷爷目前除了年轻时候拍的一张英俊的照片还挂在北北家里的客厅里外，家里的人，尤其是她妈妈那一边的人，基本不提与爷爷有关的事情了。

北北的老爸李希楷毕业于重庆大学物理系，年轻时分来了南海市建委。他是建委系统里的标准美男子，身高一米七五，那是标准的中国男人的身胚。他站有站相，坐有坐相。他娶的就是现在的老婆徐卡琳。当时她仅仅是市建委里的一个打字员，但她却是一位市长的千金。

此话说明白点，也就是说李北北的外公也是一位市长。不过她外公做的不是南海市的市长，只是离南海有着几百千米远的一个小县级市的市长，其实也就是一个县长。那个市按现在的规模都比不上南海的一个区的面积大、人口多。但不管怎么说，都是市长，北北的妈妈在生活中同样是沉默寡语，行为低调，恪守妇道，李北北就像是她的翻版。这在她们家的婚姻历史中，像是一个传统。

所以北北身上有她妈妈的影子，她在学校里也是行为低调、不声不响的。她是比较注意影响的。这件带队闯市政府的事发生前，几乎没有关于她的任何新闻，包括负面新闻，更别说她的绯闻了。她从小学、中学再到大学都是按照父母的要求来做的，包括她未来的婚姻。与其说是她有着一些世袭的择偶要求，不如说是她的父母对他们那样的家庭有比较一致的设计和要求。这一方面她本人有发言权，但没有决定权。北北为了她那个家庭确实牺牲了不少乐趣、童真和理想。她入学时父亲还没被任命为市长，只是市政府里的三个副秘书长中的一个，目标不大。一般学生也就知道这一点，也搞不清副秘书长到底是个多大的官。她的父亲没有经过转正再进副市长这样一个行政步骤，而是由当时的副秘直接跨越了三级当上了市长。一个重要原因是他的前任犯了大错误，还扯进去市政府里一大批在职干部，他是唯一置身事外的，所以才得以荣升。

三十

李希楷的荣升经历成了他周围的年轻人津津乐道的故事。事实上，他能在市政府那次贪腐清洗中独善其身，还是多亏了他夫人那位叔公徐副省长的庇护。这一点，一般人不会知道。

在南医大，北北的底细刚开始只有校常委的几个头头知道，他们按照她老爸的要求，不张扬她在南医大里的存在。她老爸说学生就是学生，跟他的直接影响离得越远越好。但这次主要是汪向志将她"揭露"了出来。一批上访者辗转找到了她，他们要她"带个路"去见一下她的父亲。开始他们说得轻描淡写，只是到市政府"认个路"。她又缺了个心眼，就真带他们去了。没有事先征求父亲大人的意见，连一直叫到大的"王哥"王储的招呼都没有打，就带着这帮人直接闯入了市政府办公厅。

李希楷的秘书王储事后把市政府的门卫、武警狠狠地责备了一顿。他们似乎更委屈，说冲在前面的正是李北北，谁会拦呀，谁又敢拦呀？这帮人刚开始充分隐藏了他们的上访目的，更没有与她谈这么尖锐的上访内容。还好魔高一尺，道高一丈。李北北的父亲是谁？是李希楷。他是一个经过风雨、见过世面的人。当后来这帮人与王储见了面后，才露出了他们的真实目的。他们原本是来向北北的父亲讨价还价和发难的。北北不懂"引狼入室"的道理，她其实是让这帮人钻了一个大空子。

李希楷是什么人？他是蛇医兼商人的儿子。价值与价格的关系，搞得比谁都在行。他当了五年的副秘书长，什么样的人没见过，什么样的事没经历过？早已练就了一套危机管控的能力。他与"土匪、流氓"都短兵相接过，摆弄这样一些人，他知道只要放低身段，打一套推拉有节的"花式太极拳"，态度好些，就能说服他们。关于"上访"这样的群众活动，他认为只能疏，不能堵，更不能武断回避。上访的理由千差万别，目的只有一个——解决问题。那些问题，究其根源，都是历史上遗留下来的老大难问题。

不过北北带领上访者闯市政府的第二天，李希楷的秘书王储就给南医大的年世旺校长去了电话。王秘书在向年校长大致叙述了这次上访的主要过程后，忧心忡忡地说，这已经严重干扰了市政府，尤其是李市长的工作。希望不再有第二次。那边，年世旺吓得大气都不敢出，只有憋着气应和。

"那是，那是，我们一定吸取这次管理不周的教训。"

王储一听年世旺被"震住"了，又缓和了一下气氛。通知年校长："不过，我想，他们也不会再来了。吃的、拿的、送的都有了。虽不是什么太值钱的东西，但李市长慷慨解囊，他们都还是欣然接受了。"

年世旺听到这话又佯装激动了起来。其实他内心早有数。

王储话峰一转，又提到了另一个问题："这段时间，李北北的学习成绩明显下降了。"

"哦，"年世旺又一惊一乍的，"有什么建议，请市政府指示。"

"请贵校保证她更多的学习医学知识的时间。将来如再遇'上访'这样的事，请直接通知我小王，我一定会按规定来办的，请别再打扰北北了。"

王储在末尾反复说别再打扰北北。尽管他也明确表示支持这次上访，而其实他末尾那句话"别再打扰李北北了"才是关键。

年世旺的官不大不小，在政坛上也算是经过风雨、见过世面的，他从王秘书委婉的语言中又听出了一点弦外之音，那就是责怪加点警告。

年世旺跟着又出了汗，他都来不及去擦。被市政府来"打招呼"，这对他的乌纱帽，对他将来的政治生涯肯定投下了阴影。年世旺当天晚上，马上就李北北一事，专门召开了常委会。会上委员们火速通过了几条新的规定，年世旺知道那王储时刻等在电话机旁，于是拟了一份正式公函呈给了王储：

一、今后李北北的所有外出需向校党委通报，获批后方可外出。

二、没有特殊情况，李北北的所有私人信件需交校常委管理。

三、接送李北北的车必须是市政府的，南医大不派车给李北北用。

　　这三条以校常委决议的形式呈送到了王储那里，王储看后笑了起来，基本上他都同意这些规定。但他提笔又补了一条："李北北上课时间不能离校，但她可不参加与专业无关的任何活动。"

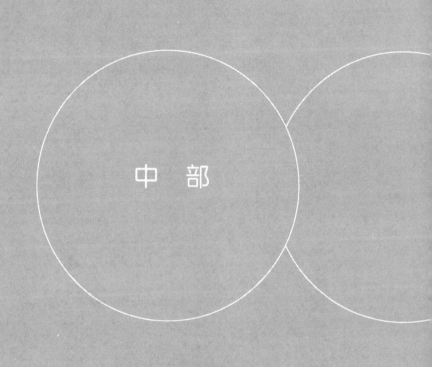

中　部

一

　　李北北带领上访者闯市政府的事在南医大传得沸沸扬扬。纸再也包不住火了，她在这里读书的事更是被学校里的许多人都知道了。许多同学平时没太注意的这位穿得朴朴素素、不声不响的女孩其实是他们这个大城市的"第一千金"。

　　人们开始对她敬而远之。一时间，好像她是她爸爸派来监督大家的，她因此有了间谍嫌疑。同学们把这件事和她的日常生活联系了起来，就说：怪不得她总是神神秘秘的，总像有什么心事，又总是来无踪去无影。原来她在帮她老爸收集咱学校的信息啊。有些同学干脆疏远她。也许以前大家也觉得她不太像一个干部子弟，更不太像一个有分量的干部子弟，最多也就是个无足轻重的小干部子弟。看来大家都低估了她，想不到她竟然是李希楷的女儿——市长的女儿，这么大一个官！原来只有书记、校长知道她的底细，所以也只有书记、校长见了她点头哈腰的，就跟见了真正的市长无异，总做出一副随时随地请示、汇报工作的态度来。

　　随着她的底细被抖露出来后，现在的北北上课、下课都是一个人走，绕着她的同学走，吃饭她也坐到了特殊的房间里。她的生活节奏全被打乱了。这个原来就有些沉默寡语的李北北现在更不愿意搭理别人了。

　　王储暗地里开始调查起这次南医大部分教师、校工聚众上访的起因。他得了解是谁牵的头，又是谁将李希楷女儿的事捅了出去。因为他一开始怀疑此件事情的始作俑者是年世旺。后来经过判断，缜密思索，他得出了结论，不是年世旺。调查越来越深入后，他顺藤摸瓜，终于知道了这件事的始作俑者不过是一个名不见经传的南医大的门卫——汪向志。

这人到底想干什么？他有什么更深的社会历史背景吗？去调查的人回来向王储汇报，汪向志的父母都是南海市极普通的工人。他父亲还是一名老党员。那么他这样做的动机又是什么呢？

经过他"发动群众"，王储最终分析出来，他也没什么太多动机，只是因为生活、工作太无聊了。王储这才对他放松了警惕。

其实汪向志这样做的动机还有一个：他想巴结李北北。他太羡慕北北这样的家庭了，又太爱关心市长家里发生的一切了。南海市内确实有许多像他这样的市民。说他喜欢李北北他不敢，也不配。那个档次，那个垂直距离他懂。但谁也无法剥脱他去幻想、梦想、妄想的权利。他在南医大门卫这个岗位上已工作两年。在这两年里，他见过太多的人与事。别看门卫这样的工作在一般人的眼里很不起眼，但一个学校的发展、兴衰，乃至一个人的发展、兴旺，可能都在他们这帮保安的脑中、眼中、心中有一个嬗变的过程。这个过程他们也最清楚。他们是我们一段人生、社会的见证人。举个最具体的例子，如他们的本事之一就是把各种领导的车牌号码记得滚瓜烂熟而不会乱。还有，每天发生在社会上的大事小事，也不管好事还是坏事，他们往往都比我们先知道。因为他们蛰伏在门口，单位里的报刊杂志每天又是经过他们的手分发到各个部门的。分发前他们就会把报纸大致浏览一遍。这种经历练就了他们揣摩人的能力，如狗鼻子一样好的嗅觉。

说到底，王储只身来找汪向志，他还真有点自惭形秽。站在保安汪向志面前，王储不管是身高还是长相，都差他一大截。那厮气宇轩昂，一表人才。虽然汪向志知道王储的真实身分后，又点头又哈腰，但眉宇间那股子男人的豪气还是让王储多盯了他几眼。两人的角色这会儿都可大抵颠倒一下。

怪不得汪向志那小子胆敢向咱南海市的"第一千金"发起进攻。他真是英俊潇洒，仪表堂堂，如果他肯多读点书，多懂一些道理，或者自己的机会好一点，不是没可能接近到北北这样的女孩的。

汪向志本来是注意到李北北的姐姐李南南的。李南南与李北北的风格完全不同，那丫头说话做事都招招摇摇的，嘴巴也不饶人，穿得也花里胡哨。汪向志哪吃得消她。有两次她是坐她老爸的车来看她妹妹的，却都被汪向志撞上认了出来。汪向志天生就如一条嗅觉很好的狗。而李北北两次都坐在车内离开。李南南对汪向志这样的帅哥根本不可能放在心上。但这一幕却被汪向志深深印在心里。

二

吴作梁背起上次那只大挎包又出发了。这次由于有朋友王储的支持，他没坐民航的班机。而是坐的空军某师的勤务机，那架飞机直接载着几个空军干部的家属两小时之后就降落在了重庆江北机场。到地面后，他遵循王储的叮嘱，没惊动任何人，而是叫了王储以前部队里的一个哥们，派了一部过时的吉普车来用。他自己会开。

在飞机上的那两个小时里，他又把《蛇影行动》那本小册子翻出来仔细地阅读了一遍。

何子成是 1937 年 10 月 10 日开始记这本《蛇影行动》的。那一天是国民党重要的"双十节"。后来蒋介石逃来重庆，开始了他东躲西藏的生活。何子成一上来就谈到了那条"秘道"：

"1959 年秋，余率小纵队先期抵渝，为委员长安排食寝。

进山，斟风水，选三地，制详图，交夫人阅。夫人喏。再嘱实地复审……与孝弟便衣赴凤鸣山麓，见道岔路杂，多野林山穴，深不可测。有一潭前，洞状扁似瓢，可见口窄，内甚大。孝弟入。惊愕，余同入。走五公里。有道接四方。叹服天功……查内有女尸几具，裸肤，似大户家眷。皆被奸虏。割乳、去眼。其状骇人。呕吐于洞。道通林山外，得出，又遇山贼四人，欲劫银。孝弟枪打二人殁。余散之。"

这也是何子成记的第一件事，讲他刚来重庆办的第一件"大事"。觅有道，这个道便是他无意中查到的地下山道。他也讲了来歌乐山、凤鸣山勘察地形，探险、发现异地、异物的见闻。

吴作梁的吉普车开上山后，首先去见了王储介绍的一个熟人：民叔。

吴作梁一见民叔，差点没有笑出声来。他就是船上碰见过的那位古怪的"蛇医"陈民权。以前吴作梁是多么轻视他。

"你是人是鬼？你不是上次投过一回长江吗？"

陈民权笑了，露出了口边上的一颗金牙。"上次我确实跳过一回江，是去捞我那大竹篓子去的。"

"那你为何连命都不要了，却要去捞一个竹篓子呢？"

"你哪里晓得，那篓子是我亲手打造的，好使。它还挑得多，丢了，舍不得。"

根据陈民权的领路，吴作梁的吉普车辗转找到了凤鸣山麓。这条道路有些隐蔽，平时开过的车多以迷彩伪装的军车为主。果然在山北面，找过去的第七个洞口，两人停住了。他们查找到了当年何子成记载这则事情的原地。潭边一窄洞，洞边一黄桷树。那里山风呼啸，植被茂密，野鸦飞过，有些恐怖。民叔确认后，砍掉了洞口齐腰高的乱蒿。洞口里面很潮湿，不停在滴水。地上全是人的排泄物，帷幔一般的野植物随风飞舞。从洞外看，洞深也就十米。但陈民权拿出一个手电筒往里一照，洞里其实拐弯了。

进洞前，民叔拿出齐腰高的厚厚的筒靴叫吴作梁换上，还给他身上抹了一种罕见的剧毒植物浆。刚进洞口不远，吴作梁就踩到一条软软的东西，正要叫，陈民权捂住了他的嘴："这是幺妹子，别吱声，你只管朝前走，它会走开的。"

果然，两人又朝前走了几步，脚下的那个东西便不在了。等前方有了一些亮光，陡壁上便现出了一串串影子。

吴作梁又踩到了一堆东西，忙叫道："哎哟！是骨头。"

陈民权又解释道："这是一些探险者吧，大概是被幺妹子咬死的。别往下面看，就快要到了。"

两人总算走了十分钟，有一大水潭，水声流动。陈民权才叫燃起火把来，一是辨路，二是壮胆，三是驱寒。这时，吴作梁吓得已找不到打火机了。他在衣服上摸了半天，也没掏出来。陈民权补充道："你瞧，不是在裤兜里吗？我来掏。"

有了火把，整个洞里亮堂了许多，这凤鸣山里的洞口小，里面却很大，且潮湿异常。但吴作梁注意一看，正前方有三具女尸骨架，她们生前都半卧在石头上，其内部的肉早被掏光。更为恐怖的情况是，就在那女尸的附近的水潭边上方，就有两条绿花颜色的毒蛇吐着信子在悄悄游走。

"幺妹子！这就是你说的歌乐山里特殊的毒蛇？老子到底是哪根脑筋搭错了地方，跑到这崇山峻岭之间来与这堆毒蛇为伴。真是吓死我了。"

"你不是要来打探那份机密档案中的秘道吗？就快到了。"

"你来过这里？"

"是呀，来过，没跟别人说起过。"

吴作梁边听，身子还在抖，"这都是王储那家伙的鬼主意，快走吧，快离开这个鬼地方"。

陈民权见他腿脚在颤抖，点了点头，还诡谲地朝他一笑。

三

吴作梁在陈民权的带领下，在那个恐怖的山洞里探险。借着民叔手上的那点火把的照明，走了几公里的路，心里也紧张得都快窒息了。他们燃起的那个火把其实是吴作梁进秘道前的一条擦汗用的脏毛巾。

在行走探险的过程中，吴作梁两次把小便流在自己的裤子当中。他更后悔自己没有充分地思想准备就跑到这大山深处的洞穴里来玩命。

这时，走在他前面的陈民权，根据对地理、植物的判断，对他说道："看来上面已经是歌乐山了。"。

"你说什么？咱们已经从凤鸣山走到歌乐山下来了。"

"应该是。"

民叔对吴作梁说，因为歌乐山下面的洞穴都有其喀斯特地貌的特点。与重庆西北朝上隆起的地理特点比起来，歌乐山地区显得更加潮湿，更加阴冷，岩层之中地质更加复杂。

此时一股尸臭与水生植物的腥味混杂而成的怪味迅速弥漫在整个秘密坑道之中。

"二十年都没有进来过了！"民叔叹息了一声。吴作梁手上的火把又颤抖了一下。

在这愈黑愈深、愈怪异愈恐怖的秘道深处，吴作梁已经看到了大量的已经腐烂一半的尸体。他内心一阵挛缩，接着用衣服的一角去捂住了口鼻。民叔仔细地上前辨识了一下，说那是"文革"时期的造反派留下的。"民叔，那些造反派怎么会到了这里，他们是怎么进来的？"吴作梁问。

"这就不好说了。像是被骗进来的。"陈民权道。

这些尸体狰狞丑陋，多半还遗留有毛发和牙齿。旁边有一些陈旧的徽章和袖章散落着，以证明他们曾经是那个时代的红卫兵。他们都是造反派。这些尸身的形貌在微亮的洞穴中，显现出或白或黑的轮廓。尸体附近照样有大量的毒蛇在爬动。再次看见这些恶心不已的蛇，吴作梁的感觉似乎好了一些。他又想到了自己的使命感。他开始走近了它们，想看清楚它们在这个洞穴中的狰狞原貌。凶恶的毒蛇见他朝它们走过去，竟都奇怪地爬开了。这是怎么回事？民叔在他身边一再发出了怪笑。他告诉吴作梁，在刚才走进这个秘道前，他为他涂过一种野生植物做成的泥炭浆，就是那种泥浆让这个洞里的毒蛇纷纷逃离或者回避了。吴作梁的胆子也慢慢变大了起来。民叔在他前面，慢慢地为他讲解一些事情。在身下游走的那些幺妹子蛇中，他挑了一条小些的蛇，竟用戴着手套的手去把它捉住了。

那条接近于一根油条粗细的毒蛇，在他的手臂上缠成一团，嘴里发出了"咝咝"声，这便是民间所说的幺妹子的叫唤。他仔细把它拿到火把下来看，见它的头比一般毒蛇大，绿色的三角头形，吐出红信。陈民权用一个玻璃杯盖子，把它的头往上按，那蛇的一股子淡色的毒液便留了下来。然后他再把玻璃瓶放入背包里。

吴作梁欣喜地看着他做着这一切。陈民权放好了玻璃瓶，正要向前走，一股洞穴深处的阴风吹来，他一个趔趄，看见一堆黑乎乎的东西从头前飞过。民叔告诉他："是山蝙蝠！"

"妈呀，它长得怎么这么大呀？像一只肥猫！"

"现在也正是蝙蝠繁殖的时候，这个可以说明，前面不远处应该有一个出口了。"

吴作梁一听这话，内心有些兴奋，轻轻迎合了民叔一声："太好了"！

这条秘密通道终于在一堆张牙舞爪的怪异的岩石后面出现了两条岔道，一条通着一处有些亮光的地方，那是一处出口，而另一条仍指着前面的茫茫黑暗……

吴作梁在这里扔了好几块白色的鹅卵石，作为一种标记，可以告诉别人他走过的路线。眼下他已经走不动了，火把看样子也快用完，所以他把继续走在前面的民叔叫住了。两人改走另一条道，民叔点点头，带着他朝亮处走去。

地上的死尸真是太多了，蛇也爬得随处可见，令人毛骨悚然。很奇怪，这些尸体腐烂得都十分缓慢。是不是因为太阴冷潮湿的环境，但这肯定不是唯一的条件。他们仍然是"文革"某个时期进来的造反派。这些"傻子们"是怎么到了这里面来的？是一批一批地走了进来？又是被什么人带到这里来的呢？商人吴作梁真想不明白。

正在这个时候，在那条通道的向上一处亮光点，吴作梁又发现肩上有什么东西掉了下来，像是在爬，他大意了，用手去拍，那东西似乎把他肩上那点衣服咬得很紧。他换了只手又去拍打，竟被那玩意猛咬了一口。他隔着手套都感觉手指间有些火辣辣的。等他和民叔从一处洞口出来，登上地面，这时已是万家灯火了。这里是歌乐山上的一处著名景点林园。现在它是人民解放军的一个通信学院所在地。晚上，整齐的军歌依旧嘹亮。

想不到，刚才他们在这地下摸索了近十公里的路，从凤鸣山已经偷偷走到了歌乐山来。吴作梁想，难道那几十年前的何子成也是像他这样走过这条秘道的？那么洞穴深处指向另一黑暗处的秘道又是通向哪里呢？

在一灯光处，吴作梁脱下手套一看，刚才被某种东西咬过后的肩膀和手指现在竟有些红肿了起来。陈民权过来细看一下后，明白无误地说，你那手指是被秘道中的毒蝎子咬伤的，不能等太长时间，他会用一种歌乐山上的草药熬成的汤水来帮他洗，一洗一泡，伤就好。吴作梁又问他，刚才进来时他们身上涂抹的那层泥炭浆到底是什么呀？陈民权走向某高处才答道："这种植物的名称叫莨菪（天仙子），又称龙葵、裸女百合等等。在意大利语中，莨菪的意思是'漂亮女人'。"

在文艺复兴时期，女人们会用莨菪的提取液来护理眼睛，它有扩大瞳孔的功效，能让女人看上去眼睛更加细长，外表更加漂亮。但这种植物全身上下都是致命的，特别是根、叶和果实。它们能麻痹动物的副交感神经系统，堵塞神经末梢信息传递。对人的伤害也一样。

四

吴作梁从那恐怖的洞里出来，连续呕吐了几分钟。陈民权好像早就意识到了会这样，过去帮他擂了擂背，他才好受了些。吴作梁没有再回凤鸣山那边去取吉普车。而是随民叔朝那歌乐山的山顶走去。民叔说，正巧他的"山城蛇毒研究所"就在那前面不远处。他还说今晚就在那里招待他吃饭。

果然从林园过去不远，沿着一条山道就登上了一处峰巅，那里是一处烈士墓，有一堆与烈士题材接近的大型雕塑。民叔指了指那条山道的尽头说，待会到了，咱们喝两盅吧。吴作梁现在才想起来，又惊又怕熬到现在，肚子早已饥肠辘辘。民叔手指的那边的一堆屋子都是平房，房子不大，有几间合在一起。竹篱笆把屋子围了起来。门口有一块不起眼的木牌子，上书"民间第三代山城蛇毒研究所"。进得屋来，有两个巨大的大足土瓷做的水缸堆在墙角，瓦黄色的。一排长桌子上放着七八个中型玻璃缸，都浸满了水。不看不知道，一看令人毛骨悚然。里面全是用某种药水浸泡起来的幺妹子毒蛇。那些蛇首都狰狞恐怖。正墙当中挂有几张旧时的黑白照片，仔细辨认，应该叫作炭精画像。吴作梁的话题便从那几张照片谈起，他问道："那照片上的人是谁呀"？

陈民权擤了一回鼻子："哥哥，还有我老号（爹）！"

吴作梁："你哥哥？你老爹？"

陈民权抬起头来，呆呆地指着年纪较大的那位，自言自语起来："我老号以前也是歌乐山这一带有名的蛇医，他与毒蛇打了一辈子交道。"吴作梁大着胆子走到那张照片下面，见那照片下角还写有"吾父铭盛千古，愚子民权志立"几个字。

吴作梁由此想到了《歌乐山县志》里提到的那则往事。

《歌乐山县志》中有文记载：有一个残废了的民间中医铭盛是最早抓到过幺妹子蛇的人。书中是这样写道的："歌乐山山间，风水异样，人物异常，怪事不断，在那万丈水涧垂藤之间，有些洞窟常被人忽略。千年无人光顾。但却常常有人的尸骨被拖出来。这个叫铭盛的高人进去过那千年古洞，他穿着古代巴蜀兵的那种藤甲兽骨。在洞中遭遇过这种传说中的凶物——大蛇。此物碗状粗，口吐红信，色紫，头大，异常凶猛。能发出如重庆幺妹子叫一样的声音。咬人即殁。此蛇毒性巨烈。一滴蛇毒液，足杀百人。此物见人便咬，主动食人。铭盛曾与多人谋计，诱之爬出，网捕之。计成，斩蛇五段，其仍动。多人伤手，外来展时，残身跃起，咬人手臂，吓人至极！此谓之幺妹子蛇也。"

后来这名蛇医铭盛胆子太大了，又与人进去了多次。有一次，他们沿着这个洞进入到一条神秘暗道中。道内有灯盏，还有些许檀香的气味，但他们真是胆子太大了，被探险冲昏了头脑，越走越远。终于掉进了一处暗中的陷阱，被一帮士兵逮了去。他们是国民党军队驻林园的守备部队。铭盛这才知道他们闯入了林园的军事禁区。这里是蒋介石的官邸之一，擅自闯入是要枪毙的。国军决定枪杀他们。等要枪毙他们的时候，有一个年轻的长官站了出来，他说再让他们发挥一次作用，因为他正要走秘道，带人下山去搜一本书，而秘道里他们那些"可爱的生物"有一些找不到了，走散了。他要铭盛他们带路，在前面充当替死鬼。想不到这一次，那些"可爱的生物"不知又从哪里爬了出来，放过了前面的铭盛，却咬死了后面的国军卫兵。等铭盛他们反应过来后，拔腿就跑了。铭盛说，那帮国军那一次要去搜寻的是一个叫作"宋美龄内部病历"的档案袋。这时"有一个长官"站了出来。

县志上是这样记的。吴作梁断定，他可能就是何子成。

"是不是早年的何子成利用过你爹？"吴作梁反应过来了问。

"如果是这样推断的话，肯定就是他了。"民叔点点头。

"好歹毒的计划，这才是一条真正的毒蛇！"吴作梁道。

陈民权对墙上的老人拜了一拜，吴作梁问到了另一张照片："这个年轻人是谁？好像与你不像？"

"是我哥，他是与我长得不太像。"陈民权答道。

"他现在还在吗？"

陈民权欲言又止："不，不在了，有一次与人去谈什么事情就再也没有回来。"

"他又是干什么的？"

"他也是重庆最著名的蛇医，比我老号还有名，据我老号说，我哥帮蒋介石都看过病……"

"啊！竟有这种事？"吴作梁听到这句话不由睁大了眼睛。

陈民权觉得自己讲得太多了，马上又刹住了车。"走，走，吃饭前，去洗个手！"陈民权把吴作梁朝屋外拖。出来时，过道的上方，吴作梁在墙上又发现了另一张奇怪的照片，他马上又凑上来向民叔问道："噫？这张少年的脸，我好像是有些熟悉，像是在哪儿见过他……"

陈民权闻讯，只是手捂住了嘴笑，但并不作答。

夜里歌乐大山之中，水很凉，吴作梁再次出来到屋外，内心还有些恐惧。

"你那老爱人呢？"吴作梁最后问道。

"二十年前就死了！被幺妹子蛇咬死的。"

吴作梁又吓了一跳。

"怪不得你会在这么阴森恐怖的环境里钻研这么深。"

"哈哈,干我们这一行的人,你都觉得阴森、恐怖吗?那咱们民间医生也都是怪人了吗?!"陈民权洗了一把脸进屋来,笑道。他引吴作梁来到了另一间屋子。在这间屋子里,挂有一个女人的照片,是一张真正的用相机拍出的照片。照片上的女人长得还算漂亮,眉清目秀,亭亭玉立。吴作梁盯着看时,陈民权去一边土制烤箱里拿出了一只已烤好了的似野鸡一般大的黑鸟。他撕下一只粗壮的腿,递给了吴作梁。

"这是歌乐山上飞来飞去的斑鸠!你尝尝吧。"陈民权道。

吴作梁拿到鼻子下先闻了闻,就狼吞虎咽了起来。他又道:"这歌乐山里有这么大的一种怪鸟?"那玩意实在太香,吴作梁边啃边双手沾满了油。他又走到照片下,问道:"不用再猜,这照片上的女人,肯定就是尊夫人了?"

"什么尊不尊的呀,咱们这一代的人,都命如纸薄啊。'文革'那个时候,连这歌乐大山里的蛇都变成好人了,专咬坏人。"

"你这话是什么意思?"

"我老号被人整成了'反革命',说是他当年用幺妹子蛇毒害人民。有一次,一帮造反派不知从哪儿得到的消息,闯入我家,抓住了我老号,接着就把他带走,说要去那歌乐山秘道里转一转,看一看这天造的奇迹。我老号他先是不肯,后来造反派把我和我妈、我媳妇一起抓了来。说如果不肯带他们进去,就把我们几个全扔到蛇洞里去。我老号只好带他们去了。我当时就知道他们这伙人到底想干什么,无非就是东都医院流传出来的那个故事,宋美龄有一份'内部病历'档案,国民党想收回去,共产党又想据为己有。结果还是被共产党抢到手了。不知是真是假。我想,现在这伙造反派也想发财,也想摸进秘道里去找找。"

"你怎么也认为是被共产党抢到手了?"

"我老号陪他们进去了一回。后来我老号回来说，那秘道里面碰到了更加可怕的事，好像不是碰到了幺妹子蛇这么简单，是碰到了别的什么东西。到底我老号那次进去碰到了什么东西，现在我都无法搞清楚。"

"你哥那次跟进去没有？"

"没有，但另外一天，有人又让我哥带他们进去了一次。"

"啊！快说说，这到底又是怎么回事？"

吴作梁满嘴油，他去桌上胡乱抓了一张纸来擦拭。

"是我爹没说清楚，那一回，他十分恐惧，不愿意告诉我们，可能是怕连累到我们，怕把我们扯入到什么复杂的事情里去。"

"你爹不会是遇到了可怕的大蝎子、山鼠、山蝙蝠、蛙蛙鱼……"

"都不是，我猜只有我哥知道是怎么回事。那次我老号从秘道里出来后，我问过他，他都摇头。可能是认为我还小嘛。结果我老号后来就干脆不太说话，如一个哑巴了。"

"有这么怪的事？那些跟你爹进去的一帮造反派呢？"

"大概是……全死了吧。他们怎么死的，我老号实在来不及说。直到他死仍是一个谜。"

吴作梁听罢不敢再吃那野斑鸠了，却嚷着要喝水。民叔轻轻叹息了一声，问他要不要来点当地的米酒。吴作梁听得很兴奋，忙说可以。民叔拿了一个土碗，踱步到屋子角上那瓦黄色的大足土瓷做的水缸边上去狠舀了一勺子，又端了过来。他把那一勺子分成了二盅子酒，把其中的一盅酒递给了吴作梁。吴作梁嘴巴一渴，看都没看就喝了下去。起初他觉得那玩意还好喝，赞道："你这米酒，到底用什么做的呀，酸中带点甜的。"

民叔想说什么却又没有说出来。这时外屋蒸的红苕好了，蒸气弥漫到了里屋。民叔放下酒盅就忙着出去了。吴作梁受好奇心驱使，竟拿着那酒盅走去了墙角那只硕大的水缸旁，他掀开了盖子，这一看不要紧，简直把他的魂儿都吓飞了……那水缸里放了半缸子的草莓酸果不假，而在那些草莓酸果下面却是两条眼睛还凸出来的幺妹子大蛇……吴作梁忙摔坏了酒盅，逃离了墙角。他冲出了外屋，民叔手上端着一大碗红苕，却用一种疑惑的眼神看着他。

吴作梁急忙说道："你、你是人，还是鬼呵？"

民叔笑了，放下红苕。解释道："我是人，但这个世道，一再将我这样的人当成了鬼来看待，看你刚才紧张的，你是说你刚才看到我自酿的这种蛇酒啊？它可是专治风湿病和类风湿病的，在咱们歌乐山这一带，效果好得很呢！一碰到秋冬季节，这酒好卖得不得了。可以喝，还可以抹。比山下那东都医院里的教授开的处方药还灵验，另外我这药酒还能治复杂的妇科病，白带增多、宫颈糜烂……"

吴作梁这时想起了王储临走时向他介绍陈民权时所说的话，陈民权是一个非常优秀的蛇毒专家，还是重庆，甚至西南一带有名的蛇医。关键还有一点，王储说，陈民权还是现任南海市市长李希楷的一个亲戚。

其他的身份吴作梁已经充分领教过了。这最后一项，李希楷的亲戚？他还想问问陈民权。

"民叔，听说你每次去南海都坐头等舱，而且不要钱？"

"那是我的工作，我还不想去那种大城市，宁肯待在这歌乐山的大山里。"

"听说您老还是南海市李市长的亲戚？"

民叔笑了，幽了他一默："我也不想去攀这门亲戚呀。没法子，老祖宗那儿不好交代，李娃子那里更不好交待。"

"李娃子是谁？"

"是李希楷啊，你们南海市的市长。"

"他是重庆人？"

"可不是嘛，他也是这歌乐大山里走出去的呀。"

五

叶渝生有了钱岩康这个养父后，身体状况迅速得到了改观。但钱岩康不久发现这个小孩有点口吃，喜欢水。钱岩康一有空就会开车去小渝生的家里接他，有时还要带他去自己位于大坪的家里过周末。买许多好吃的东西给他吃。这是一种赎罪还是什么，别人不知道，也许只有钱岩康心里清楚。

经过一段时间的营养指导及医院检查，叶渝生的体质、体格开始明显改观。小家伙脸色红润，骨头长硬了，小胳膊也长粗了。与渝生的外公外婆都熟了以后，钱岩康会主动叫他们抽空把小家伙抱过来，到他那儿去。他对他像对自己儿子一样亲。渝生的外公有个愿望，想抽个空，抱外孙去一趟西藏，到父母生前工作过的地方走一趟。钱岩康答应了。

胡子今见钱岩康对叶渝生格外好，内心也十分感动。钱岩康的那份自责多少也传染给了她。她有时也会置自己的亲儿子而不顾，去关心那个无爹无娘的可怜的小家伙。如今在某时某个大医院的草坪上，人们经常会发现小渝生由钱岩康用推车推着，或者由胡子今抱在怀里散步。外人看他们，更像是一家人。

五一节来了，东都医院的医生贺子麦、周兰宣布要结婚。办喜酒前新人也向胡子今发了请柬。胡子今则叫上了钱岩康教授一起去。

中国举办婚礼的隆重让钱岩康很是惊讶。两个新人叫的人也不多，除了双方的父母亲戚，就是东都医院妇产科、内分泌科里的一大堆同事。

敬酒时，两位新人倒了满满两杯白酒特地跑过来，要敬钱教授。胡子今以为钱岩康来自美国，不会喝那玩意。谁料想，钱岩康笑呵呵地正了正领带，不光先把杯子斟满后喝了，还独自倒了另一杯酒，称祝词要双，喝酒也要双。大家有些纳闷，他说道："刚才那一杯是敬小贺的，祝小贺平平安安，少出医疗纠漏！"大家一惊。他接着又转了一个角度，道："这杯才是给周兰妹的。愿小周漂漂亮亮，快快乐乐。同时抓紧'大生产'！"大家一听，懂了，笑了，他又急忙把酒喝了。

贺子麦、周兰打算蜜月去长三角转一圈。还打算到南海去看看以前的老师张罗平。

回去的路上，坐在车上，钱岩康竟像一个孩子似地哭了起来。胡子今摸不着头脑。钱岩康把车停了停，才讲道："我刚才想起小时候那个离散的妹妹了，她叫丽雅。她在我的记忆中，好像永远只是三岁。她那么可爱、乖巧，如果到现在，她已经是结婚的年龄，与周兰的年龄差不多了。"

胡子今见他眼睛里有两颗大大的眼泪滚落下来，顿时钱岩康的眼镜片上一片氤氲。胡子今便下意识地掏出一块干手绢，递了上去。钱岩康没有多想，接了过来，用它来擦拭眼角。"我时刻都在想我那多灾多难的妹妹啊。"

"这么多年了，一点音信都没有吗？"子今问。

"那个时候，哪像现在啊，电话打不到，还被监听。信寄过去前，都被拆开来看了，有的还要被退回来。"

"你们估计，她后来可能去了哪儿呢？"

"丽雅从小跟她的保姆戴婆婆住在家里，偶尔也回戴婆婆家里去待上一天。我妹妹小时候很听话，她的舞跳得非常好。东都医院有两次举行文艺汇演，小丽雅都独自登台，跳新疆舞，赢得满堂喝彩。"

"戴婆婆那里呢，找过吗？"

"你是说戴婆婆现在那个家里吗？去了，早去过了，七星岗普林寺

17号，现在哪里还有当年那些影子啊！关键是戴婆婆早在十年前就已经死了……"

"丽雅才下落不明？"胡子今吃惊不已。

正说着，钱岩康颤抖着双手，从裤袋里拿出了一个黑色的皮包，掏出了两张泛黄的陈旧的照片，递给了子今。

"丽雅小时候好漂亮哦，真是个美人胚子。她嘴下有颗痣，好可爱呀！"

"是呀，在那样的年代，又是一个弱小的小姑娘，我怀疑丽雅大概都不在人世了。"说罢钱岩康又哭了起来。

"我看不一定，还可以找找看。你爸妈他们怎么会被造反派暗算的呢？"

"好像有那么一个人，当时偷偷去向造反派们造了谣，告了密。"

"那是什么动机呢？"

"这可能永远都是个谜了。"

"世上还真有这么坏、这么恶毒的人啊？"

六

何来并没有帮妹妹找到她的"高个子医生"。他后悔不该答应妹妹这种不着边际的要求。最重要的，在找人的过程中他总算弄清楚了念子急着要找到那个男人的真正原因。他自己也着实被这一复杂情况吓了一跳。

爷爷的骨灰盒丢了，又不能大张旗鼓地到处去问，免得让人笑话。但时间紧急，尴尬的险情一触即发。而这个时候，何来跟着冒出了一个疯狂大胆的举动。念子听了哥哥的这个打算之后简直吓得面如土色……

几天以后，何存义带着他的亲友团浩浩荡荡从台湾赶来了南海。何来、何念子和何存义的同事，以及企业高管一行人都到机场去接机。

从机场口出来，何存义的表情明显疲惫不堪，他的身后跟着一大帮妇孺老者。他走在前面。

看见台湾来的乡亲，尤其是又看见了妈妈和年近九十高龄的奶奶，何来与何念子都很高兴也很激动。奶奶一见念子，马上爱惜地将她搂过来，左看右看。何念子跟着父亲回到了家里，表现得十分殷勤、卖力。

在众人面前，她一改往日的性格，变得沉默寡语。她奶奶硬要她再次走到跟前来，她却借故离开了。何存义没有看出女儿心里有事情，也没觉得他离开这些日子里，这幢大宅有什么不对。见女儿只顾傻笑，又埋头做事，心里很是欣慰。

何家将一部分亲戚送到了宾馆去下榻，这是由何来来负责的。

何来坐在公司提供的大巴里，由两位董事带队，领着这帮既操台湾话又操闽南语的亲戚们飞驰在内环高架上。亲戚们对南海的变化赞不绝口，这次他们会在南海待半个月，是何存义邀请他们来的，自然由何存义来买单。

晚上，何存义在花园饭店请两岸的乡亲们吃饭。何来、何念子分别坐在了奶奶和妈妈一边，负责为她们倒饮料或夹菜。

席间，奶奶问到了爷爷骨灰盒的事，念子吓得摔坏了一个汤匙，何来边敷衍边赶紧夹了一块大虾去堵奶奶的嘴。

大家都看到了那块虾，那是最好最大的一块虾，奶奶却不愿吃，又把它拣到了旁边念子碗里。余下的一段时间里，奶奶没再碰碗筷，而是看念子津津有味吃那块虾。念子是想叫奶奶少讲话，尤其是别再提骨灰盒的事情，她又给奶奶添了点观音奶茶，不料奶奶喝了一口便呛了起来，还竟有些咳嗽了。

何存义本来只顾自己与亲友们喝酒，看到这一幕，走了过来帮老人家拍了拍背，又用有些嗔怪的眼神看了念子一眼，把奶奶桌前的茶碗收掉了。"都晚上了，奶奶喝多了茶水睡不着。"何存义对女儿说。

回到家里，父亲还没坐下来，何念子就溜过来，把一大堆企业里、家里的单据、账单搬出来让他看，让他来处理。何存义是一个一进入工作状态就像上了机器发条的人，他自然来者不拒，叫女儿去为他泡了一杯茶，他找出了老花镜来戴上。

楼上念子的奶奶、妈妈见何存义不上来休息，都在上边嚷嚷，让何存义别忙过了头，一边叫念子带话下去，说明天还有件大事要办，那件大事就是爷爷的骨灰安放仪式。

何念子只顾点头了，她分别安慰了一遍奶奶和妈妈，叫她们赶快睡觉，出门时顺手把她们的门锁上了。念子出来，根本没再去爸爸的底层办公室，而是到当中自己的房间里休息了。

何家老奶奶在饭桌上被两个晚辈灌了一晚上的"迷魂汤"，回到家里当然就先嚷着要睡下了。

"大家都早点休息吧。"这是何存义留在这幢大宅里最后一句安慰大家的话，随后他就独自坐到了自己的办公桌前……

第二天清晨五时，四辆大巴载着何存义的亲戚和朋友们浩浩荡荡地出发了。其中还包括何存义董事会里的伙伴，他们都是台湾人：一个是董事总经理华继功，另一个是董事副总经理董大维。

骨灰安放仪式的现场是一处叫寿福园的高档墓地。墓冢分山洞和山谷两处，又东西排开，坐山面水，很强调风水。两座暗黄色的塔楼则南北相望，有守卫神灵的意思，何家老爷子的墓穴定在山洞的正东南，南是吉兆之位，而东南则有台湾之寓意。

巨大的私家墓地，有青松耸立，有何老爷子的一尊半身塑像，那像威风凛凛，双目炯炯有神。整个活动前有两位远道而来的深山道长做了一遍令人费解的仪式，四堆燃起的香火映照着蓝天白云，人群中最伤感最悲痛的不是何存义，而是何念子和她奶奶。奶奶因为何老爷子在四川去世的时候她人在台湾而不在丈夫身边，所以当她再见她"丈夫"时，已经成为何念子手上捧着的骨灰盒里的骨灰了。何念子则是何家首先是何老爷子的掌上明珠。

装着爷爷骨灰的盒子缓缓地下到了墓穴中，众人开始了抽泣。而抽泣的声音里唯独念子的声音最响，她双肩颤抖，泣不成声。何存义移到女儿边上拉了她衣角一下，她才回过神来。

今天念子的艰巨任务就是保管那只爷爷的骨灰盒，她一直把它捧在心口上，似乎怕再把它给弄丢了。

"爷爷，你在那边好好过啊，明年我会再来看你。"念子对着爷爷的墓碑和塑像又像是对自己说，然后她长长地舒出了一口气。

事后，何家的亲戚亲友们都认为葬礼仪式办得很隆重又很到位，都对何存义一家的精心安排表示满意。何存义心里明白，这次何家重要活动的圆满完成与他的一双儿女的鼎立相助不无关系。如果不是念子和来儿忙前跑后积极配合，侍候这么一大家子人，单就逐个关照到而不让他们回去说闲话就不容易了。

接下来的几天，亲戚们都由何念子主要陪同。他们在南海好好地旅游观光了一遍后才回的台湾。按照何念子与父亲原先商量好的，何念子帮父亲办完这一切后将随亲戚们一起返台，她的假期快完了，要回校复课了。那边还有一大堆事等着她。可这次接待工作圆满完成后，父亲却主动要她留下来。父亲好像有满腔的话要对她说，这也正合她的意。

何存义考虑的仍然是念子的终身大事，他要为她物色对象。

父母并不知她还有一件很重要的事未办妥，都以为她真正喜欢上了南海。父母很是高兴，尤其是父亲，他大部分时间都在大陆，与他这个掌上明珠见面的时间很有限。如果宝贝女儿能够选择留在南海，他当然求之不得。况且这次她的办事能力也彰显无遗，为何家增了光。何存义很欣慰，他很想让女儿、儿子改变想法来帮他，帮他完成企业的再一次跨越。为此他想抽空把念子先叫到他的企业里来看看。

七

张罗平等了一段日子也找了一段日子，那个骨灰盒的主人还是没有出现。所以他决定不等了也不找了，别人都不急，他急也没用。

同时他再一次怪自己做事马虎，才惹下了事端。如果将来某一天，那位小姐或是她的家人找到他，还不知要如何责怪自己呢。

他看着那个与自己非亲非故的骨灰盒，看着骨灰盒里那张小巧的照片，心中一片茫然。他回想着船上碰到的那位叫何念子的小姐——女士？她是他的孙女吧？他已猜到个八九不离十了。

不过张罗平为那老爷子的后事也想到了一招：为了不妨碍何老爷子的灵魂升进天堂，他在自己狭小的寝室里也设立了灵堂，放上了牌位，灵堂上他摆上了不少水果与鲜花，那都是他天天下班时带回来的。这件事情他没有告诉身边的父母，也没有告诉远在异乡的妻子。

自从他来到了南医大南都医院，他才发现那次送汤圆来的邹小进主任其实并不欢迎他的到来。邹小进讨好的仅仅是叶城里，而对他的出现并不当一回事，也不放在眼里。在科里，邹小进既不给他分析病历报告，又不主动带他查房，让他理论与临床两头空。他对目前的一切本来也是有思想准备的。这里虽说是自己的故乡，却不是自己的地盘。自己初来乍到，今后面临的事一定很多。他知道不能跟自己顺的时候比，跟原来工作的医院比。叶城里是很欣赏他，也经常表扬他，表扬他的学业。但他一直飞在外面，不大来这里现身。他终于明白将来的路一定要靠自己来走。这条路是由自己选择的，自己已经走出来了，就不可能再回到原来的地方。他只能硬着头皮走下去。

他想再找一下邹小进。

张罗平选了一个晚上去邹小进家拜访，当他敲开邹小进家门的时候。邹小进的博士老婆小柯告诉他，她的老公已去叶城里家了。他又宛如一个追星族，匆忙赶到叶城里府上。

这个月叶城里又当上了市政协常委。今天叶家正在小范围庆祝。可叶城里待在另一个房间里，正在接各种电话。叶子悬喝着法国红酒，一边在琢磨剧本。奇怪的是卢布今，她的表情平平淡淡，好像早就习惯了听到表扬她老公的话。女人到了一定年龄，就会把注意力大半转到儿女身上。希望别人夸她儿女要像夸她老伴一样。

邹小进到了叶府，也不像个客人，挽起袖子就钻进厨房，和女主人一起干事，端这端那。叶城里进进出出，也不喊他歇着，看得出两家人很熟。

张罗平换上拖鞋进屋子的时候，邹小进已经在那里待了一个钟头了。桌上丢满了瓜果皮。叶城里见张罗平又一次登门，忙把手中的事停了停。他招呼罗平到自己身边来，悄悄地说："哦，罗平，来得正好，待会儿带些热带水果回去给你妈。"

邹小进的一张女人脸因喝了几杯酒而泛起了潮红，愈发好看了。叶子悬也堪称酒鬼，两人便找了点高兴的理由大肆地推杯换盏起来。卢布今在旁边见着，心里也高兴着。她为他们添酒，他们来者不拒。

见张罗平进来，叶子悬刚开始则用厌恶的眼光看着他。后来见父亲对他很客气，也缓和了一下气氛。叶城里为自己和夫人倒了酒，又为罗平倒了点酒，才端起酒杯站了起来。

卢布今搞清楚了张罗平是吴玉屏的儿子后，她仔细看了罗平多遍，心中掠过一丝强烈的不快。她站了起来，走向一边。她知道罗平的母亲是大学里的"校花"，与自己的丈夫在学校里还有一段恋情。虽然几十年过去了，她还一直耿耿于怀。

她看着比自己儿子长得英俊、又高出一个头的张罗平，心中尤其不平衡了。

"你来干什么?"卢布今面朝着罗平说。

叶城里正好又走开。叶子悬看在眼里。卢布今则让罗平坐到了另一边去。

这个举动马上被邹小进看在了眼里，他没吭声。

今天邹小进来，又端来了东西，他端来叶家的是一只油腻腻的烧鹅。那鹅确实很香，叶家别墅的客厅里到处是它浓郁的香味。那鹅据说是邹小进从海南带回来的。上周他去三亚开会，就带了两只，第二天就蒸了一只端到了叶府。

叶子悬对那只鹅情有独钟，可能那只鹅充分吊起了他的食欲。他摆上了葡萄酒杯，并撕了一大半来吞食。而叶城里却看都没有看，叶城里爱吃的还是他老家那些南洋味道的泡咸菜。

叶城里见张罗平坐到了另一张沙发上，忙又叫他过来。

"小张，来科里这些天了，还习惯吧。"

卢布今见状，甩下了毛巾，又走进了厨房间里。

"逐渐习惯了，谢谢叶老。"他回答这个问题时，看着厨房。

"有不懂的，就去问小邹——邹主任。"

"知道，知道。"罗平表情尴尬地笑道。

邹小进已经是第三次端起酒杯站起来了，他竭力要把这个话题岔开。

"来来，这么大的事，叶老的光荣，也是咱们全科的光荣，卢教授呢？一起来吧。"此时只听卢布今在厨房那头不快地又叫了一声："蛮好的事，外人来插什么杠子。"

叶城里听到这里，只是摇了摇头。

罗平拿起了杯子，邹小进却没与他碰杯。

"热烈祝贺叶城里教授当上政协常委！今后叶老就是我们市里的著名人物了，还能够经常与市领导在一起。"邹小进的眼睛里流露出了羡慕。

叶子悬听罢这种献媚的话，悄悄说了一句："这也是一种才能。"邹小进肯定没听清这样的话，叶子悬却自顾自笑了。邹小进问了一句："什么才能？"叶子悬转过身对着邹小进说道："奴才。"

"放肆！"叶城里听到儿子这样抢白下属一句，真不高兴了。叶子悬放缓了语气，踱到叶城里身后又悄悄地说道："爸爸，我说的是真话。"

外面的声音让卢布今又回到了客厅。

张罗平坐在边上如坐针毡。这时他感到了一点危机意识。觉得待在叶家似乎有些多余，可他又不能说离开就离开。他进叶府之初就盘算好了，要邹小进先走他才走。

正巧，叶城里这时又有一个北京长途进来，叶子悬先接的电话，后叫的叶城里。等叶城里走到他身边后，叶子悬小声地提醒了一句："卫生部李副部长。"

叶城里抓过电话，通话之前，先向两名学生晚辈下了温和的"逐客令"："好了，小进、罗平，我不能陪你们了。也不早了，你们也请回家休息吧！"等他们快到门口，叶城里又叮嘱了一句话，是针对张罗平的，"罗平啊，回去时别忘了带上我给你家里准备的水果啊"。

邹小进出来不久，张罗平也跟着出来了。罗平快步地跟上邹小进的步伐，向邹小进说了一句："邹主任，我还想耽误你几分钟。"

邹小进停了下来，盯住张罗平看了一分钟，和颜悦色地问："什么事，小张？"

张罗平单独与邹小进在一起时，竟有些词不达意了："我想……多参加一些……临床工作……"可这句话他没说完整，邹小进就边看表边打断了他，说："瞧，现在都几点了，小张，业务上的事等明天科里再说吧。"说完邹小进头也不回，赶紧加快了步伐。

张罗平傻傻地站在道路当中，连打了几个喷嚏。

次日，卢布今借口到医院为家里开维生素药，又转到了内分泌科来了。

她在走廊上碰到了邹小进，直接就问起了张罗平来科里后的情况。

邹小进心领神会，忙环顾了一下四周，向卢布今道："卢教授，关于小张的情况，咱们到办公室里去谈……"

八

邹小进的主任办公室在内分泌科过道的拐角上。门上有一块牌子上写"主任办"。这里过去是叶城里的办公室，旁边才是邹小进的"副主任办"。由于叶城里在学校、医院各地方都有办公室，他又忙得屁股不沾凳子。而邹小进以前的办公室是医生办公室加出来的一间，狭小不说还没有空调。实习医生都不愿意在里面多待。

叶城里的社会闲职一多，待在院里、科里的机会则更少。卢布今又一直在他耳边叨唠，说邹小进如何如何好。叶城里才想到了把科里的那间自己的办公室让出来，让邹小进搬进去。

邹小进把卢布今带进办公室后，没去为她倒水，而是去一个角落里不易为人发现的冰箱中拿了一罐包装讲究的饮料出来。

"卢教授，来，您走累了，喝一杯芒果汁吧。小柯从国外带回来的。"

卢布今是南海人。她对邹小进这种殷勤很熟悉，便接过来去拧，没拧动。邹小进又拿了过去，拧开后再次递给了她。

"好喝，好喝！"卢布今赞扬道。邹小进舒了一口气。

卢布今喝芒果汁时，有一个电话响了。邹小进赶忙去接，没说两句，他就把电话挂了。同时趁卢布今没注意，他还拔掉了电话。

那间主任办公室很大，且装修很有档次，放两张大桌子仍感觉空荡荡的。墙上有大大小小病人送的歌功颂德的锦旗几十面，灰都有好厚了。叶城里来得少，也懒得去揩。现在叶城里只在里面挂了一件崭新的白大褂，那是他偶尔要回科带医生们查房用的。所以那间大办公室现在其实是邹小进一人在使用。可能那间办公室确实风水好，邹小进搬进去后，大小喜事不断。最直接的喜事是他职务前面的那个"副"字很快就被摘掉了。他坐在了自己名副其实的新办公室里，为这事他们一家人都激动了好几天。叶城里逐渐由科领导变成了校领导，现在又挂了个副校长的虚名。内分泌科由邹小进主政的全新时代已经到来。根据卢布今向叶城里的建议，不再设副主任。那间"副主任办"的屋子被邹小进挪作了他用。内分泌科从此只有一个主任，没有了副主任。

"小邹啊，科里的情况还好吗？"卢布今这次来肯定是有目的的。邹小进早看出来了。她这一问，他倒面露难色起来。

"卢教授，你知道，叶老一直教育咱们全科，要我们在艰苦的岗位上锻炼成才。过去咱们都是这样培养年轻人的。"

卢布今一听此话就猜到他要讲什么话了。

"对呀，环境越艰苦，越能磨砺人的意志。再说，咱们现在再艰苦，哪能与当年革命先辈在延安的艰苦环境相比啊。"

"正是，正是。可科里这回来了新人，我现在有些犹豫了。"

"怎么回事，怎么啦？"卢布今佯装不解，进一步问。

"新来的小张，听说，是叶老指定招来的，他父母又是叶老，不，还有你卢教授的老同学，不照顾还真不行啊。"邹小进开始叹起了苦经。

"用不着，用不着。该怎么样还怎么样。我代表老叶表这个态。"卢布今道。

"我们科的情况，叶老不是不知道，研究生一大堆，总有个先来后到。"

"对，小邹，我坚决支持你。千万别因为我和叶老，去照顾那个小张，相反，南海有南海的实际情况。他刚来更应该去门诊多待一些时间。"

"叶老不会有什么想法吧?"

"怪事，叶老能有什么想法?!"

张罗平这次考调到南都医院来，邹小进一开始根本没太注意，以为是外地考到南海来的几千个研究生当中的一个。可在一次介绍张罗平的发言中，叶城里使用了不少溢美之词，这才引起了邹小进的注意。叶城里一般不太表扬人，尤其是晚辈，像这样在正式场合介绍一名年轻人，把张罗平说得样样都好，这对心机颇重的邹小进来说，似乎有了一个预告。这张罗平是不是来提前接他班的。或者是他未来潜在的一个竞争对手?! 他得防他。那以后，他对张罗平表面客气，但凡是叶城里不来科里，邹小进就会找尽理由把张罗平支开，让他少碰科里的事，少碰临床业务。对年轻医生而言，病房才是锻炼业务能力的场所，碰到的实际问题也多得多。到门诊去，不过是个"二传手"，往往认为是不受重视、婆婆妈妈的地方。重要的人物一般都不会放到门诊去培养，而是直接通过后门到了病房里。

九

昨晚叶城里接到的那个电话是特殊的。那是北京的一位卫生部前部长打来的，他的儿媳生了一种内分泌方面的怪病，那边是这么说的，并说想来南海亲自找大名鼎鼎的叶城里大夫给检查、治疗一下，把把关。叶城里一听，满口答应了。

堂堂京城的卫生部长，尽管前面已经加了一个"前"字，仍是不可小觑的。能在这个位置上混这么久的人，其城府、官道、为人，一般人岂是可比？这张社会关系大网能够甩下来，甩到京城外的叶城里这儿，足以证明叶城里教授在南海的大能耐。

这事，叶城里马上叫邹小进主任去布置。邹大惊领命而去，马不停蹄地调动了全科上下人员，开了一个会。落实了那京城贵人来的房间、床位及护理级别，为此还赶走了两个赖院赖床的病人。

邹小进上午在接叶城里教授的那个电话时，一是觉得激动，二是觉得慌张。所以他听叶城里布置任务时，把卫生部前部长那个"前"字听漏掉了。他听成了现任北京来的卫生部长要来麻烦叶城里。

这让嗅觉很好的邹小进马上捕捉到了新的第一手资料。他想，北京那么大一片宝地，名医成山，名院成堆，关系那么多，卫生部长皆信不过？却非要嘱亲南下，来南海找叶城里千里治病！这太有商业、新闻的双重价值了。也许在这层层引人关注的表面新闻后面，有着众多不被人知道的秘密。

这也足以说明这位堂堂"卫生部长"与咱们叶城里教授的关系铁得不能再铁了。

邹小进暗自庆幸，投靠在叶城里这棵参天大树下，蛰伏在多数人看不见的那个位置里，回报是丰厚的。即使自己曾经受过点什么委屈，一想能够"转移"叶城里的许多重要关系为自己所利用，那也是值得的。

而这个时候，邹小进又向张罗平耍了一个心眼。他马上又把在门诊的两个年轻医生叫了来，让他们一个去休假，一个去进修，因为这两个人，情绪一直不稳定。这样一来，门诊部的内分泌科再次缺了人手。

他再亲自去找张罗平，说与他商量业务，门诊部继续缺人啦，要"麻烦他"再去"顶几天"……

张罗平当然不知道其中有诈，又愉快地接受了邹主任的工作安排。

其实，前部长儿媳来科体检、治疗的事，具体落实是在张罗平去了门诊之后安排下去的。

每个星期二是内分泌科病案讨论日，有时叶城里要参加。所有的医生，不管是实习医生还是住院医生都会找时间回来参加。唯独张罗平因得不到完整的通知，或他正顶在门诊那里而几乎次次缺席。叶城里一问，邹小进便会说，是张医生不愿来，他忙着。待会儿，我会把叶老的会议精神带过去向他传达一下。

至于叶城里每一次对科里的业务培训，张罗平也常常缺席。后来给他补充的资料也不全。他不一定清楚，这些小伎俩都是邹小进主任在背后使的坏。

这时，重庆的胡子今来电告诉他，她最近又去做了一次人流。她是自己一个人去的，现在家里休息。罗平最近心里一直很烦。在他们网上通话的时候，他嘴里一直"哦哦"着。子今听上去像在应付她，让她心里很不舒服。

只有他们的儿子罗今会爬上计算机屏幕来向爸爸做几个鬼脸，并炫耀了一下他强壮的四肢。

这反而成了罗平近一个时期以来最大的心理安慰。

十

　　"部长儿媳"终于在一个星期六的夜里九时赶来了南海。

　　为什么她选的是周末，又是夜里九时。邹小进了解到的情况是：周末，她家人都有空，也好来送她。而她又是吃了丰盛的晚宴后，过贵宾通道，才乘飞机来南海的。那顿晚宴却是现任的卫生部长的家属亲自负责来张罗的。

　　如今的叶城里可不是邹小进。他早过了逢官便迎，逢领导便献媚的社交初级阶段。今天傍晚，他来到内分泌科病房来，看了一遍邹小进安排的病人床位后，心里十分满意。说明邹小进在许多方面很懂他很了解他，简直可以说是他肚子里的一条蛔虫。他打算等北京来的这帮贵宾到达南海后，亲自作东，为他们接风洗尘。

　　可后来这里出现的种种差错，就是北京那边秘书工作的疏忽了。那边的秘书一是没有把这趟"部长儿媳"南飞的具体细节交待清楚，尤其是航班信息，是哪一班飞机？何时到？二是漏掉了贵宾登机前是否吃过晚饭这样的重要提醒。叶城里在这两个小时的等待中，待在康宾楼里哪里也不能去。他只知道在富丽堂皇的康宾楼里来回走，急得像热锅上的蚂蚁。以前他等中央委员都没有花这么长的时间。

　　其实，这会邹小进主任比叶城里还急。他更加知道，今天这个事很尴尬。其他有关领导也来了，大家都没吃饭，都在等着北京那个特殊的"部长儿媳"的飞机降落。

　　叶城里等得已不耐烦了，因为这一帮坐陪吃饭的领导是他叫来的，与他一样，都空瘪着肚皮，坐在那里把茶都喝淡了。眼看着康宾楼大厅里那巨大的时钟接二连三地敲响，叶城里开始怀疑北京那边过来的信息了。他让邹主任亲自去问，航班到底搞错没有。

邹小进闻讯大气不敢出，冒着冷汗，快速跑出了康宾楼。

这时候，更诡谲的一幕出现了。就在邹小进离开大楼的一瞬间，一部高档轿车在康宾楼外停住了。从大厅豪华的玻璃墙朝外看，一男一女穿着时尚，正搀扶着从车里钻出来。叶城里又是第一个看到这一切，也是第一个把这一幕给弄错了的人。

来了，来了，他们总算来了。叶城里见状很兴奋，亲自带着一帮人冲了出去。

但走来的这对男女，不是来自北京，而是来自重庆。他们是贺子麦和周兰，是绕道南海来这里度蜜月的。

邹小进不在人堆里，贺、周二人谁也不认识，但看这架势，他们也猜到肯定是一帮头面人物。

没有什么比邹小进在此时看见两个远道而来的"愣头青"更尴尬的情况了。

贺子麦与叶城里在前面走的时候，周兰挪在了稍后的地方。这正好被匆匆赶回的邹小进发现了，他吓得腿都快瘫软了。

贺子麦是妇产科方面的医生，他不认识叶城里。所以叶城里伸手过来主动帮他推行李箱时，他没有回绝。

邹小进认识周兰。以前周兰受过他的远程教育培训。他马上跨前把周兰拽住，并把她拖出来。这一幕，前面的人，都没注意。邹小进接着又跑到前面，把与叶城里同时坐下的贺子麦叫了起来，并吞吞吐吐地向叶城里及周围的领导说："这个，可、可能有些误会，甚至是有些严重误解，这两位年轻人不是从北京来的。他们是从重庆来的一对年轻夫妻，是来度蜜月的贺子麦和周兰医生。"

叶城里听到这里，跟着也站了起来。他看着天花板冷笑了一声，让贺子麦、周兰站到了边上，再平复了一下心情，问道："那北京方面怎么说？"

邹小进直视着叶城里答道："飞机不是没赶上，是飞机'晚点'了。"

九点钟飞机总算到了。邹小进想为刚才的事将功赎罪，便拖着贺子麦一起去了飞机场。邹小进又看到"部长儿媳"一干人等早已吃了饭，在轿车里一路上打了好几个嗝，他真不敢将这坏消息再通知脾气暴躁的叶城里。

他想了想，把叶城里的私人电话号码告诉了部长儿媳，让她自己去和叶城里教授通话。那个还算懂点礼节的儿媳不清楚为什么坐在车厢里的邹主任一提叶城里的名字就紧张得身体发抖。

她干脆自己来打这个电话了。她还算比较会说话，说飞南海的航班太挤了，根本不能确定到底是哪一班飞机，很对不起叶教授。叶教授这么忙，还来为晚辈操劳如此小事。正是因为太麻烦大家了，实在不好意思再麻烦大家，所以我们都是在起飞前就随便吃了点东西的。她讲得最好听的是第三层意思，说她公公本来这次也要一同跟过来的，前几天有过一次重感冒，故没有跟过来，不过他说一定要另找机会，亲自来感谢大名鼎鼎的、全国著名专家——叶城里教授。

说得再好听，对叶城里而言，也只是几分钟的安慰。他的心情可想而知：那北京来的女人为什么这么不懂人情事故？我们的一片好心都被当成驴肝肺了。

他马起个脸总算把那个女人啰啰唆唆的话给听完了。挂上电话后，他马上又得去应付他的第二棘手的问题——如何向他叫来的那帮领导们交待？

他看着忙忙碌碌的邹小进，突然，问起了张罗平："小邹，罗平呢？"

邹小进装傻，摇摇头。

"我问你，新来的张罗平医生呢？"

邹小进再次吓出了一身冷汗。马上应付道："他……他强烈要求待在门诊，他说这段时间愿意在门诊顶着！"

"什么，他有病啊？好好的病房他不来。"

"那……那我去叫他？"

"算了，这都什么时间了。上菜吧，上菜。"叶城里在康宾楼的大厅里对他身边所有的人，下命令说。

十一

何子成的骨灰安放仪式一结束，换句话说，当由何念子"缠"着何家上下一家人，把他们带上车离开寿福园之后。何来根据事先与寿福园潘经理商量好的，他马上根据那个爷爷的大墓下面的一个机关，又把刚才那个被妹妹何念子放进去的"骨灰盒"重新掏了出来。

他拍了拍盒上的灰，又根据潘经理事先教他做的，松了盒子底座的两颗铆镙，把前面那张硬放进去的爷爷何子成的照片又抽了出来。

这个骨灰盒的使用者也是一个老者，与何子成去世时的年龄相近，脸型相似，两张照片也十分相像。这就是潘经理的眼光了。

何来在这样帮助妹妹逃过一劫后，内心却受到了深深的自责。

他想找个机会一定要弥补一下对父亲的亏欠。

那位潘经理叫潘名胜，是寿福园墓地市场营销部的经理，他是向何来推销未来的"保值墓穴"才与何来认识的。本来台湾来的何医生根本不屑与这一行的人有任何瓜葛。身穿一身名牌的潘名胜的一句话引起了何来的注意。他是这么告诉何来他所从事的事业的：人生的两头，他们占了一头，他们帮人去完成的工作，不是让人走完自己的终点，而是让人生进入一个大转折，也只有在他们这里，才可以决定，每个人的下一个生命轮回，接下来，你到底是去天堂呢，还是去地狱。

他甚至认为他们的工作比医生还神圣十倍。何来来自于台湾，他信了潘名胜讲的那些话的含义。为了支持朋友潘名胜的工作，何来也订了两个豪华的"保值墓穴"。

十二

吴作梁上次与陈民权进山入秘道时，手上被毒蝎子蜇了一下，马上肿得如一枚大萝卜。民叔用上好的歌乐山白药掺些米醋为他熬了贴上。可次日吴作梁仍未好彻底。吴作梁也由此惊叹地发现，原来名扬天下的"云南白药"，其实在这神秘的歌乐山中也有种植。

吴作梁回到市区后，手仍在隐痛。他想了想，还是决定去一趟离他住的地方最近的重庆市华仁医院。

这家三甲医院想不到风景奇好。走在这家医院门诊部的走廊上可以远眺重庆的名胜之地"鹅岭公园"。那公园最高处的一座琉璃造的塔和不远处的一块高高耸立的巨大岩石，都让他尽收眼底。

吴作梁算是一位艺术家，艺术家有的想象力、形象思维他都具备。那一座塔和另一块巨型的耸起的石头连同它们所在的那一处圆润丰挺的山峦，在吴作梁的眼里正像一幅春光乍泄的画卷铺展开来。

但吴作梁今天来这里，显然不是来看这些风景的。他的手指还在痛着，他是来看病抓药的。他的这趟"探险、发现之旅"还远远没有完成。

吴作梁还是一个老病号，他有许多病，所以对医院里的一切情况都十分熟悉。看着这个医院的门诊里，每个科室的外面都挤着望不到边的候诊病人，他唉声叹气了起来。他几次都想插队，以找人、认人的借口混进前面，然而又被同样眼法高明的其他病人轰了出来。

他心想不过是来开点消肿药片的，也得陪那些医生们一起下班，这也太不划算了。窗外那些刚刚建立起来的美景很快被他眼前看见的这一幕人山人海的拥挤着的病人所替代。他对重庆的印象开始变坏。这些在他身边推来挡去的大多是些上了年纪的人，也只有他们有的是时间。让吴作梁最不能容忍的还是，这里已经有这么多人排着队了，居然还有医生又带着自己的亲戚朋友赶来插队。吴作梁绝望了，他在各个门诊诊疗室门外流窜着，正像一只下水道里跳上跳下的老鼠。

就在他心急火燎、六神无主之时，一个穿白大褂的女医生与他撞在了一起。两个人都准备向对方说对不起，可互相一看却有些惊愕了。吴作梁想起来在哪儿见过她，她也想起来见过眼前这个胖胖的、头发有些稀疏的中年男子。

"你是张罗平医生的夫人？"还是吴作梁先想起了对方。

"你知道我？是啊，想起来了，那一次在船上我也见过你。"胡子今也想起了那次送罗平离渝时与这个男人见过一面。生活中有些人对异性的记忆力好得惊人。他不在于看到她们多长时间，其实吸引人的异性，对他来说，只要看一眼就记住了。吴作梁就堪称这号人。

胡子今大概也想起了与罗平分手那一次，她还在码头上哭过鼻子。所以她的态度有些躲闪。吴作梁却马上在她面前吹嘘了起来："你知道吗？你老公现在与我成了铁哥们。"

"你是干什么的？"胡子今上下打量起他来。

"一个艺术家，还应加上收藏家、鉴赏家这些头衔。"吴作梁脱口而出。

"你说的是真的吗？罗平，他还好吗？"

"那可不是？你老公，那叫张罗平的，是内分泌科的医生，对吧？还是叶城里教授的博士生。"吴作梁这样讲的时候，胡子今好像在与他对什么"暗号",不住地点着头。

"上个星期,不,是再上个星期,我和罗平还在一起喝酒呢!"

"罗平喝酒啦?他不是不喝酒嘛!"

"哪里,是跟我在一起开始的。哥儿们高兴嘛,不喝点小酒那哪成。"

胡子今与张罗平分开后,如断了线的风筝,现在吴作梁突然冒了出来,似乎那牵引风筝的线又被她接上了。胡子今今天是来找钱岩康的,她手上正捏着几张病历,想叫钱岩康看。见到南海方面过来的人,她一阵紧张,讲话又有些语无伦次了,"你能给我讲讲罗平的事情吗?你走的时候还能帮我给罗平带点东西回去吗?"

"当然成,谁叫我和罗平是铁哥儿们啊。"吴作梁这样满口应允之中,手指一给力,竟又有些肿痛了。

"你到医院里来干什么呀?"胡子今高兴了几分钟后才想起了问他正事。

"手指上有点伤,来开点药。"

"看过门诊了吗?"

"没有,刚来一会。"

"那好,你跟我来。"胡子今说着带着吴作梁拐了几个弯出现在了门外某一处"男宾止步"的过道口。旁边的霓虹灯一闪一闪地又现出了一行"妇科检查请依次排队"的提醒告示。胡子今按了一下门铃,里面一个厚实的男中音响了起来:"请进。"

当吴作梁再次出现在钱岩康面前时,两人都有点似曾相识的感觉。吴作梁注意到,钱岩康这间办公室的窗户是开着的。这让吴作梁又看到了鹅岭公园顶上的一座塔和那片巨大的石头群。吴作梁心情一好起来,又看着取下金丝眼镜的钱岩康教授,这让他慢慢又想起了另一个人来……

十三

　　次日，胡子今邀请吴作梁去她东都医院的家里坐客。吴作梁答应了。

　　去的时候，吴作梁买了许多水果。当他又拎又扛、汗流浃背地出现在胡子今的家门口时，胡子今一恍惚，竟没有马上认出他来。

　　"胡教授，你忘了。我是吴先生啊，让我进去吧。"

　　"你怎么与昨天像换了个人一样？我都没有认出你来。对不起，快进来。"

　　吴作梁在胡子今家里又碰到了子今的哥哥胡子都——另外一个能吹会侃的家伙。两个人都是同行——古玩商人。胡子都与吴作梁不同，他还不敢称自己为艺术家。但夹在两个牛逼哄哄的古玩商人中间，让胡子今颇长见识。两个男人你来我往，牛皮尽拣大的吹，反正吹牛又不犯法。

　　胡子都称自己昨天还和肖秧市长喝过大碗茶，而徐副省长家里的那把明朝茶壶就是他"供应"的。吴作梁则胡侃道，称李希楷市长与他在五一节那天洗过桑拿，李市长家里的那个汉代出土文物"马踏飞燕"青铜器则是从他这儿"借出去"的。李希楷虽是市长，但南海是直辖市，胡子都讲的那个肖秧市长显然要低李希楷一大截。

　　为了见吴作梁，胡子今今天把自己好好打扮了一下，换上了子都为她从香港买回来的时装。顿时，她的气质一下子变了。她心里明白，她今天在这个南海商人眼前的一举一动，穿衣打扮，都会被他带去南海那边的罗平的耳朵里。

　　胡子都与吴作梁胡吹了一通后，还觉得不过瘾，执意要拖吴作梁到外面去吃饭。这有些违背子今的意愿，子今是想在家里招待罗平的这位"铁哥们"。子都好像早就洞察了妹妹的心思。他把吴作梁硬拽了起来，到两间有张罗平、胡子今结婚照片的房子里去"参观"，胡子今为吴作梁泡了一杯沱茶，他都来不及喝，子今把三大本家庭影集又搬了出来。吴作梁一直就在子今的逼迫下，眼睛都不敢离开那上面的内容。吴作梁揉起了眼睛，子都见状，终于走过去拿走了影集。

　　"子今，吴兄知道你的意思了。"

　　他又转向吴作梁："吴兄，看到了吗？这就是我妹妹、妹夫的家，够温馨、够幸福的吧。"

　　吴作梁是商人，又是南海人，当然知道如何反应。他摸着胸口朝两兄妹说了一句极肉麻的话："子今弟妹一点都不输给如今电视里的那些女人。像弟媳妇这样又贤慧、又美丽的夫人，天底下哪儿还有第二个哦？希罕啊！罗平呀，罗平，老子太嫉妒你了。"

　　这句半骂人的话把子都、子今都逗笑了。子都一高兴非要拖吴作梁去沙坪坝著名的"山城火锅城"吃饭。胡子今也被叫上了。

　　这座"城"，子今与罗平以前也经常来。那里的一凳一桌，甚至一碗一筷，子今都十分熟悉。今天，子都把罗平的朋友带来这里，那意思她也懂。子今内心十分感谢。吴作梁席间也没光顾着品尝川菜，说了大量虚无缥缈的有关张罗平的近况。甚至把他请罗平喝茅台酒、看音乐会、找盲人按摩的事都向这两兄妹说了，弄得子今多次惊讶地盯住子都的脸猛看。那意思是说，看来罗平在那边心情实在是好。他什么场合都去了，什么玩意都喝上了，还吃遍了好东西。肯定比在重庆那时候开心。胡子都见妹妹又有些心事重重，就忙不迭地直为子今与吴作梁夹菜。

　　胡子都号称渝中豪富。席间他说到收藏有明清时期的大量掘墓品。吴作梁也不甘示弱，没听完对方的介绍，就嚷嚷着自己曾收藏有秦汉时期的随葬品。子今知道两个男人又在女人面前抬杠了，便又站起身来为他们倒酒。

吴作梁问道掘墓品的事，胡子都直言不讳，称去歌乐山里向乡民们收购的。吴作梁对这一信息极感兴趣，马上想要去看胡子都的收藏品。胡子都又笑着说："不急，不急，那歌乐山可是一座神仙之山哩！妖魔鬼怪、奇闻轶事太多了。你听说过'宋美龄机要病历'的事吗？"吴作梁听罢，心差点又跳到了嗓子口。忙说："没有，快说，快说！"

胡子都呷了一口酒，抹了一下嘴才说："那可是天底下第一机密啊。据说，大部分是蒋介石、宋美龄生前的丑行、丑态、丑事的大杂烩。"

吴作梁紧接着问："不是说是一本医生写的有关'宋美龄的疑难杂症'的治疗记录吗？"

"哦？你也知道这回事？"胡子都有些惊讶。

"听说了一点，你接着说吧。"

"我也是听上一辈的人说的。我父亲知道这些情况。"

"你父亲？知道'机要病历'的内情？"吴作梁激动得两眼放光，声音都飘了起来。子今在一边用疑惑的眼神看着子都，那意思好像在问，我怎么没听说过此事？

子都边使眼色，边敷衍道："干吗都要你知道？你有你关心的事嘛。咱有咱关心的事，对不对，吴兄？"

"对对，是是。能去见见令尊大人吗？"吴作梁开始低声下气地建议道。

子都回答得也很干脆："恐怕不行，下午他老人家要去和肖秧市长摆龙门阵了，肖秧是谁，知道吗？"

"知道，那就改天。"

"可他明天又要离开重庆，去北戴河了。"

子今听哥哥胡吹，竟笑出了声来。她私下扯了一下子都的裤腰。胡子都凑过头去，佯装关心起妹妹，问道："怎么回事？慢点喝嘛，子今，吃慢点，别噎到了。"

子今笑得又把嘴里的水喷了出来："见鬼了，你才别被'担担面'噎到了。笑得我眼泪都快出来了。"

两兄妹一会儿讲重庆话，一会儿讲普通话。弄得吴作梁似腾云驾雾，理解起来的确有些障碍。

子都又道："吴兄见过陪葬慈禧的那枚白菜玉饰吗？"

吴作梁一听惊讶得合不拢嘴，只得摇头，态度开始虔诚起来。子都道："我亲手摸过。你还听说过慈禧棺材里的那颗夜明珠吗？我也亲手玩过。那些玩意太奇怪了。摸上去竟然是热的。告诉你，都和这座歌乐神山有关。"

吴作梁知道这位胡老板讲话中有些添油加醋，也不奚落他，让他尽量说。他知道他的那堆话中仍有不少有价值的信息。

"那白菜玉饰先在宋霭龄、孔祥熙那里收藏着，"胡子都又说，"慈禧后来那颗最值钱的夜明珠到了谁手里，知道吗？"

吴作梁怎么不知道，他心想，胡扯个啥？嘴上却笑笑。既然说到了那颗下落不明的宝贝，吴作梁知道对方在考他，想探探他在收藏界的深浅。他一下子也装起嫩来道："那颗夜明珠不是说掉了吗？"

胡子都道："谁说掉了？在宋美龄那里，只不过慈禧口含的那颗宝贝，到了美龄那里，却拿来装饰在鞋上了。你说宋美龄缺德不缺德？据盗慈禧墓的人，也就是孙殿英讲，此珠分开是两块，合拢就是一个圆球，分开透明无光，合拢时透出一道绿色寒光，夜间百步之内可照见头发。"

子今闻讯，惊叹地"啊"了一声。吴作梁心里有数，想套胡子都别的话，他催他往下说。

胡子都："这颗价值连城的大宝贝的故事是在后面。它被蒋介石夫人宋美龄占有了。说那夜明珠重四两二钱七分，合今133.4克。当年慈禧含在嘴中是为保尸身不化。不想，正是她安置在周身的宝贝让她的棺材被盗贼光顾，早早地被打开。"

子今："恶心不恶心啊？我们现在在吃饭哩！"

胡子都："这就是老佛爷的报应。至于宋美龄把它放在鞋上，只是听说。所以到底是她为了漂亮，还是为了贬低这个祸国殃民的末代西太后，就不得而知了。"

吴作梁："我则听说过另外一个故事。也是讲慈禧的。说是辛丑那一年，八国联军打来北京，慈禧这个让人无比憎恨的女人，曾把凤冠上的四颗夜明珠取了下来，意图赠与入侵者，以此宝贝向入侵者求和。幸运的是，她身边的某个宫女竟有心为国护宝，使这四颗珠子流落民间，1964 年又被民间找回，并无偿献给国家。"

不料胡子都未等吴作梁把话说完，竟打断他道："想不想再听下去嘛？那就别打岔啊！民国将军孙殿英自知盗东陵，毁灭皇家陵墓，犯下天下大忌。蒋介石知道后要治他的罪，他慌了。为了去堵蒋的嘴，他通过"地下管道"与孔祥熙挂上了钩，才献出了盗墓物品中最值钱的最著名的那几样宝贝，夜明珠与白菜玉饰就属于此列。

据说，孙殿英的副官，带夜明珠来重庆时，没走官道。为避人耳目，他们走的是地下秘道中的林园。想不到，连国民党自吹自擂的秘道里也不太平，竟然遭遇到了歹徒。这伙人多，看上去非常有劫货经验，他们是怎么进去的谁也不知道，还好护宝这些人当时都经过了一番乔装打扮，看上去像采挖中药之人。其中那个护宝的姑娘更是胆大心细，竟然在很短的时间里巧妙地把夜明珠转移了。歹徒们没有搜到。"

"这么惊奇！真的假的？"子今不信子都的话。

"民间传说，你可以不信。"子都回道。

"后来呢？"吴作梁见子今打断，有些不乐意。他被刚才子都一番夜明珠的探险故事，简直弄傻了，久久愣在那里。

"什么后来？上了林园了啊。"子都说道。

"不，我是说，歹徒们没有杀他们？"吴作梁问。

"的确，他们事先准备了一些细软、碎银给那帮穷凶极恶的歹徒。"

吴作梁要问的可能还不限于此。子今好奇地问子都："你知道吗，后来那颗夜明珠的下落呢？"

子都答道："你是问宋美龄得到之后，现在藏在何处，是吗？"

子今："你还知道多少呢？"。

子都："夜明珠现在在美国一个石油巨头手里，他叫洛克菲勒。"

十四

卫生部前部长的儿媳陈千惠是一个香港人。这倒令南都医院所有关心此事的人感到一些意外。

说到她的这段姻缘，有段故事不能不说。千惠原来也是学医的。十年前，她来到北京医科大学进修耳鼻喉科，与当时的老师、后来的丈夫相识、结婚。医学是他们之间的媒介与纽带。而千惠的祖上却是台湾人。所以陈家的至爱亲朋遍及港台。

上次"康宾楼等人"事件的后续发展是这样的。

那位前部长儿媳没来赴宴，而是直接去了宾馆住宿。叶城里一伙人的情绪由喜转成了悲，再转为怒。亏得后来出现了贺子麦、周兰两个年轻人。不光救了场，还起了很好的陪宴效果。让叶城里一帮子人很开心。

关键是贺子麦、周兰这二人手勤，嘴巴还甜，成了最好的酒宴陪酒人。由于背着误闯接驾的"罪名"，邹小进把惊魂甫定的二人从另一处地方再次叫回来的时候，一定又专门嘱咐过了几句。邹小进嘱咐他们的是什么呢？这该叫将功补过，还是该叫戴罪立功？最让人惊讶的是当邹小进告诉贺子麦，刚刚帮你推行李箱的那个老头，正是医学界大名鼎鼎的叶城里院士时，周兰的脸上瞬间出现了惊恐的不可思议的表情。

两个年轻人像两只花蝴蝶，整晚都在酒桌上飞着。尤其是周兰，此时的她完全忘记了自己还是一位新娘子，瞬间"堕落"成了一名"陪酒女"，她不光要穿梭着为叶城里他们倒酒，还要亲自喝，把各种度数的酒吞进滚烫的胃里。连贺子麦后来都感叹说，从来不知道新婚妻子周兰还能喝这么多酒。

当晚，贺子麦、周兰回到宾馆后都吐了。次日他们才想起，这次来南海还是有事需要办的。那就是上月从重庆出发前，贺子麦的老师，现在的胡子今主任关照过，一定要见到张罗平，了解他的近况，并要求拍张照片回来让她看看。

两天后，南都医院，对陈千惠的首次临床大查房是由叶城里教授亲自主持的。

这天，一大帮医生、教授迈着虔诚、等距离的步伐跟在他身后，亦步亦趋。

陈千惠仰卧在病床上，用笑吟吟的态度看着他们围到自己的身边来。叶城里边询问陈千惠的情况，边扭头向邹小进等一帮医生讲解着。

张罗平站得离叶城里的距离最远。他今天能来出席大查房，是叶城里亲自打电话叫他来的。因为邹小进一直说，张罗平要求在门诊第一线去"锻炼自己"。叶城里曾打电话去问罗平这是不是他自己的意思，罗平只好说，算是吧。罗平知道，邹小进与叶城里关系这么好，他又刚来，邹小进说科里有这个考虑，他还敢违背？

每当叶城里一提问，邹小进都抢在头里来回答。他这样做是生怕叶城里与张罗平一唱一和，而从形式上撇开他。

陈千惠躺在床上回答叶城里的询问，她看着叶城里威严地站在他一帮同事——更像是一帮医学院学生们中间。叶城里不管讲着什么，包括他咳嗽、打喷嚏……，大伙都在点头奉承。更有不少外院来的实习医生还混在里面猛记笔记。

周兰便是在这个节骨眼上溜进来的，她后面紧跟着贺子麦。两人都披上了白大褂。这是经过邹小进默许的。前天那个烂摊子正是靠了这两人使出的全身解数才得以收拾的。

叶城里教授很快就从自己的病历分析讨论中发现了问题。他不想再继续在这帮"晚辈"面前滔滔不绝下去了。

"来，医学是民主的，我不能搞'一言堂'啊，大家也说说自己的理解。"

许多人这时都你看我，我看你。邹小进嗓音尖，他带头在那里鼓起掌来。叶城里则皱起了眉头。小辈们都跟着异口同声地表示，叶城里教授的病历分析，逻辑严谨，思路分明，头头是道，近乎完美，已经没什么好补充的了。邹小进更是以"高瞻远瞩、高屋见瓴"这样的成语来形容。叶城里不免苦笑了起来，对这样的马屁有些嗤之以鼻，他见大家一味谦虚着，就干脆点名了。

"小周医生，你远道而来，能先讲两句吗？"

周兰在关键时刻却打了一通哈欠。叶城里笑了一下，问："还没睡醒？"

周兰一紧张，跟着点了点头。

叶城里没有迟疑，便抬高了视线，紧接着问了下一个。

"那好，邹主任，你来说说，你认为今后对陈女士的治疗还需要注意些什么？"

邹小进没有想到，叶城里会在他毫无心理准备时这么早就叫他的名字。他忸怩了一下上身，清了清嗓子，又做了一个典型的深呼吸，才说道："正如刚才咱们权威的叶城里教授讲的一样，对陈千惠女士的治疗，我认为应该采取保守疗法，就是中医为主，西医为辅，多以调养、饮食、辅助治疗为要点。"

不料，叶城里听罢却当着所有人的面，摇起了头。大家猜到，叶城里并不太赞同邹小进刚才的发言。叶城里没有实时下结论，而是又问起了张罗平来："张医生，我刚才讲的那一堆话，我那意思，难道真的是要坚持'保守疗法'吗？罗平，你来说说看。"

张罗平由于站得离叶城里、邹小进都比较远，刚才叶城里所有的讲话他都是断断续续听到的。叶城里突然把目光投向了他，他一度摸不着头脑，着实吓了一跳。

他踟蹰着，眼睛惊慌地看看叶城里，又看看邹小进。

"罗平，你们以前在重庆，这样的病人，我想应该不会少吧。"

"对的，恩师。"

张罗平一喊叶城里"恩师"，而不是"教授"，旁边的邹小进心里很不是滋味，他用满含凶光的眼睛扫了张罗平一眼。

叶城里在一边继续鼓励罗平，道："罗平，谈谈你的治疗方案吧，简单说说看法也行，别再千篇一律啊。"

为了不再与邹小进不满的表情相遇，张罗平向前移了几步。他换了一个位置后，说道："我刚才注意到，该病人的双腿正在浮肿，而脸又有消瘦现象。经过刚才叶城里教授的一系列血液化验分析，几乎可以断定，她已经有了较为明显的二型糖尿病的症状，所以，我认为，应该抓紧时间，开展对她的全面临床治疗，而不是保守疗法。应该切实可行地控制她的病情向纵深方向发展。"

躺在床上的陈千惠首先点头赞许，叶城里听了，又开始点了头，并简短地加以评价："好样的，这就是我对这个病人将要下的结论。我看，就按张罗平医生的治疗方案来执行吧。"

邹小进看着眼前这一切，心里更加不是滋味了，可他又没有办法。

叶城里这样的人，官一做大后，自我意识更加膨胀。他才不管你下面的人什么感受哩。对他要照顾的人，往往又考虑不周到。

他率领的查房结束后，嘴上只是空嚷嚷着按张罗平的治疗方案办，但并没有具体指示张罗平如何来办。对治疗之事，更没有对邹小进具体嘱咐什么。况且，叶城里并没有考虑到张罗平眼下还在被邹小进排挤，赶去了门诊部。人都没有回病房来，让张罗平介入陈千惠的临床治疗，那不是纸上谈兵吗？病房这里的事，他张罗平根本够不着。

果然，这种纸上谈兵似的查房一结束，邹小进送走了日理万机的叶城里后，马上就把张罗平找了来。他的态度还是一如既往的好，但眼睛里的笑意明显没有了。他从抽屉里掏出一个新拆开的信封，开始眉飞色舞，后又面有难色地说："张医生，你今天在大查房时的发言，意见太正确了。我们会按照你的一些建议与意见来执行。"张罗平不知是计，马上假装谦虚："哪里，哪里，只是提了点粗浅的治疗意见……"邹小进又马上打断了张罗平说："好，这个事情先放一放，我这里正好又收到了一个国际会议通知，我们决定让你去。"

张罗平一听，内心一阵激动，忙把会议通知接了过来，一看，竟是两台西门子医疗仪器，他有些摸不着头脑了。邹小进大概也看出了张罗平眼睛里的疑惑，忙凑上去介绍说。

"西门子公司，知道在哪里吗？对，德国，这就是他们公司最新出产的产品，对治疗糖尿病、痛风、脑瘫……都十分见效果。我想把这个学习新事物、国外新产品的机会给你，怎么样？下次我就自己去了。"

张罗平一听是这么回事，有点不相信自己的耳朵，"等一下，邹主任，你搞错了吧，这，医疗仪器的事，是仪器科的事啊?!"

"小张啊，你这种认识肯定有误区，怎么会是仪器科的事呢？是站在国际尖端科学技术前沿的事。这可是大事啊！"

"这，要我去干什么呢？"

"学会这两套最新设备，最新仪器的使用，了解它们的性能，主动站上世界尖端高科技的前沿。"

张罗平仅仅把这事当成是上司对自己的不重视，故他离开那张"女脸"之后，心里还真有些窝火了。

贺子麦、周兰终于见到了张罗平。他们都想与他合一张影，却被他奇怪地谢绝了。他的理由是今天状态不怎么好。

十五

上次与胡家兄妹喝酒，吴作梁一兴奋当着胡家兄妹的面就把那本油印的《蛇影行动》掏了出来。他这样做还不完全是炫耀。他这次重走重庆，主要还是为这来的。胡子今不知缘由，在一边纳闷。胡子都一见那本油印小册子，又听说是林园当年的那位何子成的"杰作"，早已激动不已，拿那本书的手也颤抖了起来。子今不知道这意味着什么，子都却清楚这是怎么一回事了。

"你这玩意，是哪儿来的？"子都忙问。

"何子成听说过吗？"吴作梁仍装傻，明知故问。

"你，你是何子成的后人？不对啊，你不姓何啊，"胡子都半信半疑说道，"你怎么会有这件东西？这在重庆，可是上了年纪的人——还不只是——是有一定身份的人才晓得的事情。"

"哦，是南海市政府委托我们这些'艺术家'来处理这件历史'悬案'的。"吴作梁又轻描淡写地来了这么一句。

胡子今听罢，又赞叹了一句："真的假的，你们这些艺术家太践了。"

胡子都道："说到何子成，就不得不说到林园，说到歌乐山，还有那歌乐山里的秘道。"

吴作梁一听"秘道"二字，紧张得五官都聚焦到一起来了。忙把子都的手硬拉过来，使劲地搓捏着。

"是歌乐山林园下面的秘道吗？"吴作梁问。

"我听说这歌乐山下的秘道有好几条！以林园下面为主。有两条秘道还通到南山、缙云山。"

"南山不是在南温泉，在南岸吗？缙云山不是在北温泉，在北碚吗？

这些地方离这儿，离歌乐山都在一百公里以上呀！"

"对啊，你才知道啊，是有这么长啊，那秘道你以为只够狗爬啊？吉普车都可以开进去。"

"不，子都兄，说正经的，这……"

"谁跟你开玩笑了，真有这么大。你想啊，蒋介石当年在重庆如此来去自由，头上日本人的飞机一天来好几次，他不走秘道怎么行啊。"

"倒也是这个理啊。"

"我爸爸对秘道里的事情更清楚了。"

"你爸?"吴作梁又惊愕了。

"你是说，咱的爹，老号?"胡子今也被子都此时冒出来的言论吓了一跳。

晚上，在吴作梁好说歹说下，子都决定带吴作梁去见自己的父亲。

去时吴作梁精心挑选了一件古玩，捧在了手里，那玩意据说是清裕陵里得来的宝贝，叫木玉玺。

果然子都、子今的爹见到后先是把玩了一下，再拿出放大镜看了下质地，便表现出了爱不释手的模样。

当吴作梁做出颇为得意的模样来时，趁吴不备，老团长悄悄对子女说道，假货，不值钱的。子都才深深呼出了一口气。

据老胡说："其实当年在陪都重庆，在蒋介石集团内部，何子成医生比熊丸医生更有名，也更得宠于蒋介石与宋美龄。但此人听说与宋美龄'有过一腿'，因此曾遭到蒋介石的猜疑，罚他去管改造最危险、恐怖的歌乐山秘道。一开始，谁都不敢去，那些秘道本来只是歌乐山林园、白市驿这一带地下的一些野沟野洞，是千年药工、采匠暂时躲雨、小憩的地方。被国民党政府意外发现后，再进行了改进，改修。你知道的呀，那秘道刚开始，里面藏着的本不是什么好东西，都是这歌乐山上的蛇。改进后大部分的蛇被清理了。但小部分秘道里还有蛇。"

起初，老蒋让医生何子成去负责秘道改建，只是想"借刀杀人"。

后来发现何子成忠心耿耿，死心塌地，也就放过了对他的秘密"处理"。

老团长越讲越来劲，又看着吴作梁送来的宝贝，在桌面上金光灿灿。不想让客人失望，故想来点更猛的料。他清了清嗓子，突然问晚辈道："宋美龄偷情的事，听说过没有？"

吴作梁马上摇头，胡子都惊讶之余，也跟着摇头。

老胡顿了顿情绪才接着往下说道……

"一家之言，一家之言啊。"老胡道。

"我所说的蒋夫人宋美龄的偷情故事是'山城版'的，可能只是咱重庆人摆龙门阵扯出来的话题。这在民间有广泛流传，不作数，不作数。"

边上的子都一听急了，逼了一句："老号，你到底啷个回事嘛？一会儿'一家之言'，一会儿又'不作数'，到底让我们该信哪个嘛？"

这次带吴作梁家访，子今也十分感兴趣，故她也跟了回来。一来听听这帮男人聊起来的新鲜事，二来回来看看儿子张罗今。老胡与吴作梁、子都他们在摆龙门阵时，子今就抱着罗今站在边上看。

罗今一见桌子上摆着那只晶莹剔透的"传国玉玺"，就伸手想去抓。一家人都十分惊慌，忙去阻止。吴作梁大度地说，不碍事，摔不坏。说着他倒主动把那件"古董"朝罗今移了过去。那孩子一下子手捧着个好看的东西，是真高兴了。孩子一高兴，子今就跟着高兴起来。她空出手来，去帮吴作梁换了一壶新茶。

这屋里的一大家子都感谢这位南海来的"艺术家"给大家带来的欢乐。大家也希望老胡能在客人面前讲好一点，给胡家长点脸。子都的老婆吴芬芬本来今天是要上班去的，一听子都拖了个南海"艺术家"回来，而且谈的话题又"神神秘秘""鬼鬼祟祟"的，班都不愿去上了，甘愿赖在边上给几个男人换茶水，倒烟灰。

老胡要正式往下讲时，对子今又嘱咐了一声："子今，你还是带罗今去别的地方耍吧，这种话题对他来说，纯属'少儿不易'哟。"

子今笑曰："老号，瞧你说的，罗今他才多大一丁点啊，他哪里能懂你说的这种意思啊。"

子都补充了一句："子今，你还不明白，老号是在说给你听。听了这种故事，小心莫变坏了。"

一听子都这样讲话，子今、吴芬芬都不乐意了，齐口"谴责"他："算你是'大人'，这屋子里也只有你是'大人'吗？如要变坏，也定是你先变坏。"

老胡终于朝大家摆了摆手，他才又往下讲了："有个美国记者，叫考尔斯，他也有一个'宋美龄偷情'的海外版本。可考尔斯描写的那些话，纯属胡扯，只能让美国的老百姓听上去滑稽、好笑。美国是民主社会，领袖与平民价值观上是一样的。但国民党政府等级森严，宋美龄能看上一个平民记者？考尔斯这样乱写，仅仅是为了抬高自己，贬低中国人。你想想，重庆人就很难接受堂堂一位蒋介石夫人会与一个美国记者，在老蒋眼皮底下鬼混在一起，这是多么掉价的事。他继续在他的肮脏的文章里写出了蒋公的'丑态'：什么'委员长盛怒、狂奔而入。检查每个房间，探头床底，遍开橱柜……其实这是污蔑蒋介石人格的笑谈。美国人太自大了。他一个记者竟把宋美龄——一位民国领袖夫人写成这样，足见他们的傲慢与偏见。"

吴作梁叹息了一声，表明了意见："一个美国大报记者，在一大帮国民党军政要员的'众目睽睽'下，竟会与国母级人物私奔？想想都不可能。"

老胡："考尔斯的这段故事写得细致、生动，但这实在是一个破绽百出，编造得荒唐、拙劣的故事。真正的故事，是在他的故事的后面。可以说，正是他这一段矮化蒋介石、宋美龄的故事情节，导出了后面真正的关于'美龄偷情'的故事。"

"哦……"胡子都和吴作梁，在这位参加过抗美援朝的老战士面前，像听战斗故事一样督促他快讲下去。老胡继续说道：

"1942年秋的一个晚上，国民政府外交部副部长傅秉常、行政院副院长孔祥熙、军委会总参谋长何应钦都在场。那天，考尔斯与蒋介石、宋美龄秘谈过。问题是宋美龄当晚就生病了。注意了啊，事情就是后来的宋美龄生病了。当晚林园的三号楼舞厅，灯火通明，高朋满座。宋霭龄、何应钦夫人都在场。宋美龄与马歇尔、司徒雷登先共舞，后又与考尔斯共舞时，突感一阵晕眩，考尔斯问她怎么了？宋美龄没说话。这时坐在角落里的那只"鹰"——何子成迎了上去，从考尔斯手中把宋美龄接了过来，两人便离开了三号楼。

"舞会继续进行，只有那个嫉妒的美国记者考尔斯停了下来，目送何子成陪着宋美龄从台阶上下去，回她自己的'寝宫'……

"当晚，过了子夜，宋美龄身边的人员未见夫人返回，便四下去找。另一种说法是，蒋介石与美国人正在商议援助的事项，考尔斯进来了，说夫人身体不适，想叫蒋介石自己先回去。蒋介石没动，只叫手下去找，在林园密林之中，众人发现了惊人的一幕：在蒋介石与毛泽东坐过的那只石凳子旁，军医何子成单独与蒋夫人宋美龄在一起。

"有人说，那一晚宋美龄确实是着凉了，回来后还有打不完的喷嚏。更多的人说，她哪里有什么病啊？不过是掩人耳目而已。其实就是两人在偷情。

"手下人一见是少将何子成正把夫人搂在怀里，又不敢乱说。总之那一晚，还好不是老蒋亲自过去的，考尔斯也没挑拨成，否则那晚说不一定还会发生血案哩。何子成是个聪明人，次日他就把当晚看到他和夫人在一起那一幕的人统统叫了去。据说又发银子又款待了他们一顿。"

"堵住了他们的口。"吴作梁道。

"何子成真是一条狡猾的毒蛇。"子都道。

"这事后来还没有完啊，那些当晚看见他俩'偷情'那一幕的人，又过了半年就全部失踪了，找不到了。"

"啊，一定是何子成干的？"子今、吴芬芬都想到了答案。

"传说啊，民间有这种故事。不过想想也对，这种丑事，怎么会出现在民国的历史学家的文章里？"

"不久，宋美龄心慌意乱，想去访美，那一次，何子成也跟去了。想都想得到，又会发生什么事。所谓宋美龄的'风流韵事'根本不是指与考尔斯，那考尔斯只能算是'自作多情'，而是指与军医何子成。"

"的确是咱们'山城版'的，"子都赞叹了一声，"重庆人想象力都很丰富。"

老胡笑了，接着又说道："宋美龄那一次险些被老蒋发现，还好何子成处理事情极快，又把蒋介石摸透了，他很巧妙地把这件脏事遮掩过去了。不久心力交瘁的宋美龄决定想借治病去一趟美国。同时，这一时期，宋美龄的健康状况的确也出现了恶化的征兆，这迫使她下决心赴美治疗。抗战初期，宋美龄到淞沪前线劳军，突遇日机空袭，宋美龄的专车在匆忙躲闪中倾覆，宋美龄不幸受伤。自此，宋美龄即长期多病。1942年10月下旬，宋美龄的身体状况每况愈下，当时蒋介石也担心夫人患有癌症，决定让她赴美治疗。蒋介石日记中记载：'本月27日，妻体弱时病，未能发现病因，甚忧。'29日日记又云：'妻子体弱神衰，其胃恐有癌，甚可虑也。'30日日记又云：'恐妻病癌，心甚不安，决令飞美就医，早为割治'。"

十六

大家正沉湎于宋美龄所谓的"风流韵事"当中的时候，子今怀里的娃儿罗今突然哭喊了起来。原来在家里，几个男人猛抽烟，搞得整个房间里烟雾腾腾，跟着了火一样，直把罗今熏得泪流满面。屋里的人也跟搞地下工作一样，被烟熏着、呛着，围在老胡周围。

吴作梁不久前来过重庆，去过一些地方，收过一些小贩手里的东西，但歌乐山这一带没有来过。

"胡老这料抖得的确挺猛的。不来沙坪坝，的确不知道这后面的歌乐大山里的'阴谋与爱情'。宋美龄的这些久远的'风流韵事'正好反过来对了解那个神秘人物何子成提供了重要线索。"吴作梁有些茅塞顿开，感叹道。

"吴兄，你不是有一本何子成撰写的《蛇影行动》吗？拿出来对照一下嘛，看看我老号说得对不对。"

"他何子成自己怎么好意思来记录这么一件重要的'丑'事啊。"这句话是吴芬芬说的。

"那不一定，何子成是少将，也是国民党要员，如果真如他与宋美龄有'一腿'的坊间故事，他还不一点一滴铭记在心啊。"胡子都说。

"宋美龄经历的事贯穿整个民国抗战史，如果发生的事真有何子成一份，不可能不在他心里引起波澜。他不在这本小册子里留下蛛丝马迹，把它记下来才怪了。"胡子今又从浪漫的遐想中游历一圈回来，言之凿凿道。

吴作梁也不把胡家人当外人了。当着他们的面他就把那本破旧的、泛黄的油印小册子翻了出来，铺开在桌子上。老胡一见是《蛇影行动》，迅疾地凑了上去。他只仔细地比对了一下，就朝自己的家人点点头。

"嗯，这书的确有些价值。诡谲林园、恐怖秘道、歌乐鬼山、妹子蛇……何子成都有提到。"老团长暂时拿下老花镜，边揉眼角边沉思了起来。

"胡老，他这小册子里都是些半文半白的文体，我文言文还不太精通，还是您来指点一下迷津吧。"

老胡又凑近上来。当吴作梁仔细把《蛇影行动》铺开来时，他的眼睛就不再离开那上面。老胡把那本书倒过来翻了翻，像在检查这本书纸张的好坏。突然，有半页纸从书中掉了下来，引起了他的注意。

"年代久了，脱线了。"他注意到了那上面的重要内容：

> "民国三十一年六月六日：是日午，二时，夫人皮疹、烟瘾泵发。委员长嘱找维克多医生，下山，穿穴，诊治、观瞻三刻，服'鸡汤'，返途中，遇大物，夫人惊，扑吾坏。为拭泪。斩杀之数尾。带回三号楼。啖、饮。"

"这里，看到没有，'夫人惊，扑吾坏。为拭泪。'坏通怀。夫人与何某人的'两人关系'在他笔下，已有实质性内容了。这本书对找到熊丸秘记的那本《蒋夫人宋美龄疑难杂症治疗汇编》很有帮助。据说1945年日本投降以后，这本早该焚毁的内部机要病历，在东都医院焚烧时，却因为一个多事的'伙夫'给扑灭了柴火，拾起保存了起来。为什么熊丸的书被人拿到东都医院来焚毁，这个伙夫到底又是谁？"

胡子都道："这里有一些大大的谜团。后来伙夫曾以一笔昂贵的费用与美国某出版社准备秘密出版这本书。时不凑巧，交易谈了一大半，另一伙冒充"军统"的人出现了。伙夫遭到了追杀……这书又沦落到了另一批江洋大盗手里。"

吴作梁道："伙夫是谁？冒充'军统'的那批人又是谁？"

老胡道："看看这些能否在这本《蛇影行动》中找到答案呢？"

胡子都："老号，秘道、秘道知道吗？我认为所有的秘密都在那里面。"

老胡："说到歌乐山秘道，我听到过不少民间传说，但我没亲自进去看过。我有一个老战友，从朝鲜回来后，当了铁道兵，整天就钻在山沟沟里打洞、凿石、找矿。记得几年前我们在重庆老战友聚会，他还专门过来，向我提到过这条歌乐山秘道的事。"

"哦？"胡子都、吴作梁又兴奋了起来。

"可惜，当时我的注意力不在这上面，没有响应他感兴趣的这个

'历史之谜'！"

"咱们去找找他。"胡子都央求道。

十七

吴作梁发现这位参加过抗美援朝的老军人对那本神秘的小册子爱不释手，也为了表示对胡子都父亲的敬仰，吴作梁决定把那本《蛇影行动》放在胡家几天。一来让老团长边回忆边把关，二来希望得到胡家的支持。

西南铝加工厂在江津，那里离沙坪坝要二百多公里。去找老胡老战友叶公的事，吴作梁与胡子都都挺来劲。

这回是胡子都自己开着挂军牌的广本一路呼啸着过去的。

那车在路上的行驶速度不低于一百公里，把后座上的吴作梁吓得几次哀求子都："慢一点，慢一点，不用急。"

即使这样，驾驶员胡子都还是嫌公路上的其他车辆阻碍了自己正常通行。他时不时猛按喇叭，还摇下窗户对边上他不认识的车主满口脏话。

老胡的战友叶老是个思考多、话语少的职业军人。他现在的身份是重庆西南铝加工厂的军代表。这个身份说明他一直就是一个不穿军服的军人；或者说，这远离重庆市区的大型国营企业同时也在生产与军事、军队有关的重要产品。

叶代表一听是老胡介绍来的朋友，其中还有老胡的儿子，就态度上而言要热情了不少。在厂军代表室，他搬出了一箱甜橙，让两个汗涔涔的晚辈边剥边说话。

两个晚辈都是急性子，哪有闲心来剥什么橙子，一直在催慢条斯理的军代表早入正题。

"叶伯伯，照你这么说来，那歌乐山地下的秘道是从林园下面开始的哟？"

"基本可以这么认为，那山下面主要是亿万年来才形成的独特的喀斯特溶洞地质地貌，富含磷矿与甲等天然气。"叶代表介绍了起来。

"重庆的盆地气候，潮湿多雾，如遇雨天，便会遇雷电打火燃烧，人们在这一带常常看到的'鬼火'其实就是磷在水中燃烧。

"是的，绿悠悠的。很可怕，这歌乐山一到夏秋之际到处都有。

"人死之后，尸身里的骨髓之隙也有磷元素存在，所以燃烧原理与一般磷的燃烧相同。"

两个晚辈搞不懂，他们是来问询有关歌乐山秘道的。怎么叶老总与他们谈论磷火的燃烧原理。

"叶叔叔，这位吴同志是受南海市政府派遣来了解'秘道'事宜的。"叶代表大概也猜到他们心里的疑问了。他总算挤了一点笑容出来，接着说道："这歌乐山下面的秘道据说有两条主要的方向，一支是野生的秘道，太危险了，我们还没有完全找到。歌乐山志记载，是有一个叫李铭盛的民间蛇医首次进去过，那秘道他也没有走通走全，里面地质构成异常复杂。我想人们进去后大都没有出来。"

"都说里面太多蛇了，是不是？"

"我想不仅仅是这么简单的一个理由吧。"

"你是说，里面还有别的什么，野生动物，天然气？"

两个晚辈一看叶代表这样幽幽说着，眉头紧锁，不免内心也升腾起一股寒气。

"这里我要着重讲讲另一条秘道，这条秘道是咱们铁道兵刚入渝时意外发现的，都说是国民党早年就开始挖的，到解放前期，他们离开时，又用炸药炸毁过一次。咱们最后发现了，这条秘道的内部结构也基本被破坏。好在它对咱们的经济建设没有带来什么实质性的影响，完善它又要花费巨大的财政支出。现在有些人出于好奇或探险，来打听它的下落。不瞒你们说，这事要放在三年前或五年前，我一定也像你们一样，是个热血青年……现在一切都变了，与过去不一样了。我已经七十多岁了，已没多少精力来与你们一道，去了解这些历史之谜了。当然，你们如果需要我提供什么线索，我一定力所能及地向你们'汇报'。"

总之，这次去探访叶老，吴作梁的收获要远远大于胡子都的。吴作梁前不久还与陈民权探访过的另一条真实的秘道，就是因为那一次与"阳间的鬼"——陈民权——经过了一次恐怖、刺激的地下探险，他才掌握了比胡子都多得多的资料。当然，这个情况，吴作梁还不打算与胡子都说。

回来的路上，驾驶座上的胡子都想想有些沮丧。那军代表知道的情况，他也大致知道。他不知道的情况，那位慢条斯理的军代表也没有告诉他多少。

可能这车上的两个"财迷"都各怀鬼胎。后座上的吴作梁打起了瞌睡。胡子都越开越觉得不对，天又黑了，他发现方向与来的时候不太一样，才靠边停了停车，一打听，原来是把行车方向搞反了。

这下子回不了市区沙坪坝，却意外地开去了相反的地方，到了远郊的璧山。胡子都的脏话又喷涌而出，车也越开越猛。他来时的心情与回去的心情也是南辕北辙。

吴作梁怯怯地问他是不是该停下来吃晚饭了，并点明，自己请客。

此时车上的胡子都像是在与车子赌气，猛然踢了油门一脚，骂了句粗话。

他这骂声刚刚落地，只听见车外"咣当"一声，他就感觉把什么东西撞飞了……

吴作梁猜胡子都闯下了祸。黑暗中，那东西笨拙地被车子撞落在某一处墙角，不动了。什么东西啊？吓得车里的胡子都猛打方向盘，可是车子已经来不及回转。那威武的挂军牌的广本在接二连三撞飞了又一个"东西"后，终于撞上了道旁一棵粗粗的黄桷树，停了下来。

十八

车一停下，果然麻烦就来了。两个道边的村民急嚷着，要胡子都快下车来看，他们的猪被胡子都的车给撞死了。

胡子都本来还想要赖一下，他下车来看到路边上有一群游走的猪，有两只猪脱离了猪群，一只摔在墙角里，似乎不动了，另一只倒在公路边，嘴里还在哼哼着。他的第一句话，竟然是责骂那两个村民："我说，你们哪个回事嘛，怎么不走人行道？"

黑暗中，其中一个村民边吼叫着边冲上来，声音比胡子都还要响："你说啥子呢？老子听不懂。"

胡子都的声音软了下来，变成了劝导："我是说，农哥，你们赶着猪儿，应该走公路上的人行道，《道路交通法》第一章第五条。"

想不到另一个村民冲上来，冒火了："你个砍脑壳的，老子在这条路上赶猪儿，走了三十年了。还要你来教训我？"

两边势均力敌，顿时剑拔弩张，吴作梁慌了。

"好说，好说。"吴作梁马上跳下车，站到了两个村民与胡子都之间。胡子都还想多言，吴作梁马上把他拖开。

"你以为你现在还在重庆解放碑、上清寺？"那个后生模样的村民嘲笑了一声，又冒出来几句话。"让你的'交通法'给老子见王八去吧。"

借着车灯一角闪烁的亮光，吴作梁看清楚了。第一个过来的是一个后生。很粗鲁，膀大腰圆的，手腕比吴作梁的小腿还要粗。后面过来那个大概是后生的爹，六十开外，留着一撮仁丹胡子。

"喂，你们嘟个说呀，猪儿可是被你们撞死逑了。""仁丹胡子"撇下吴作梁，直冲开车的胡子都愤愤不平道。

"哪里死逑了嘛？它不还在动吗？"胡子都还在抵赖。

后生走去了墙角，用手指在猪的鼻子眼处试了试鼻息，宣布道："猪儿的确死逑了。不信，你过来查看一下。"

吴作梁想走过去看一眼，被黑暗中的胡子都拦住了。

"那你们说，嘟个赔吧？"胡子都泄气了。

后生与他爹相互看了一眼，"仁丹胡子"发话了："这样吧，天也黑了，我估计你们也没吃晚饭，还要急着赶路。一共就掏个八百块钱吧。"

"什么，什么？农哥，再少一半的钱都用不着！"胡子都马上回到了商人的角色里。

老头又笑了："这真的不算要得多。已死逑的那头猪总值个六百吧，睡在地上哼的那头猪最起码也值个二百五吧。"

胡子都马上开始在身上装模做样找钱，最后掏翻了口袋也才凑足了四百多元。他把目光投向了吴作梁求援。吴作梁点点头，表示明白，也上下翻起了口袋来找……可他只翻出了九十多块钱！

胡子都开始数落吴作梁："你老兄出门不带钱的啊？"

吴作梁尴尬地一笑，解释道："今天才换了件衣服，钱包忘带了。"

胡子都一听更火，低声骂道："就你这点钱，刚刚还口口声声要请我吃饭？"

吴作梁脸露愧色，他突然觉得这个地方似乎来过，好像上次有个朋友就是带他到这一带来收"古董"，还费了他不少银子。他想起了一件事，猛然跑向了胡子都的轿车后备箱，从里取出一包塑料纸包好的东西拿了过来。胡子都见状摇了摇头。

"农哥，我这里有一件清朝瓷器，很值钱的哦……"

吴作梁话都没有说完，后生便拦住了他，"不要，不要，你个人留着看吧。"

"真的，不骗你，很贵很贵的，出土证书都开了。"想不到吴作梁极普通的一句话引起了两个村民加胡子都的哄堂大笑。

"你那种玩意，看都不要看，就知道全是水货。咱们这后山上都是的，一锄头下去都挖得到。咱们只要钱。""仁丹胡子"又道。

胡子都见吴作梁傻得可爱，拿得出手的都是些什么玩意啊。他这才真正开始急了。他又打电话找吴芬芬——他老婆，吴芬芬关机了！他打电话找子今，子今在手术台上。他只好打回家里，母亲也说吴芬芬与子今都没来。他正要挂电话，母亲不忘问了他一句："你们昨天铺在桌子上的那本黄兮兮的旧书，是不是不要了？"

胡子都刚想说"不要了"，马上又惊恐地问了一句母亲："你说的是桌子上那一本黄兮兮的书？"

母亲告诉他："就是昨天你老号与你们铺在桌子上，谈了一天也没谈出个结果的那本叫什么《蛇影行动》的书……"

"你说什么？"胡子都被母亲稀里糊涂的问话吓得眼睛睁大了一倍。

"妈，你快说，桌子上那本《蛇影行动》到底怎么样了？"

胡子都的心快跳到了嗓子口。母亲在电话里仍是不慌不忙地告诉他："子都，可能是妈不好。今天早上罗今临时要屙屎，搞得这娃儿手上到处都是。我来不及跑到厕所间去为他拿草纸了，正好看到桌子上那本黄兮兮的书，我看到昨天你们铺了一天一夜，还放了一些吃剩下的瓜子壳在上面。以为你们不要那本书了。所以我撕了两张书纸下来，给罗今揩了屁股……"

十九

可以想象胡子都在听到家里发生的这一荒唐事后内心的焦虑与不

安。最后胡子都朝电话里猛吼了一句："妈，别再把那二张揩屎的纸，给老子弄丢了！"

这头旁边的人，才发现有什么事情是真发生了，而且是比较大的事。吴作梁听不太懂重庆话。他仍小心翼翼地将那件"清朝瓷器"放回了车内。

"仁丹胡子"看见胡子都急得在原地团团转，又小着声音对胡子都说道："看着你们的近况也怪惨的，我们就再做一次让步吧。二位领导，就凑个四百块整数吧。我们也好把其他猪儿赶回去了。"

"都是你这堆猪儿惹的事。"胡子都骂道，同时把四百块钱朝对方递过去。

正在交钱时，吴作梁、胡子都的电话又分别响了起来。吴作梁与南海的王储通上了电话。反正吴作梁与王储讲的都是南海话，也断断续续的。旁人听不懂他们讲什么。

找胡子都的是吴芬芬，她问怎么回事，怎么还没回来。胡子都只好又把情况大致讲了一遍。

吴芬芬问："旁边啷个有女娃儿的声音呢？"

胡子都纠正道："哪里嘛，是那个南海艺术家，男的，他跟人在讲他们那里的话，像女的一样。"

"你是不是在璧山？子今已经回来了，她来跟你说吧。"她把电话给了子今。

子今还没说，子都的怨气就朝妹妹发过来了。"你那个龟儿子罗今也太霸道了，到处给我屙屎不算，还屙出了祸害。我那本'蛇影'，才被妈撕了两张下来，给你那儿子揩屁眼去了。"

子今没听完便笑了，"哪个不叫你们走的时候放放好呢？你以为咱们罗今，舅舅这两个字，是随便好叫的啊，要付点代价的哟。"

子都跟着也笑了："看我这回转来，非把你那罗今的屁眼给缝上不可。"

"哥，时间太晚了，路又不好赶，你就别转来了。我给你一个熟人电话，他是我同学，你去找找他嘛，他很热情的，肯定会帮你们的忙。"

胡子都想想这也是没办法的办法，只好答应下来。他眼下为难的是如何把这书被撕坏拿来揩屁眼的大事向吴作梁做一个合乎情理的解释与交待。

两个村民收了钱，把一头死猪和一头半死的猪抬上了自己的板板车。正要赶着猪儿离开，突然听到胡子都在扯开嗓子找人，他们又停了下来。

胡子都捂住嗓子道："畬老壳啊，对，我是胡子都，东都医院胡子今的哥哥，对，我人现在壁山，有了点麻烦……我在哪里啊？哦，你等一会。"

胡子都捂住电话转身去问了一声地址，又继续回话："这里叫黑枫桠口，对，有一棵很大的梧桐树。你马上过来哈。好，我等你。"

胡子都挂上电话，叹了一口气，见吴作梁正专心致志看着他。

吴作梁道："对，彻底想起来了，上回我也来过这里。"

胡子都忙掏出烟给了他一支，自己也叼了一支烟在嘴里，打燃。

这时，那"仁丹胡子"疑惑地走了过来。问道："你，你刚才在叫哪一个人？"

"我叫哪个人关你什么事？你不是拿了钱了吗，好走了。"

正说着，一部雅马哈摩托就鸣叫着喇叭找了过来。车上跳下来一个青年人上来问道："哪一个是胡子都？"

胡子都感到很意外，惊叹道："你好，畬老壳，我就是，你这么快啊！"

"壁山县城才多大一点啊！走，哥。"

正说着，黑暗中两个村民都走了上来，对畬老壳叫道："畬娃子！"

畬老壳又朝黑暗中仔细辨认了一下，才回答道："二娃，五叔！你们两个哪个在这里？"

"仁丹胡子"叹了一口气，竟坐在地上了。二娃则越说越说不清。

"他们……撞死了我们的猪……我们向他们要钱!"

畲老壳才恍然大悟:"原来是你们在找别人麻烦呀,好了,哥,我来介绍一下,这两个'捣乱分子'是我亲戚,快点把钱还给别人。"

胡子都一听忙道:"不,撞死了猪儿,理应赔人家损失。"

畲老壳偷笑了。"哥,他们这是在路上给你设的局,骗人的。来,二娃,你来说说。"

二娃开始忸怩着,腼腆地讲了起来:"重庆真的很小啊。我们是畲老壳的亲戚。既然我们成了朋友,我就把情况向二位重庆来的'领导'汇报一下,简单地说,咱们的猪儿都是屠宰场不要了的瘟猪……"

吴作梁首先"啊"了一声,烟都掉在地上了。"怪不得,那猪臭哄哄的。你们也够狠的。晚上在公路上'劫富济贫'!"

#

畲同蛇音。畲老壳的真名叫畲勇,他与蛇果然打过交道,他也是重庆人,与子今还是沙坪坝市三中的同学。

说到胡子今,他坦言:"想当初,我还追求过你妹子今哩。如果那时我的'阴谋诡计'得逞,说不定,我现在真要叫你一声'哥哥'呢。"畲勇说。

畲勇精干,梳一个板刷头,反应很敏捷的样子。他把在场的四个人,都拖到了县城的一个饭店里来吃饭。等大家坐定下来后,先端上来一盘板鸭和一条怪鱼。那板鸭大家都知道是"白市驿板鸭"。至于那条黑黢黢的怪鱼,畲勇要大家不说话,让吴作梁猜。吴作梁吓了一跳,想到了答案,"是不是大鲵,你们当地叫'娃娃鱼'?"胡子都点了点头。五叔没碰那些鱼,他只喝了点鱼汤。

现在已是深秋，昼夜温差很大。本来胡子都还冷得有点抖瑟起来，灌了不少酒，吃了鱼丸，喝了鸡血汤，身上马上暖和了。吴作梁也吃得够味，他边吃边还想起了什么。

"对，大梧桐树，记起来了，上次我来过这里，是这里，叫来凤。收了一堆旧东西，辛辛苦苦背回了南海。现在看来都是些不值钱的垃圾呵。"

畲勇看看他，"也不能全这么说，你要的真东西不是没有，只是要花时间等。哪能这么急啊？"

畲勇说他来壁山先是靠养蛇起家的。现在他有一个养蛇场，在南门。又承包了两个鱼塘，在内湖，做网箱鱼生意，再拖到重庆市大阳沟农贸市场上去卖。

畲勇确实有重庆人的热情，他说二位哥哥吃好喝好后，再带他们去养蛇场参观一下。吴作梁一听是参观养蛇场，又是晚上，心里吓得马上婉言谢绝："不必了，太晚了，下回吧。"

至于说畲勇这两个亲戚，他们才是真正的壁山人，又是父子。他们帮畲勇照看鱼塘。畲勇搞不明白，他们怎么会晚上到公路上来，干起了"钓鱼"骗钱的勾当。

"老子给你们的钱还算少吗？跑到马路上去骗钱来了。"畲勇对两个亲戚再一次吼了两声。

五叔与二娃马上低声"诺诺"称是，并弯腰反复朝胡子都道歉，向胡子都敬酒，赔不是，为自己刚才的小伎俩后悔不已。

胡子都看看再纠缠那点"小插曲"也没意思，所以也为五叔和二娃再倒了一杯酒，回敬了他们。

"来，来，过了，过去了。俗话说'不打不相识'嘛，这事就不再谈了。咱们现在成了朋友，下回到重庆来找我哦。"

"听说子今的老公把她甩了？"畲勇没摸清楚对面吴作梁的背景，突然冒出来这么一句。

这句话把胡子都惊得手心冒汗，本想斥责畲勇乱说话。转念一想，他既然与妹妹是高中同学，讲话也无恶意，只是太随便而已，就尴尬一笑："不会，只是临时分开了。为了事业。总还会在一起的。不信，你可以问问吴先生，他是南海来的。"

畲勇呆呆地把目光移向同样呆呆的吴作梁。

吴作梁抹了抹嘴，抓了一根牙签："没错，子今她老公是我的挚友，他讲到子今时，常常潸然泪下，那场面十分感人。他会回来的，当了大官，或者说发了大财，就会回来的……他们这一对真是让人羡慕死了。"这种话别说畲勇了，就是子今的哥哥也是第一回听到。

胡子都："你讲的是真的？什么？他还想回重庆？"

"可不是吗？他，张罗平，亲口跟我说的。"吴作梁继续在编词。

在三个男人谈论一个女人，或者说关于一个女人的话题的时候，五叔与二娃，就在边上忙开了，又拿饮料，又叫酒。

五叔还一边说道："那华蓥山的分支山脉与歌乐山的主支山脉便在这里交汇。这里地质情况复杂，地下面的乱事情更说不清。民国时期，来凤又是那蒋介石的白市驿飞机场的备用地址。"

畲勇："二位哥哥对民国历史感兴趣么？"

吴作梁与胡子面面相觑，神秘地一笑。

二娃："我老号，就是这一带的活历史、活地图。"

"明天我带你们去来凤、璧山转转。"五叔又说。

次日，五叔和二娃换了一身衣服，以主人的身份带着胡子都、吴作梁在这附近兜，最后爬上了这一带最高的山梁。他们说得不错，这里南高北低，一边是高山，一边又是平川，可以看到白市驿飞机场。换一句话说，如果白市驿飞机场被日机轰炸，老蒋的专机还可以从这里起飞，逃走。这里天风呼啸，风云激荡。极目远眺，华蓥山的支脉与歌乐山的主脉在这里交织，看久了便感觉这里风水有些异样，风会来回吹，因山间峰回路转。水流不是依山形由东向西而去，而是凿石穿道而过，由南向北。

五叔带吴作梁兜到地摊上，又让吴作梁想起了那一次闯来壁山的事。他慢慢回忆起在这地摊上也买了不少东西。看来畲勇讲得对，古董也好，宝贝也好，要花时间慢慢琢磨，品尝，否则好东西就真从身边溜走了。

胡子都仔细看一眼五叔，发现他白眉红面，须长臂健，便坦言道："五叔，咱们对这民国以来流传的关于秘道的事很感兴趣，你下去过这山里的秘道吗？"

"没有，只是听说过。"

二十一

胡子都与吴作梁只知道歌乐山秘道，想不到这里也有"秘道"，倒让他们颇感意外。而且吴作梁又想起来自己还到过此地一次，是他意外中的意外。没有这次意外，撞上那些瘟猪，他也不可能有后面的收获。他得把这几天来的综合信息理个头绪出来。

畲勇硬要让胡子都多待上几天。想把壁山、来凤的各种"关系"给他介绍一下。下次他碰到什么事也方便。可子都不想久留，他也有自己的心事。他在想那位父亲的老战友的事。那人知道他家里许多事情，包括他和子今的小名。他却是首次听父亲提起他。下次他想把他请到沙坪坝家里来做客。

还有那《蛇影行动》被糊涂的老娘意外撕了两张下来，该怎么跟吴作梁讲。

走那一天，畲勇又帮胡子都去修好了被猪撞瘪的车头。畲勇走到哪里都很跩，别人也十分买他的账。

吴作梁小心翼翼地陪在边上，不吭声。那辆车在经工人敲整、喷漆的过程中，畲勇又拖这二位沙坪坝来的"领导"去街边看耍蛇。

吴作梁看着看着就快把昨晚的鱼肉呕吐出来了，那种表演令人毛骨悚然。只见那丝瓜般粗的绿油油的大蛇，在一个瘦瘦的耍蛇老人的头上爬上爬下，像听得懂人话一样，还从老人的腋窝里进进出出，吐着毒信子……

回到家里，胡子都来不及锁车门，就把车钥匙扔给了吴作梁，叫他去停车。吴作梁摸不着头脑，疑惑地问道："怎么回事？"

胡子都跑入大门前才甩了一句话出来："屎憋急了！"

当心急火燎的胡子都跑进自家屋子，看见晒罗今的尿布旁有两张黄兮兮的"草纸"时，他才放慢了步伐，舒了一口气。

他妈没丢掉那两张擦过罗今屁眼的纸！而且桌子旁边就放着吴作梁的那本《蛇影行动》。他忙把那两张正晒着的纸放回了书里。

就在这时，吴作梁进来还钥匙了。

"吴兄，有个事情，怎么跟你说呢，不大也不小。"胡子都在找一个适当的词汇，来向吴作梁解释书的事情。

"胡兄，什么事？说吧。"吴作梁这样说的时候，子都的妈抱着罗今进来了。

罗今今天很乖，一见吴作梁就把自己的两只小手伸了上去，要吴作梁抱。吴作梁只能腾出臂膀接过了他。

"吴兄，你这本书——《蛇影行动》，被这个小家伙，不当心撕了两张下来。"胡子都只能这么说。

"啊，快看一看是哪两页？"吴作梁边抱着罗今边说。

"开头的两页！"胡子都答道。

"哟，拿过来我看看！"吴作梁本来想说"不是我说要不要紧，要看别人怎么说"，可经过他大脑一过滤，变成了"我看没什么大不了的，头上两页，用胶水粘一粘，不影响内容。我怎么感觉这本书，今天有点奇怪的味道？"

"什么味道，莫不是，还在想昨天畲勇那一顿鱼宴吧。"子都心虚着，打着圆场。

"是那味道倒好了，这味道，倒有点像是茅坑里屎的味道。这与那擦过大便的纸一样。"

"那怎么可能？！可能时间久了。这手抄本回潮了。"胡子都继续敷衍道。

"你说什么？回潮了，对，应该是的。大便纸、大便纸……上次我来这里带走的那些黄色的像擦过'大便'的纸，里面肯定有重要的内容。子都，我要真正感谢你。你……你们家人提醒了我。我上次带回南海去的那一些发了黄的'大便纸'就是来这里收购的。你让我完全想起来了，也是一个耍蛇的老人卖给我的，我出了很高的价格……他说过，里面有我这次西南之行所需要的东西。可我怎么把他最重要的这句话忘了，也没有去认真琢磨过。"

吴作梁说着用力在罗今小脸上亲吻起来，这一举动让胡家三代人都摸不着头脑。罗今则被他的硬髯扎哭了。

吴作梁激动地说："我要马上回南海一次，向市政府汇报近期的探访情况，很快还会回你们这儿来的。"

二十二

陈千惠所在的病房继续像南海市社交官场延伸出去的一只角，人来人往的。

叶城里教授来了一趟病房后，就再也不露面了。他又开始在空中飞来飞去。这让紧跟他的邹小进主任从中似乎嗅出了某种气味。

那女人只是个一般背景的女人，他想。

果然，邹小进不久从中央电视台的《新闻联播》节目中了解到，在某一次卫生部举行的迎新茶话会上，卫生部新、老官员全都亮相了，他总算识别出了新、旧卫生部长的脸和他们的名字。

搞什么搞，陈千惠的公公是前任卫生部长。他为此松了一口气，他说不出这是不是某种压力的解脱。他慢慢去那间病房的次数减少了下来，对陈千惠的护理级别也被他悄悄给降低了。

陈千惠对这一切的发生当然也清楚，但她不说。在一次医院主持的专家大会诊中，代表脑外科的专家吴玉屏教授也被邀请来了。大会诊结束后，吴玉屏并没有在许多医生中看到自己的儿子张罗平，她有些疑惑，便去主任办公室找邹小进询问张罗平去哪里了。

当邹小进满脸惊恐地知道站在面前的这位脑外科权威，就是张罗平的母亲时，他手上刚才捏住的钢笔掉到了地上。

"张医生，小张，他自己，要求去……不，咱们科……委派他去出席一个国际会议去了，可能、可能还没结束吧。"邹小进语无伦次地编着词，汗水从他脸上淌出来。吴玉屏搞不清楚对方回答这个问题时为什么会淌汗，舌头也不听使唤了。她笑一笑，仅"哦"了一声，便走开了。

以后的某天晚上，在饭桌上，吴玉屏是怀着欣赏加羡慕的表情来询问刚从国外回来的儿子这件事的。张罗平叹了一口气，却不愿多说。吴玉屏以为是上次《蛇影行动》遗失，她斥责了儿子，儿子记恨了，还对她耿耿于怀。不料张罗平却嚷着要当妈的面开瓶酒来喝。

他为自己先倒了满满一杯，才蹦出了一句话："看来，这回调来南都医院，可能是个错误！"

"什么错误？"吴玉屏不敢相信自己的耳朵，"这里有你的家，你的父母。你是嫌我们限制了你的发挥？自由、言论？"

"都不是，有人给我穿小鞋！"张罗平苦笑了一声，总算仗着又一杯酒把核心内容供了出来。

"我明白了，你是说，那个邹主任，他卡你？那叶城里呢，他没帮你？"吴玉屏觉得事情很严重，对一边的老公——张孟超吼道："老张，你添什么乱呀，快把你那破烂音乐关掉。"听罢，张孟超吓了一跳，忙去那边关掉了音乐，人也没有再过来。

"说吧，罗平，到底是怎么回事，我不是听说你去出席什么国际会议了吗？"

吴玉屏心里逐渐有了点底，又问。

张罗平让母亲知道了一些情况后，便不再多说了。他干脆去房间里把一堆资料搬了过来，都是德国西门子的医疗设备、仪器、仪表的质监书、三包书、公司承诺书等图片及文件。

"这些东西我还没时间来看呢！"罗平叹了一口气，自嘲道。

吴玉屏一看，再一听儿子这么说，就什么都清楚了。

吴玉屏理了理情绪，态度反而镇定了许多，她道："哦，原来是这么回事，碰到了小人。来，儿子，妈也陪你喝上一杯……明天，妈要亲自为你去找一找叶城里。"

吴玉屏与儿子最后讲的那几句话，张孟超在里屋，没听到。所以吴玉屏要亲自去找叶城里的事，他张孟超是不知道的。

第二天，吴玉屏从箱子下面翻出了一件比较旧的，但依旧颜色艳丽的米黄色羊毛衫出来，套上了身，去找叶城里了。

但叶城里却不在，让吴玉屏白跑了一趟。她正要离开，不料看到了邹小进和卢布今正从外面进来，让她内心一咯噔。

二十三

　　吴玉屏本不想与卢布今打照面，但躲看来是躲不了了。好在她反应够快，马上一转身，溜进了陈千惠那间单人病房。

　　"呀，吴教授，你又来看我啦？"床上的陈千惠摸不着底细，见吴玉屏蛰入了她的房间，首先是表示感谢。

　　"你的腿还肿吗？头不昏了吧？"吴玉屏稳定了一下自己的情绪，开始用问诊的方式来敷衍陈千惠。

　　"身体实在是好太多了，你们上次两回大会诊的意见非常对，尤其是叶教授和那个叫张罗平的医生的治疗建议很全面，很有针对性。"

　　"叶教授这两天来过吗？"吴玉屏又绕到了自己的问题上。

　　"没来，他哪能只围着我一个人转呀。他是大专家。"陈千惠笑言道。

　　"邹主任常来吗？"吴玉屏又问。

　　"也不常来了，倒是那个叫张罗平的医生经常来，他挺负责的。"陈千惠感叹道。

　　陈千惠来南海，其实看病还是次要的。她还有一个重要的使命，就是与李希楷见面。李希楷的父亲李昌武与陈千惠的父亲陈承文既是朋友，又是商场上的对头，关系说不清道不明。

　　眼下陈千惠最重要的一个朋友出现了，他就是何存义。

　　在陈千惠到达南医大南都医院的第一个周末，何存义带着他的女儿何念子来看望了她。何存义与她父亲也是世交，两人所走的人生道路不尽相同。进病房时，何存义走在前面，与正要出门的吴玉屏擦肩而过，何念子则拎着一个大水果篮紧随其后。

何念子与陈千惠同岁。其实十年前的陈千惠还被何家提过亲，何存义很希望自己的儿子何来当年能与陈千惠结婚。不料陈千惠后来读的是港大医学院，何来读的是台大医学院。两个人的姻缘没有续上。

在陈千惠宾馆套间一样的病房里，何念子与陈千惠开心地拥抱在一起。虽然两人一样大，但念子更愿意叫陈千惠一声姐。这都是何念子未婚，而陈千惠已婚的缘故。

千惠拐弯抹角地问到了何来。何存义朝念子嘟嘟嘴，意即让她讲。

念子讲得很仔细，因为她看见千惠听得很认真。

"我哥还是快乐的'王老五'。"

"听说他也在大陆，还在这所医院里。"

"在进修，满一年了。"

"你怎么样？念子，你爸帮你物色到好男人了吗？"

何存义像老外一样耸耸肩，做了一个无奈的动作。

千惠故意要给念子讲悄悄话，让何存义回避，正巧何存义的手机响了，他出来到走廊上听电话。

屋里，千惠神秘地对念子说："你没考虑在大陆找一个啊？"

"那也要看缘分啊！"

"缘分是等不来的，要主动去找。"

事实上，对陈千惠的早期糖尿病的治疗，主要是听从了张罗平的临床建议，采纳的是张罗平的意见。当何存义在外面专心致志接一个长途的时候，护士推着车来送药了。

刚进陈千惠病房时，张罗平是一路跑来的，他说刚才护士站漏配了药，他为此特地送了来。但他只到了病房门口，没有进门，而是将漏掉的药放上了小推车，转身就走了……

张罗平今天怎么回到了科室里？因为今天是周末，邹小进有事，他也不想负这个退休高干亲戚的责了，所以专门又把张罗平叫回来顶上。

张罗平与接完电话转过身来的何存义打了一个照面。两人也仅仅是照了一个面，双方并不认识。何存义哪里知道，眼前这个高个子医生，正是他女儿何念子日夜在找的那个人。

张罗平也不可能明白，只要刚刚再往前面多走几步路，一段迷一般的故事，就会大白于天下。

陈千惠知道何念子所谈的三个男朋友的往事。尤其是念子那第一个男朋友的事——那个派头很大的古董商男人，正是千惠的亲大哥陈千石。而撮合他俩也是陈千惠的主意，只是两人由于性格不合适而告吹。

二十四

吴玉屏要找叶城里也并不容易。叶城里名气越来越大，在公众场合，不仅有秘书甚至保镖这样的角色跟着他，记者也会无孔不入地跟着他。私下场合，他又在家里，吴玉屏更加逮不住他。吴玉屏曾小心翼翼地连打了两次电话去叶府，都是卢布今接的。吴玉屏有些做贼心虚，都扔了电话，且一句话不说。

不过两人相会，最好的机会很快便来了。今年的 11 月 21 日是他们这届协和医学院学生毕业四十周年的日子。全国校友会的负责人找到了叶城里教授，让他牵头。他一口答应了，还成了这一重要纪念活动的总发起人和召集人。

吴玉屏闻讯也紧随其后，成了四十周年庆祝活动南海片区的联络人。

10 月 21 日，在总发起人叶城里教授召集的第一次事务性联席会议上，叶城里与吴玉屏都参加了。他们面对着坐在同一张大会议桌的两侧，一起讨论问题。

这次会议开得很长，讨论也很热烈、具体，各人都有了明确的分工。

吴玉屏在协和时就是有名的美人，舞跳得也相当好。根据叶城里的提议，庆典活动的宣传、文娱活动由吴玉屏教授来负责。当天会议开到吃晚饭还没结束。大家看到叶城里很来劲，没有要散的意思，其间有好几个电话打进来，叶城里都没去接。所以其他人也效仿他，电话来叫来找时，都一概拒绝。

经过几十年岁月的磨炼、淘洗，今天已成为杰出医学家的叶城里教授可能又回想起了他们年轻时的岁月。对面的吴玉屏尽管脸上多了一些皱纹，但清秀的五官、婀娜的身段仍然保持在成熟女性的水平上。她穿上了一件特殊的米黄色羊毛衫，这件衣服只有她和叶城里能够读懂其中包含的复杂的情感元素。

他竟然痴迷地用了一分钟的时间在那一件特殊的衣服上寻找过去的回忆及答案。他想起来了，在几十年前的某一个有着月亮的晚上，他与她第一次约会，而那一次吴玉屏就是穿着这件衣服去的。

今天，他仍用一种熟悉的、略带一点新奇的眼光注视着这位坐在他对面的曾经的恋人——老同学吴玉屏。叶城里的眼睛里有一种对异性的欣赏的眼光正在被她引导出来，这是一种久违了的目光。今天在这样一种场合又真实地出现了。叶城里的话越讲越多，情绪也越来越兴奋。旁边的老头老太当然不完全知道是怎么回事，只有这两人彼此明白。

叶城里终于打了一个电话去"康宾楼"餐厅，把大家带去那里吃晚饭。席间，叶城里点了一堆菜来怀旧。他与吴玉屏总算坐在了一起。

两个人的感觉马上回到了从前。叶城里轻轻地问："下个月我要去重庆一趟，你要不要一起去？"

吴玉屏马上点了点头。叶城里满意地朝大家笑了笑，同时他问到了张罗平的事。吴玉屏没有正面说，只是说邹小进让罗平去开了一周的国际会议。叶城里不知是什么会，但态度轻松了起来，他说："现在的年轻人都喜欢往外跑，不像当初我们，只愿待在科里。"

"老叶，"吴玉屏私下这样叫他，"邹小进让罗平去开的会你知道吗？"她说着拿出了一叠材料，递给了叶城里。叶城里不知是什么，接过来一看，马上觉得奇怪了。"怎么回事？电梯、电饭锅、电吹风、西门子的高科技……邹小进让小张去开这种会？"

次日，叶城里到了科里，他专门为这事去找邹小进，却看到了令人费解的另一幕：在医生办公室里，邹小进正与张罗平亲密地肩并肩地靠在一起，共同切磋病历。尤其是他感到，这个时候，是张罗平在说，邹小进好像表现出一副谦虚好学的态度。

"叶院长，您来啦，我和张医生正要去找您呢？"邹小进见叶城里到来，站起身来说。

"找我什么？"叶城里不解，鼻子里哼了一声。

"我，还有罗平，前段时间，都去出席了西门子今年的系列新产品发布会。"

叶城里冷笑了一声，马上拿出了吴玉屏给他的那叠东西，打断了他："你是指这些西门子的'锅碗瓢盆'吗？"

邹小进也不奇怪，又拿出了另一叠资料，进一步解释说："哦，叶院长，前面几天是介绍先进医学仪器，最后一天才捎带了一点小家用电器，这些小玩意，是在订购了西门子的大仪器后，送的。"

"原来是这样。"叶城里终于呼出了一口气。

"我们都在认真琢磨，更好地用来为病人服务。"邹小进说。

他和邹小进对话之中，旁边的张罗平始终没有吐一个字。

叶城里准备把张罗平提为内分泌科副主任，这是他几天后亲自打电话去告诉吴玉屏的。吴玉屏那边暂且不说。邹小进听到这一消息后却大惊失色，他两次都走错了男女厕所，正像自己的末日快要到了一样。在某一天带实习医生查房时，戴在他脸上的眼镜，竟会莫名其妙地掉下地来，摔碎了。

他马上打电话，把"张罗平要当副主任"这一信息迅速通知了卢布今教授。

刻不容缓，卢布今在家里，马上就质问起叶城里这到底是怎么回事，"老叶，这到底是怎么回事呀？科里这么多土生土长的博士，都等着这个位置、盼着这个位置，你却这么快将它拱手让给了别人……"

叶城里没让她讲完，就打断了她："我要的不仅仅是一个博士，博士有什么可稀奇的，尤其在今天。我更不会看重你多读了几本外国人写的医学教材书，我关注的是临床。懂吗？是临床，是符合我们国家幅员辽阔的地域里的临床医学经验。"

卢布今："这也对呀，马敏博士从内蒙古来南海十二年，待在你身边这么久了。李继业博士也是从江西基层考上来的，也有八年……他们不都是你亲自带的学生吗？"

叶城里："确实是这样，但这两个学生的不足也在这里，他们轻视临床。"

"何以见得？"

"他们不愿意去门诊，不愿意吃点亏，别当我整天在天上飞，地面上的这点事，我比谁都先看在眼里。门诊不愿意去。去开各种会议却争得打破了头。"

卢布今一听叶城里这样说，她一半的话迅速卡了壳。她换了个角度再次提醒叶城里："可病房的实际情况就是这样的啊。"

"别以为分到门诊去就学不到东西，业务水平照样能提高。对年轻人来说，吃点小亏不算什么。"

"可马敏他们再怎么说，都像咱们儿子一样待你呀。他们对咱们家多好，你不在家那些日子，他们帮我们背米、买菜，忙这忙那。去年夏天，客厅里的大空调坏了，还是李继业帮忙给换好的，而人家一口水都没有顾上喝。"

叶城里听老伴这样说，竟奇怪地笑了。他又道："你别说了，我要的是一个合格的精通临床、又不计较得失的年轻人来配合小邹，与他一起，带好内分泌科这个团队。"

"那你也应该先征求一下邹小进的意见啊。"卢布今又补上一句。

"对呀，也正是上次我亲眼看见他和张罗平在一起，切磋病历，两人配合默契的样子，我才有了想帮邹小进找一个帮手的想法。小邹他还在我面前多次表扬过张罗平呢。"

"这，不一定吧。"卢布今听到这，心里真想笑了。她也清楚邹小进这种人，一贯表里不一，这一次可让老叶钻了一个大大的空子了。

但她还是不死心，换了一个角度又说："你这么快就提张罗平来当这个内分泌科的副主任，是不是太快了，太操之过急了。内分泌科几十号人，他才来内分泌科几天啊？"

"他来的时间不长，这是事实。但他人很努力，这一点我看大家不会不认同。我看人不会错，罗平是个好苗子。他在重庆东都医院待过，那儿临床复杂。我一直知道那边的情况。云、贵、川三省的血液和内分泌方面的疑难病患很多啊，正好给了他锻炼的机会。如果他来自沿海地区我还不一定注意到他。他一定见过比我们多得多的、大量不同的病例。既然他考到我这里来了，又归到了我名下，我就要用。我会慢慢观察他，甚至于将来重用他。现在只是我的一个单纯的想法，我只想给他肩上增加一点压力，让他再好好锻炼，当然，他真还打算在我这儿干下去的话。"叶城里实话实说道。

三天之后，叶城里要去市里开一个会，上车之前，秘书塞给了他一封信，说是才收到的一封匿名信。叶城里没太当一回事。他迅速爬进车后，拆开来一看，不由地大吃一惊。匿名信是举报张罗平医生生活腐化堕落的。

信中说，别看张罗平医生平时道貌岸然，他其实一直道德败坏，思想素质低劣。而且来南海后，由于精神空虚，常常出没于歌厅舞厅，与一些不三不四的女人鬼混。

信中还附有一组照片，是张罗平在某一歌舞厅里搞"腐化堕落"活动的照片。

信的末尾言之凿凿地称："足以证明，张罗平医生是一个思想品德'尤其有问题'的人。最后的署名则为'几名老共产党员'。"

叶城里手捧着这封信，心里久久不能平静。这是怎么回事？

信的文字内容可以不理。但那些照片里的人又确确实实是罗平本人啦。

真是这样的吗？他长长地叹息了一声后，自语道："年轻人啊年轻人，对自己的前途太不珍惜了。"

二十五

吴作梁返回南海的当天就把他上次背回来的所有"货色"兜了个底朝天。那堆黄黄的像大便一样的纸果然有用。他去找了文物专家咨询后，那三张特殊的纸便原形毕露了。

那竟然是三张重要的地下秘道方位示意图。

这三张"大便纸"看来比那本《蛇影行动》更值钱。为此他将这个情况通知了王储。

王储第一次向吴作梁打开了市政府办公厅的一号室。

这是李希楷市长接待重要外宾的地方。关键还有一点，这里能防辐射、抗干扰，甚至能抗十级地震。

两个人马上关起门来进行了详细研究。王储认为，这桩萦绕在国共头上几十年的悬案不久将大白于天下。他把那张图拼了起来，看出了一个大致的方位。该方位表明，何子成的《蛇影行动》中表明的以歌乐山、凤鸣山、林园为大三角构建的秘道系统是如此严密。

王储让吴作梁再想一想那个把草图交给他的人的详细情况。吴作梁认真想了半天，只回忆起那个人只是一个街头艺人，急需要钱，说为老母筹钱看病。

当时吴作梁看中的只是他手头上的几把西藏刀、马灯，和几个"宋美龄用过"的瓷碗，吴作梁便撒了一把银子。

亏得那艺人多介绍了几句话，说到最后他才又从一个黑色破包里拿出几张纸，以证明自己的那些碗、灯、刀是从地下挖出来的。

当时吴作梁没有接他的话，他还邀请吴作梁与他再下去一次。

去哪里？现在想起来肯定是进入秘道。当然，陈民权已经带领吴作梁进过一次秘道了。

到底是不是《蛇影行动》上展示的秘道，王储还不敢确认。毕竟吴作梁当时觉得太恐怖，他在秘道里走了多远，了解到多少，都是一个未知数。

王储也是一个探险迷。他告诉吴作梁，条件与时机如果允许的话，他要亲自去一趟重庆，去探访那座神秘的歌乐神山，把这一切搞个水落石出。

二十六

一年一度的毕业考试即将来临。李北北所在的系主任找到了她。系主任是个女的，她用了一套女性的谈话方式向她转述了学校几位领导的关心。

透露给她的关心包括，她可以提前参加考试，并有专人为她辅导；她也可以事后参加考试，还有专人为她批卷。总之，她告诉她，她的这次毕业考试属于特殊情况，可以与其他学生完全不同。

可李希楷市长得知此事后，马上让他的秘书王储去电告知了校方，李希楷的女儿，不搞特殊化，她既然能与全国的考生一起考上大学，她也理应与所有的南医大学生一起参加考试，一起毕业。王储的话可谓斩钉截铁，丝毫不给"特殊"两个字暗箱操作的空间。

年世旺本人在接王储这个电话时，他脸上的多块肌肉被羞辱得青一块紫一块的。他知道这样一种羞辱是免不了的。尽管市政府那些冠冕堂皇的话，他听上去犹如热面孔贴到了冷屁股上。但他更清楚地知道，他不叫人这样来做，这样特殊关照李希楷的女儿李北北，他就会犯更大的错误。

李北北即将毕业的事，至少在南医大里的三个男人中引起了密切关注。他们比一般的男女更关注她的现在和未来，他们是：文人叶子悬、台湾医生何来、帅哥门卫汪向志。

离考试毕业还有两周的时候，汪向志增加了去女生宿舍楼和系里走访的次数。他整天卷着一叠报纸在学校周围转悠，两只贼眼却只盯住李北北到过的那些地方看。但内向的李北北身边总有一个外向的李南南——她姐姐把着关。汪向志也知趣，知道与北北距离太遥远，他从不冒失向前跨出一步，宁肯看着心中喜欢的两个女孩子在身边来来回回。

何来无论从哪一方面接触李北北都更容易引起别人的注意。

台湾人就是台湾人，他们的言行举止再如何掩饰，都与大陆人不一样。当他知道，一市之长的女儿与他在同一所学校时，他的第一反应是好奇。李希楷市长给他留下了很不错的印象，他想身为他的女儿肯定也

有差不多的好口才和人格魅力。但有一次，某位同学，也是同事，指着
人堆中匆匆前去的一个女孩的背影告诉他，那就是李希楷的女儿李北北
时，他简直不敢相信自己的眼睛，那个女孩的身影与他心目中的南海市
"第一千金"有相当的距离。那个女孩走路低着头，性格内向、拘谨，
背还有些驼。如果把汪向志与何来的交友动机比较一下，那何来倒是真
正想与李北北认识，仅仅是认识，而没有汪向志那么多的不良动机。

还有另外一个人不得不提，那就是叶城里的公子叶子悬。叶子悬看
上李北北，以为她应该与他交往。叶城里进入了市政协，今年初又被塞
入到副主席一职。叶子悬马上认为自己家与李北北家"门当户对"了。
两家都属于市领导干部家庭。关键是叶子悬这小子太浑，也太马虎。他
口口声声喜欢的是李北北，而看中的却是李南南。

也就是说他把两姐妹完全搞混了。终于发生了接下来的"张冠李
戴"的事情。

叶子悬不太愿意把自己当高知子弟，而总喜欢把自己当高干子弟来
对待。

其实他父母都是本分的老知识分子，走的本不是百分之百的官道。
因学术上的某些成就，被赠予了几件不合身的官道袈裟。但在南海土生
土长、在南医大生根发芽这两点上，叶子悬倒可以毫不逊色地说自己很
纯正。

最近他又出了一本新书，是诗集。他母亲卢布今看了三分之一就看
不下去了。问他为什么还在写这种无聊无用的诗歌。子悬也清高着，高
嚷了一句："燕雀安知鸿鹄之志哉？"母亲一听笑了。儿子跟她搬《史
记》里的名言，这个儿子太脱离实际，但也可爱着。

叶子悬知道父亲在南医大里很出名，各级政府里的政客也需要他父
亲。所以他也擅长利用他父亲的这些关系，为自己脱离实际的想法寻找
着陆点。当他知道一市之长的女儿也在南医大里，等于就在他身边一

样。他虽没见过，却有了一定要与她拉上关系的想法。

怎样与她见面呢？前任卫生部长的儿媳还在这里的医院里治疗、体检，他也和当初的邹小进一样，问他父亲的时候，听漏了一个"前"字，当成了现任在位的高官。他知道那里会聚集许多官场上的人物，不乏头面人物。就怂恿他母亲与他一起去父亲管辖的内分泌科走上一圈。

叶子悬不想让父亲知道他的行踪，故挑选了一个叶城里去市里开会的当口，拖上母亲来到了陈千惠的病房。

这一天，李南南、李北北凑巧也来了。她们倒是真正代表李市长来探访这位北京大官员家属的。

叶子悬在医院停车场碰到了这部市政府的"一号车"，他知道那部车的主人，知道来的是李希楷的家属。叶子悬当时内心一阵眩晕，一阵兴奋。叶子悬也锁上了自己的车，拖上母亲前来内分泌科。

一般情况下，市长的家属在病房里，属于重点保护对象。但这位叶城里门下的叶子悬大公子，全院上下的人几乎都认识他，保卫也不敢拦他。到了内分泌科，邹小进见了，马上去通知陈千惠。陈千惠马上同意了。

叶子悬进门的时候正巧李南南出去，李北北还坐在房间里。她并没有引起叶子悬的注意，事实上，叶子悬一开始不知道李希楷有两个女儿。他认为刚才从这儿出去的那个女孩才是李北北。她风风火火，长相漂亮，行动高调。而真正坐在房间里的李北北，目光拘谨，本本分分。

叶子悬与卢布今马上就把风头抢过去了。陈千惠也十分感动。这个城市里的市长，这家大医院里的头号专家，虽然不是他们本人来，他们亲戚的到访，却比他们本人带来更多的慰问、关怀，他们奉上的甜言蜜语也更多。陈千惠听说叶家祖上来自马来西亚马六甲，而陈千惠的母亲也是那一带的人，就与卢布今、叶子悬谈话十分投机。李北北坐在旁边，只是温和地应付着他们的笑声。

讲到十分得意时，叶子悬又拿出了自己的诗集，送给了陈千惠，陈千惠故作吃惊地翻了两页，马上嚷着要叶子悬签名。卢布今见此，有些不屑一顾。陈千惠不懂诗集的市场行情，恭维道："卖得很不错吧？"想不到，卢布今抢先一步公布道："他呀，送了一大半，另一半在家里'睡觉'！"陈千惠、李北北闻此都笑了起来。李北北是转过身去笑的。叶子悬对母亲的善意调侃也不生气，反而更加得意，也加紧了自我吹嘘："我出了五本书了，这是最不火的一本。"

陈千惠："五本都是诗？"

"否，剧本也有！"

陈千惠："小说有吗？"

"有，还没脱稿。"

叶子悬这样讲的时候，连旁边的卢布今都不由向他投去了惊愕的目光。叶子悬吹了一会，突然问在边上的李北北："你们那位李市长的女儿怎么还不进来？"

问这话时，陈千惠正好转身办事去了，没听到。李北北经他这么一提醒，也抬腕看了看表，自言自语道："对啊，我也正纳闷，她怎么到现在还没回来。"正说着，李北北口袋里的手机响了。她到门外去接。等她转身回来时，便向陈千惠告辞了，说外面碰到了急事。

正当她匆匆离开这间病房时，叶子悬挡住了她。他向她递上了他新出版的诗集，说一定要送给那位刚刚只匆匆见了一面的市长女儿。

李北北笑笑，收下了诗集。

二十七

李北北走出病房大楼时，她姐姐还在和两个商人谈销售字画的事情。

他们一共三部车就靠在林荫道旁停着。北北下来后，南南递了一罐西米露饮料给妹妹。

李南南说："我不喜欢上面那个女的！"她是指病房里的陈千惠，"说话有点假兮兮的。"

旁边的人一听便笑了。字画商人吴作梁外型似一只皮球，肚皮又显眼地鼓出来，外人看上去他整个人俨然就像一只蛤蟆趴在皮球上。他见到北北，上下打量了一通，又道："你妹一看就知道是读书的。"

"你是在褒我妹，还是在贬我妹。"南南瞥了他一眼。

吴作梁正颜道："褒，绝对是褒！"

"那还差不多。"

李北北："姐，有一个人，就是后来进来的那个人，是个诗人……"

想不到北北极普通的一句话，竟然遭到了在场的三个人的空前嘲笑。

南南道："是诗人？什么？死人一个吧！"

北北急了，忙拿出了那本叶子悬的诗集："他是我们大学里著名的教授叶城里的儿子。"

南南道："哦，叶教授，听说过，那又怎样呢？"

"这是那位教授儿子给你的书——诗集。"北北把书递给姐姐。

"你饶了我吧，我哪有时间读书啊，还是一本什么诗集啊。"姐妹俩争执时，旁边的吴作梁把诗集接了过来，更加奚落道："这叶家公子，大概还生活在咱们石器时代吧。"

北北："怎么讲？"

"咬文嚼字，注意排比，他爸倒是我的好朋友。"

北北："难道那样不好吗？"她竟帮叶子悬辩护了起来。

南南："北北，这叶公子我认都不认识，他送我书干什么？"

"我怎么知道？大概你认识的人太多了，把人家忘了？"

"叶城里的公子我真不认识，这样吧，书先放在你那儿吧，哪一天俺想起来，再问你讨来看。"

当她们在一道交谈的时候，不远处还有一个人在十分注意她们的动向，他就是汪向志。

汪向志一见李北北，第一件事是把随身带的小镜子拿出来正衣冠。李南南也是认识这个保安的，觉得他很客气，还挺会献殷勤。她甚至认为他只是"档次"太低了点，要是他读过大学，倒也可以拖到身边来当个跟班。

第二天，叶子悬兜到一个汽车博览会上来，正巧又碰到了李南南。

这会儿，南南的广告公司拟在那里发布广告。李南南带着一帮模特，忙得要死，水都顾不上喝一口。她把她的助理王小姐叫来交待不让任何人进她的临时办公室来打扰她。

叶子悬看到她后，以为这位市长女儿喜欢新款汽车，特来凑一下热闹。他走进了她那间临时办公室。

办公室里，许多人在忙碌着，李南南坐在一边的沙发上，思考着。叶子悬进来后直接走向了李南南。王小姐没拦住。李南南正要发作，但又见这个男人似曾相识。这时，叶子悬先说话了："我是叶先生，叶城里的儿子。"李南南随即想起了这个人，也想起了病房里的那个陈千惠。

"哦，叶先生，你好。怎么，有事吗？"

叶子悬被她这么一问，反倒先吃了一惊。他原本认为，这个女人听到他的名字时会客气起来。

"你也喜欢新款汽车？"叶子悬表情有些不自然起来。

"什么叫'我也喜欢汽车'？这是我的工作呀。"李南南抬头看了看他后，又把头埋下了。

"我送你的诗集看了吗？"叶子悬问。

"什么……诗集？"李南南准备甩了他，站起来走向了门口的模特。

叶子悬也跟了出来。

"难道你没看?"他在她身后两米远的地方又问。

李南南停下脚步,转过身来:"叶先生,我今天事情很多,咱们改天再谈这个问题好吗?"

叶子悬感觉到了问题有些不对劲。但哪儿不对劲,他答不上来。他的直觉告诉他,这个女孩,李市长的女儿,对他的书和他这个人似乎都不感兴趣。

叶子悬开始有些真的冒火了。书代表着自己的学术成就和思想精髓。这样一本新出版的诗集,许多媒体都把它拿来与郭沫若当年的《女神》相媲美,送给这个"女巫"时,她竟然不屑一顾?!

"太不给俺面子了。"他此时想。

他终于对着仍在屋子里转悠的李南南发出了一声怒吼:"既然不想看,干吗要收下?"

李南南也莫名其妙地叫起来:"你在我这里吼叫什么?"

"还给我,听到没有?"叶子悬的牛脾气起来了。

"说什么,你那什么玩意……不在我这里,你别在我这里叫!"

李南南已经明显不高兴了。

叶子悬:"我就叫!"

"出去!"

"不!"

"滚出去!"

"什么……"叶子悬反倒靠近了上来。

这时,几个男的,像是保安,又像是保镖,冲了上来,说是驱赶他,只几拳就把不可一世的"诗人"叶子悬打得落荒而逃了。

二十八

　　贺子麦、周兰回到家的第二天就去上班了。在病房里，贺子麦、周兰一起，忙不迭地去向胡子今汇报蜜月之行。他们清楚，重点是要讲南海的那一趟，他们亲眼所见的张罗平医生的情况。

　　让胡子今大吃一惊的是，一趟蜜月旅行下来，新娘子周兰不仅整个人形象憔悴，还实实在在缩回去了一大截。

　　胡子今把贺子麦、周兰叫到办公室里，先问起了贺子麦："你是怎么照顾你老婆周兰的，别人度个蜜月回来，新娘子都白白胖胖的，皮肤也都白里透红，你倒好，把老婆折磨成了啥个样子？她像才从非洲大陆回来一样。"

　　小贺首先表了态。他说得很哲理，人的一生，幸福与欢乐最好能像挤牙膏一样，天天能够有，不求批量，只求持久。而在这一个月时间里，幸福却变化着花样，一窝风似地从四面八方涌了过来，让人五味杂陈，竟真有点招架不住了。消耗掉这种成倍的幸福有时比度过平庸更容易折磨人，使你精疲力竭，又乐在其中。

　　胡子今听到这话，似懂非懂地扭过头去看了看周兰。周兰这时正好打完一个哈欠，立即点点头，又补充了一句："还好，小贺年轻，底子好，他还没到弹尽粮绝的地步。"胡子今不想再绕圈子了，便问到了张罗平。

　　又是贺子麦抢着在前面说的："眼见为实啊，罗平医生在那边表现得实在是太突出了。叶城里教授组织的大查房中，那么多专家教授都在。叶教授讲完之后，马上就是张医生讲话了……"

不料才听到这儿，胡子今马上就打断了贺子麦："这怎么回事？邹主任呢？邹小进第几个说的话？"周兰见胡子今脸色有些严峻，忙上来拉了拉贺子麦的衣角，插进来一句："可不，邹主任也讲了的，他才是第二个发言。只不过他与罗平医生配合默契，是让罗平医生来阐述治疗方案的……"

"慢着！"胡子今又将她打断，疑窦更起，再问道，"这不符合逻辑啊。邹主任肯定发过言的。只不过他的观点没被采纳，对不对？叶城里是谁？在他面前，大家都会去争这个说话权的。大家都愿意来公开自己的观点。你刚才提到，张罗平代替邹小进来阐述治疗方案？这更有些说不通了。"

胡子今把视线定格在两个年轻人间，眼睛在他们的脸上来回看。

"他是不是与邹主任产生了相反的意见？"

"不不，不是的。胡主任。"两个年轻下属矢口否认道。

这种讲话的口吻、方式如果放在从前，胡子今没有经验，是完全不必去深究的。现在情况变了，她自己当上主任了。这种人物关系、说话的方式她才会重新领悟到，并很快从中发现问题。她马上觉察到，肯定有什么真实情况，两个年轻人看到了，却不便说。

当晚，胡子今把电话打到了张孟超、吴玉屏家里，想找罗平。

吴玉屏接的电话，一听是远方的儿媳妇打来的，免不了要拉拉家常。

末了，吴玉屏很自豪地告诉胡子今，张罗平晚上还要去参加技术培训，也就是与上次他去开国际会议带回来的设备资料有关的。这段时间，他表现很好，很卖力，科里正打算提他为副主任。吴玉屏着重强调，这个打算是叶城里亲口告诉她的。

二十九

叶子悬遭李南南叫人痛揍的事很快传到了病房里的陈千惠那里，千惠着实吓了一大跳。她原以为两人都是南海地方上的高干家庭，知道这两家人可谓当地数一数二的望族，谁也不能得罪。两人又是在她这里认识的，所以发生这种不愉快的事，她也有责任。为此她想找一个时间，找一个地点，把两人约出来，说说情。

她来南海的这些日子，多蒙南海市面上的这些头面人物的关照。她还要把这种种的关系维系下去。

她想到了"桃花"，想到了何家。她打算把双方约到南海时尚首选之地"桃花"里来，来一次消遣，来一次高消费，把不愉快化解掉。

她把电话打给何念子，说想去念子爸爸那家企业王国里转转。念子都没犹豫，马上就同意了。念子还说，这由她来与她爸爸讲，由她来安排。

而何存义知道此事，当然是欢迎了。他让陈千惠定好具体时间再通知他。

其实那事发生的第二天，叶子悬就红肿着半个脸，把车开到了南医大里来了。他来转转，也只是转转。他老爹叶城里是南海市面上的通天人物，谁不买账。就是南医大的年世旺校长，看见叶家和叶子悬公子都要礼让三分。

在李北北出没的教室、宿舍楼下，叶子悬等了足足一个上午，也不见他心目中的李北北——实际上是李南南的出现。他边走边苦笑，想想昨天发生的事，他至今理不出个头绪。那本蛮精彩的诗集，媒体都把他和他那本书吹捧成那样，知书达理的市长千金李北北居然翻都不曾翻过一页。

他不是气她的保安不明事理揍了他。他更气时髦的、明明认识他们叶家的李北北（李南南）这点面子都不愿给。她这是太不给南海诗坛面子了。

叶子悬没有等到要等的人，肚子里一包火。

他的车回到了机动车道里，开始在马路当中飞驰起来。许多路人见状，都当是遇到了飚车的疯子，或者以为车上那家伙的刹车大概失灵了。

接下来，陈千惠的邀请电话打到了叶府上，是卢布今接的。当老太太将电话内容掐头去尾再通知到儿子叶子悬耳朵里时，叶子悬则听成了"有个领导的女儿将请他到'桃花'娱乐总汇唱歌，重修旧好"这样一件事。

李北北接到陈千惠的电话也感到一丝意外，其实叶子悬要找的是她姐姐。她与这件事根本没关系。陈千惠只是听人说，叶子悬有意"追求"李北北，遭到了李北北其他追求者的痛殴。

这一点，陈千惠更不能理解。爱情允许公平竞争，势均力敌，为什么要打人嘛。她不很清楚这件事情的来龙去脉，只认为作为诗人的叶子悬在这件事情上，太讲"绅士风度"了。

但是，叶子悬这两天的心理状态完全可以用"濒死体验"来形容。

他喜欢写诗，早期为了把诗写好写深，他也看了众多大师的著作，如黑格尔、弗洛伊德、叔本华、李白、杜甫，他们不光讲到了物质，也讲到了人类的精神，甚至还论述了死亡。"濒临死亡"既是一种生命状态，也是一种文学反复着墨的话题。现代科学基本上可以通过仪器手段来捕捉到这一自然现象。

首先它会让身体感到疼痛，但是这种疼痛感一闪而过，随后会发觉自己悬浮在一个黑暗的维度中。一种从未体验过的最舒服的感觉将他包围。人是一种相当依赖精神的生物，当人"濒死"时，一道微弱的白光就可以让死亡变得不那么可怕。成年人都是一种精神层面的衍生物，当尊严被打压到一定的程度，又没有其他方面的情绪释放，人就可能接通死亡电流。

人死后，一生都将被重新评价，这种评价完全不依赖于你是否腰缠万贯，身份地位是否显赫，而仅仅取决于在你一生里与他人分享的爱和温暖有多少。

叶子悬眼下还不想死，他想他还没有像大诗人郭沫若那样有名。

三十

何念子的婚事，让身为父亲的何存义十分操心。

如今三十五岁的她仍旧孤身一人。何家够得着的亲戚、朋友、同事，内心里都铆着一股劲，盼望着一段美丽的姻缘能在念子身上降临。应该说眼下的何念子无论是从学识还是体貌上，都是最成熟最具女性魅力的阶段。

何存义觉得这辈子最对不起的就是念子了。撇开他内心装着的那个天大的秘密不说，在为念子挑选终身伴侣这件大事上，他是失策的。

以前他总认为念子应该喜欢像他那样的一类人。尽管他书读得不一定多，但体面，讲文明，人生阅历丰富，老练，豁达。金钱这个重重的砝码可以用来诠释他这一类人的人生。随着时间的推移，他才逐渐清醒过来，原来他的周围全是像他这种类型的人，千篇一律。这多少缩减了供女儿念子挑选男友的范围，导致了她总用父亲的框框来丈量那些男性。

何来的择偶观则是另外一回事。他的恋爱史呈现斑斓夺目的色彩，与他谈过恋爱的女孩分布在各行各业。这不能说他挑花了眼，对待感情不严肃。而是他的人生阅历总是与他的恋爱方式相互抵消。恋爱本身是一种荷尔蒙的赠予与索取，性的部分在何来以往的经历中占的成分很少。他能打动异性的恰恰是一种与生俱来的学究气。

陈千惠是何来的第一个女朋友。而何念子又与千惠的大哥拍拖过。

这次陈千惠来南海治病，何来是首批获知的朋友。她的眼底出血症状被看成是由糖尿病引起的。而把何来找来，于公于私都是站得住脚的。

他们选择的碰头地点不在病房里，而是在楼下的某一处亭台楼榭。那里有两块天然石头可供人们当成凳子来坐。

"千惠，你看上去挺累，我是指精神方面。"何来先说。

"有点，不称心的事太多了。"陈千惠承认道。

"建国怎么样？有什么新的研究成果出来吗？"建国叫杨建国，陈千惠的先生。何来、陈千惠、杨建国都曾是医学院的。

陈千惠没有回答下去，而是扯到了何来身上。"你咋回事，挑花眼了，现在还空挂着？"

"我吗？这有什么办法，用一句最俗的大白话，叫作'缘分没到'。"

"有方向了吗？"

"本来是不想在大陆找，尤其是南海，这些女孩都很强势。"

"你怕什么？你又不差。"

陈千惠这句提醒，倒让何来想到了一个事情。

"我向你打听一个人，是一个女孩，"

"是哪儿的？请说。"

"南海的。"

"是这儿的，那你应该比我更熟啊。"

"这个女孩很另类，更特殊。"

"怎么个另类、特殊法呀？"

"乖巧、本分。"

"她叫什么？"

"李北北。"

"李希楷市长的女儿。奇了怪了，这两天，有不少人在打听她。"

"果真有其事？"

　　最该提一句的是，通过陈千惠父亲陈承文这层台湾老乡关系，何存义结识了重庆商贾李昌武，即李希楷的父亲。据说这曾是一次世纪握手。何存义与李昌武之间有过一个很大的秘密，他们都约定，不到关键时刻决不透露出去。

　　时世弥艰，三位老人，眼下只有何存义、陈承文还健在。而李昌武早在 1999 年，即跨入新千年的前一个礼拜，就病逝于重庆了。

　　前不久，何存义、陈承文两位企业家约好，将再来南海见一面。为了儿女的婚事，两位老人想亲自碰一下头。地点选择在何存义的"桃花"娱乐总汇里。

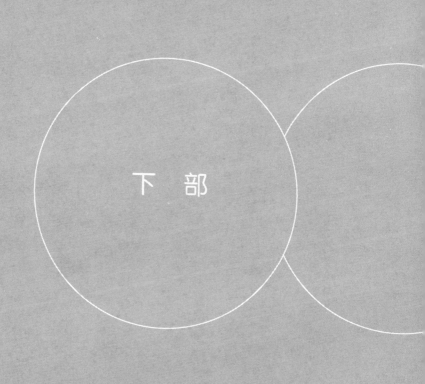

下 部

一

"桃花"娱乐总汇是何存义在南海建立的"独立王国"。

何存义的第一任夫人叫胡桃花，死于生何来时的那次难产。故"桃花"娱乐总汇为了纪念她而得名。它位于南海市的某段钻石路面上。这段路不笔直，在地图上只是火柴棍那么长，但在现实中却弯弯曲曲绵延几公里，备受瞩目。在这几公里中，真正名副其实称得上钻石的不过几家，其他都只能算是鸡鸣狗盗、混水摸鱼的"咸菜街"。"咸菜街"顶着火锅的广告牌吆喝，饭庄翻出旅馆的生意经。老板吆喝的多是挂羊头卖狗肉，食客彼此也都心照不宣。进来的人就事论价，看菜吃饭，客人即使受骗也心明如镜。高贵与粗俗掺和在一起，淑女与俗女混成一堆，泼皮无赖穿梭在风流雅士之间，咸菜让璞玉无光，蚌珠无色。但马路上依旧流露出喧闹中的温情，静谧中的嘶喊。南海人便是在这样的一种喧闹与温情的氛围里成长起来的。走在"咸菜街"这一头的人们多皈依自然，镇定沉着，不需脸谱。而走在"桃花"那一头的人们则多半讲究名牌，懂得修饰，注重穿衣打扮。

我们的故事要介绍的定是开在"桃花"那一头的路面上。正是那区区的一段路，却被誉为了南海的"第五大街""银座""香榭丽舍"，有一点是相同的，就是整条路上的老板们，尽管阅历不同，人品良莠不齐，但他们都急红了眼睛，整天想着一件事，就是如何从街面上走过的红男绿女的口袋里捞到钱。这是一道犹太人传授下来的旧算术题，大抵说女人口袋里的钱好赚，赚小孩的钱更容易。因为女人才会用钱，所以首要是要赚到女人的钱，而赚小孩的钱同样又是赚女人的钱。可"桃花"却反其道而行之，它要赚的是男人的钱。男人是赚钱机器，男人把钱赚来给女人花，同时赚到女人的爱情。雌雄两部机器用一大堆螺丝拧在一起便组成了家庭。可男人要看心情埋单。心情有时是柠檬茶，有时是一把酸枣。他们的这种消费往往比女人还要盲目。

"桃花"开在两条道路分道扬镳的分界线上，自称还是个时尚的裁判。它左边通过一个旧电话亭便是"咸菜街"，右边跨过一片巴西灌木就是时尚街，共同串成一条真假难辨的珍珠项链。"咸菜街"上的摊位声势都比较张扬，各捂着自己的生意经猛练吆喝功。功夫全在嘴上。开着的霓虹灯就能说明问题，一盏盏灯开得恰到好处，如点状，如不旺的堆堆篝火。小老板们拨动的是自己的算盘珠子，他们要的就是这种效果，就怕灯开得太亮让别人借了光去，他们考虑的多是如何节省电费。时尚街那边则是唯恐门面太吵太闹，但广告灯箱却醒目招摇。它唯恐灯盏不亮堂不浪费，就是要浪费出来给客人看，港台人更笃信风水，他们认为灯亮的意义代表着人气旺、财气升。在"咸菜街"的拐角里，还埋着一个脏兮兮的菜场。每天清晨开始，中外家庭的保姆们便来这里砍价。菜场不敢打出名目，下午五点以前那里还在冲洗地上的猪鬃、牛腩、鱼鳞的腥味。那菜场的吆喝声是傍晚七点正式喊停的，因为不久"桃花"的第一批客人就要途经门道外的街面，从那儿绕过去到达大堂。

"桃花"从下午四点半即为自己晚上的开张准备，如果"咸菜街"市上的吆喝声不停止，影响到"桃花"的门面，那里面豢养的狗和胖胖的保安就会不分青红皂白冲出来，制止你的无礼，还冲你直嚷嚷。人们确信，以"桃花"为首打造的这段路上的矫情时尚，正像几颗钻石扔在一处落荒者云集的荒街上。

"桃花"的左边是一家名曰"韩国"的美容院。

韩国美女们的巨型照片里嵌着的是一幅祛斑去眼袋的招牌。"韩国"开得招招摇摇的，灯也亮得令人炫目。仿佛是要人相信，只要你肯进来，都可能成为墙上那些美女们的翻板。里面常出来些长相近似的女人，把她们撒在街上，又像是从戏里出来的人物。美容师把女顾客塑造成了自己的姐妹模样，其实那是她们的伎俩，只有被她们挑过的美女们才允许来这里美容，这多半不是美容师的功劳，而是老板的眼力。他所选的女顾客本来就相貌好看，只不过不自信罢了。老板亦非韩国人，而是个海南岛来南海打拼的矮胖子，姓韩，不知他哪儿找来了钻韩国美女空子的灵感。听说他曾是一名往返于韩国釜山和海南岛之间的油嘴滑舌的导游，口才极好，有一副能言善辩的大舌头，鼻子也大。人们据此推论他嗅觉也一定好，还说他酒量也好，他用前者讨好女人，把她们赞得腾云驾雾；他又用后者讨好男人，又把他们唬得大脑迟钝。这些男人和女人为他盖下了无数个橡皮图章，他的公司就是靠这些伎俩成立的。韩老板说动了家乡的村村落落，把兄弟姐妹都说动了去韩国旅游，他越吹越来劲，后来一路吹到南海来了，到后来他干脆把韩国说成自己的祖国了。

"桃花"的右边是名曰"时光倒流"的医学整容中心。仅有五棵梧桐树的距离，巨大的广告牌摩天上来就挨到了八楼居民的外窗了。老板姓陈，是个开足疗店起家的退休中医，他禁止下属喊他老板，而须喊他"教授"。"教授"听上去更像学者，在一帮与金钱打交道的铜臭汉子中间，唤他"陈教授"以示与周围人的区别。"时光倒流"是要求美女们"大动干戈"的地方，小则一颗痣，大则一堆骨头。对爱美的女人而言，每次手术都要求你为了美丽在死亡的十字路口做次侥幸的逃脱。陈教授为了与医院恐怖阴森的氛围有所区别，他让这里的医生护士们浓妆艳抹一番，去与"桃花"里的小姐们看齐。此外这里的工作人员都像在赌场里上班，穿无口袋的上衣，不允许带钢笔。霓虹灯下映出的是极其曼妙的广告文字，这些文字只腐蚀文化人，却无法打动文盲：

"让时间倒流，流水不腐。

"准时下'斑'，请勿'痘'留。

"让青春永驻，鲜活不蛀。

"做女人'挺'好。"

这里可做出索菲亚·罗兰般的胸脯，可做出伊丽莎白·泰勒般勾魂的媚眼，可做出劳伦斯·奥利弗般坚强的下巴和希区柯克般睿智的鹰勾鼻子……

女人们都依赖这些店来完成自己那道"美丽方程式"。"桃花"里的人都懂，只有从这左右两家走出来的女人，才可以见过世面自居。娇艳欲滴的女人流淌在城市营造的这股金钱河流里，需要水手禀性又财大气粗的男人们把她们钓上岸来。男人与女人，构成了一枚城市硬币的两面。金钱与索取，城市璀璨的夜色里每天都在重复投掷这枚硬币。这些男人之中又以有洁癖的日本人、怪诞的韩国人、吃肉的台湾人、绅士的香港人居多。他们从街巷中走出来，抹了白天的嘴脸，骤变成另一副夜里的脸相，匆匆蜷缩进这迷茫的乐海之中，去融入夜里城市为他们布置的筵席，或寻找性情，或醉生梦死……每晚的 8 点 33 分，便是"钻石"浓情开幕的时间。

为什么选择了 8 点·33 分开幕？何存义的解释是：在三十年前那个不同寻常的夜晚里，正是那个夜晚的 8 点 33 分，他第一次踏上南海的土地。

其实还有一个更隐藏的时间概念，据说与何念子的来历有关。

"桃花"旋转的玻璃门是德国进口的。"门"即历史的扉页，它见证着"桃花"的变迁，玻璃上变换出的五颜六色便是所有女孩心中藏着的那份憧憬。电梯的轿箱用精制细软的皮毛铺设一新，人的手触摸上去像是家中铺着皮褥的床沿。那里面每晚都被人打了半迷半晕的水雾喷香剂。那玩意据说来自英国白金汉宫内的一种秘密配方，正好衬托着电梯上升的感觉，让人的情感恰好升入到了纸醉金迷的天国里去。它的过道及前厅处，一处巨大的水榭幕帘作为背景，周围皆挂着美轮美奂的五色彩灯，灯在旋转着，氤氲缭绕，让人置身于此，感觉一切都在旋转着。加上音乐弥漫开来的节奏感，宛如酒杯温婉碰撞出的音色，夜色中一名挠首弄姿的女歌手在跟着疯魔地旋舞。所有新换上的各种名贵的花卉上还滴落着每晚打上去的水帘珠子。各式各样的汽车也像它们自甘堕落的主人一样，一部接一部地驶入了黑暗的地下车库，由专业车童指挥它们熄灭了引擎，并帮车主把车牌给遮盖了起来。那上面走下来的男女们，在黑暗里隐去了五官，掩藏了其白天的真实身份，把各自的背景埋没了起来，活脱脱就是一个夜晚的新主人……

街道上的人都用异样的眼光看他们，他们则从容地把这条大街上流淌过来的夜晚整个地装进了自己的酒杯中去。南海的男人说，"桃花"是滋生事端的地方。

其实何存义经营"桃花"除了是对前妻胡桃花的怀念，也是对自己大半人生的艰辛回忆与总结。

这些年来，他很懂得将赚来的钱，回报南海社会。这一举动让他又捞到了不少好处，去年南海市将"荣誉市民"的嘉奖授予他，这一地区的商业协会副会长的闲职，也是他争取来的。对身为台湾人的他，这无疑给他融入南海社会凿通了一条捷径。现在他跟各行各业的老板都很熟，他还能讲一口比较流利的南海地方话。他每年捐给商会的那些钱也是可观的，但这与他通过商会赚到的钱比就是毛毛雨了。

二

叶城里时隔多年又回到了重庆东都医院，这成为了医疗系统包括整个东都医院的大新闻。市级分管医疗卫生的领导专门来邀请他，想让他住到市政府接待办所辖的五星级宾馆去，被叶城里婉言谢绝了。

其实此行他是"不务正业"来的。作为协和医学院校友会的总召集人，他把"毕业四十年同学情"这样重要的活动放到重庆来举办，很大一部分因素是怀旧。

　　吴玉屏教授是两天后到达重庆的。她这样安排自然有她的动机，她和叶城里是同学，还是曾有过一段恋情的恋人。那段岁月的风霜都被彼此掩藏得好好的。如今两人又是各个行业的领军人物，在公众场合，吴玉屏比叶城里更清楚，藏着点会比较好。

　　对这里的一草一木，叶城里仍然熟悉，那些科室以前是什么情况，现在的走廊以前是怎么走的，他都如数家珍，一一道来。

　　当听说新的门诊大楼就是旧的内科病房时，叶城里好奇地问："当时那个大开水房现在在什么位置？"有个领导马上就说，恐怕被填埋了。叶城里急得直跺脚，定要找规划图来看。这时，一个老头拨开人堆出现在叶城里面前。

　　"叶医生，还认得我吗？"

　　叶城里上前细看后，便一拍大腿，马上指认道："康师傅，当年的电工。"

　　"康师傅有七十好几了吧。"

　　康师傅点点头，点上一支烟。

　　康师傅说："叶医生说的当年那个大开水房的位置我晓得，要不要我带你们去看看。"说着他走到了这堆人的头里去。

　　康师傅确实是对这里的环境非常熟悉，上上下下，旮旮旯旯，很快便到了他说的那个位置。眼前出现了一排洞穴。叶城里一见马上否定道："不对，不对！应该有一排石板房子，前面种着桃花，后面还有三只烟囱。"

　　康师傅笑道："桃花到处都有，那三只烟囱早就没影了。这都是啥时候的事呀？现在你看到的'洞穴'是假的，人造的。下面是大弹子房，年轻人喜欢。这个弹子房也曾热闹过，不过去年关迷了。"

　　"为什么关嘛？"叶城里好奇地问。

　　"去年里面死迷过人！一下子死了两个。"康师傅躲躲闪闪地回答。他原本掏出来一串钥匙，提到这个情况后，尤其看到同来的吴玉屏教授惊讶得张大嘴巴后，又悄悄把钥匙放回了身上。

"都来到跟前了，打开门来。到底死了什么人？你说来听听。"叶城里却鼓励他说下去。康师傅开门时，可能锁都太锈了，折腾了好久，最后是通过保卫科的大钢剪子剪开来的。

"说是去年夏天，暑期期间，一群孩子在打康乐球，突然发生了停电，孩子们在出来时，走反了方向，走到一个暗道里去了。其中两个人，踩到了广告灯管，那上面却带电，瞬间就被电死了。恐怖的是活着出来的人，讲话不一，有人说看到暗处有两根树桩，有人说像是人。问题是当时一起玩的就那么几个人，怎么会在暗道深处多出来两个人呀？不会是鬼魂吧。"

人堆中几个女性学者以这里光线不佳、空气不好退了出去。只剩下五个人，吴玉屏是剩下的唯一一名女性。听说大开水房就在下面，感觉很刺激，几十年前的一些往事，包括传说，她还想一探究竟。

叶城里问到了秘道的事，他说他以前进过秘道，但从哪儿进去的，一时半会又忘记了。康师傅见大家探险的兴趣颇高，就把大家继续往下引，来到了一个天坑前。这里的地质地貌都明显不同。明明是在一个封闭的环境里，却时时感觉有风吹来。叶城里调侃了一句："这里藏人最好，可挤进来上百号人！"康师傅道："这儿通歌乐山，四面都通。当年你们的同学钱医生就是从这儿逃出去的，还是我给他带的路。"

"都说秘道里看到了不明的物体？到底是怎么回事？"叶城里问。

"可能是坑道中的五彩色差——有天然气成分——形成的幻影。"康师傅说。

吴玉屏同意这个说法，许多以前的疑问现在找到了答案。

"钱医生的女儿丽雅，也到这儿来过、躲藏过。"康师傅说。

"是啊，这是大家都知道的历史往事。"叶城里说。

"谁是当年出卖钱家的凶手？"吴玉屏问。

想不到，这会儿的叶城里突然把话题打住了。他连声说："我看兜下去也没什么太大意思了，就回了吧。"

当天晚些时候，吴玉屏觉得下午的情况不对劲，所以又问起叶城里下午的事情，问他晓不晓得出卖钱润生的人是谁，知不知道弄得钱家骨肉分离的那个恶人的情况。叶城里思忖了一下，总算告诉了她，那是他夫人卢布今当年做下的傻事。至于说到她这样做的原因也很简单，那就叫嫉妒。

与叶城里不同，吴玉屏在重庆没有住宾馆，而是住在儿媳妇胡子今那里。有天晚上老同学聚会，吴玉屏把胡子今和孙儿罗今一起叫了去。

叶城里、吴玉屏、胡子今等坐在同一桌。席间，吴玉屏郑重其事地把子今介绍给了叶城里，并补充说她是张罗平的爱人。胡子今激动得要死，整个饭局上，她东西都没怎么吃。而一上来，叶城里的眼神就在她脸上停留了三分钟。这种专注地注视人的时间不算短。吴玉屏都感到好奇了。

吴玉屏："老叶，看病人呢？你不会把现在当成了在门诊部那会儿吧"。

叶城里这才忙回过神来，又不解地轻轻叹出了一口气。

三

午夜的南海，不同的大小王国里的国王们，把灿烂的夜晚分割成不同等分的城市版图。何存义有资格自诩是"桃花"这个娱乐丛林里的君王。但他从不需要仆人，他的手提皮箱都是自己拎着满世界跑的，他认为他的心智并无残缺。

以往，他都是在拂晓之际到达南海的。在他沧桑多变的履历中，他认为，也只有在拂晓之际，南海这座城市才显出了她的魅力。

　　夜晚也只对他这样有憧憬的男人来说才有魅力。他看着那些从各式各色的汽车里钻出来的穿着整齐的男人，想到了他自己，那些人中，有些他认识，有些他不认识，他十分理解那些中年男人，他们肯定认为：把一个个如此美好的夜晚浪费掉实在太可惜了，中年是男人的钻石年代，他这样想的动机很单纯，他自己就是这么过来的。

　　今晚他的后面跟着他的女儿何念子，他们沿着电梯到达了八楼。员工们看见他的突然出现都有些措手不及，这反而让他看到了他想看到的一切……

　　何念子跟在父亲的身后走进了他的办公室，在办公室门外的过道上放置着一尊艺术雕像，她停下了脚步，盯着那座雕像琢磨，雕像的造型是两个奇异的人，一男一女，男的把双手举过头，正从上面（天上）接过一个婴孩，而这一男一女两人的嘴唇是吻在一起的。它的含义是什么呢？

　　这尊铜像用了与罗丹《思想者》一样的黑铜。与《思想者》不同的是，他们都不在"思想"的状态，而是在某种情感的旋涡中不能自拔。两个人的神态无法辨认。动情之处在于男人的头是低下的，他那脖子有些粗，而嘴整个都迎了上去。这尊雕像有时让人想到毕加索笔下的那些变形丑陋的人物。神态是栩栩如生，逼真极了。何念子搞不清楚这尊雕像的含义，她第一次到"桃花"里来，第一次发现这尊奇怪的雕像。所有来这里等何存义，或者找何存义签署文件的人都会揣摩这尊雕像的含义。正因为不想无聊，大家才想要一个准确的答案，毕竟公司里不无聊的人占多数。

　　何存义回到了自己的办公桌旁，何念子却没有再跟在他后面，她想独自一人随便走走。在走廊上她碰到了端着茶匆匆过来的季文文，文文也没理她，径自走到了何存义身边。

　　季文文是何存义董事长的秘书，她只有 24 岁，可十分愿意把自己打扮成 34 岁的已婚女人的样子。她十分羡慕已婚女人，所以她的公众言行都愿意往已婚女人标准上靠，她长着一副瓜子脸，嫉妒和诋毁她的人硬把她的脸型说成一副圆规——一种办公室里早已不常用的用具。平常她的脸部肌肉绷得较紧，那是工作性质使然，只有在她真正高兴的时候，有的人才会看见她笑，笑得很姑娘。

她此时把茶放好正出来，便看见了刚才外面那个好看的女孩进来，她没有阻挡她。但她只为老板倒了一杯茶，而没有帮念子倒。但她很快发现何董将那杯茶给了念子，她才猜到了一半的答案。

何存义边拉领带边抓起一支铅笔来写，动作急不可耐，那支铅笔很快便被他折断了。季文文马上帮他去换。等她刚出来，反手拉上门时，不知哪儿来的一阵风顺着她的手势把那扇门带上了。

她站在了门口，目光又盯在了那尊男女雕像身上。但她却想着里面的老板和一个她不认识的年轻女人的事。确实，这种关门的现象本身就会让她疑神疑鬼的，也只有在门口疑神疑鬼的时候，她才又想到那尊错位的男女雕像。那些公认的关于那尊雕像的评价，就是她屡次思想难以集中而在不断地开小差的原因。她最近一段时间好像老在出错，她想归根究底就错在那尊雕像上，那尊雕像使她心智迷乱了。

房间里沉寂了一些时间后，终于又传出了何存义在电话里骂人的声音。

似乎他还有发不完的脾气——尤其在念子在场的时候，这是"桃花"娱乐总汇里在他远道回来后独特的现象。

季文文并不是躲着何存义的眼睛。在他训人时她也很想进去听一听他到底在训谁。这是她的一种禀性，女人的禀性。上司骂人像在帮她出气一样。她又十分讨厌那尊雕像摆在她的眼皮底下。

是何念子后来把门打开了，她随着有了一个深呼吸的动作。季文文向她点头。何念子马上走近她，同时问道："你知道这尊雕像的来历吗？"

季文文道："听说是何董夫人原先放在台北的，夫人过世后由何董搬来摆到了这里。"

何念子道："有人告诉你有什么寓意吗？"

季文文道："想是纪念一件发生过的大事……"正说着，何存义已踱步到了窗口，见季文文后，吩咐她道："马上准备一下，把丽兹包房空出来，今晚我有客人要用。"

作为这家特殊企业的创办人，他原本希望自己的爱女到来时，能带给她一个秩序井然、管理有效的好印象，于是他决心加大管理力度，并打算这段时间留在南海来做这件事。

四

陈千惠来南海住院了半年，治来治去也看不出个所以然来。忙里偷闲了一段时间后，她决定出院了。

回京之前，她想和为她治疗的医生们来一个合影。叶城里不在医院里，叶子悬是被她叫来的。况且他们一回生二回熟，竟然都以姐弟相称了。照相的时候，邹小进是穿着白大褂来的，表示他正在工作。他被千惠邀请坐在了当中。但准备拍的时候，陈千惠又想起了一个人来："张罗平医生呢？"

她马上让人去叫张罗平，邹小进忙说："张医生今天可能去门诊部了！"

叶子悬却说："他在这儿啦！我刚才来这儿时，看到过他。"

坐在当中的邹小进马上不情愿地吩咐一个坐在边上的护士去叫张罗平，不一会儿，张罗平真被那护士拖来了。

张罗平也穿着白大褂，他有点摸不着头脑，见大家都在等他拍照，就走过来，缩在角落里了。

邹小进叹了一口气。叶子悬与陈千惠见大家坐下了，才拍了照。

出院前，邹小进为千惠开了半年的药。除了一些药，其他都是些以药的名义开的一包包名贵补品。

关于晚上"桃花"宴的事。陈千惠按顺序从邹小进开始邀请，邹小进、张罗平都以有事加以婉拒。叶子悬则讲好了，吃过晚饭，由他开车来接陈千惠。

第一次到"桃花"这样的环境里，陈千惠还是觉得一百个不习惯。主要是从身边时时走过的那些女郎，都穿戴时髦，打扮漂亮，让男人感到赏心悦目，又让女人觉得自惭形秽。

尤其是像她这样的女知识分子，虽然心里没有"女权思想"，但心中看到这些女郎，那么热衷于陶醉于这样的声色犬马之中，心中有一种关于人生的感叹。

华灯初上的时刻，何存义、何来、何念子都出现在了丽兹包房。何来、何念子看见陈千惠，竟然还像西方人那样进行了碰脸礼。

何来其实前不久与陈千惠碰过面，只不过两人讲好不要提。

今晚的真正女主角其实并没有准时到。何念子本来想带陈千惠、叶子悬参观一下"桃花"的建筑，但何存义没有同意。他这次回来看到了"桃花"里许多令人难堪的事情，让他对这个企业的管理表示了怀疑。

这间丽兹包房让人仿佛走进了一个欧洲大庄园。人工花园、天梯、瀑布……都到了可以以假乱真的地步。巨大的书架上还摆放着18、19世纪歌德、席勒、拜伦等人的手稿复制品，这让客人当中的叶子悬格外兴奋而着迷，他像一只大书虫久久趴在那些书架上不肯离去。

何存义为大家摆出了名贵的水果，还开了一瓶昂贵的法国"大将军"酒。这屋子里的几个男人，在喝了这种好酒之后，才搞清楚了人物关系——何存义是"桃花"这里的台湾老板；何来是他的儿子，在台北开有诊所，现在在南海进修眼科；叶子悬是叶城里的儿子，自称是"明天的诗人拜伦"……

晚上九点，陈千惠约来的另一位重要嘉宾李北北到了。令人大为惊讶的是，走在她后面的是一个大家都不认识的男人。这个男人从走进这里的环境之后就明显感到了不适应。他心虚不算，眼睛还开始了东张西望。

李北北挨着陈千惠坐下了，对陈千惠说："听说陈姐后天要返京了？"

陈千惠点点头。李北北又说了："我代表我爸爸来向你道个别。我没来过这个地方，所以临时找了我们南医大的保安汪师傅带了个路。"

她这样一介绍，众人忙把头移向了汪向志。他进门后，由于没有座位，就一直站在那里。何念子忙叫人又加了一个座位，并加了一副餐具。

五

人是都坐下来了，可实在是各怀各的心思。汪向志坐下后，一双眼睛没有离开过那瓶法国酒，何念子在给众人倒第二次酒时，不忘也给汪向志倒了一杯。汪向志双手去接过来后，感激得频频点头。

叶子悬见在病房见过的小姐（李北北）进来后，以为后面还应该跟进来一个李北北（李南南）。他不由心不在焉，眼睛总盯着门边看。

何存义是今晚的真正主人，见在座的全是晚辈，他叮嘱了念子几句后，起身去办公室处理事务了。

陈千惠见叶子悬只顾着低头喝那瓶好酒，而汪向志则蜷缩在李北北边上，手都不知往哪儿放，想想是该自己说话了。她转向念子先说道："在南海的这段时间里，承蒙大家的帮助，千惠在此深表谢意，欢迎大家有空去北京，到咱们家做客！"说完她站了起来，向大家鞠了一躬。

何来认识李北北，所以今天在这里看见李希楷的女儿，只想认识一下。他把身体歪过去，为李北北抓了一串葡萄，放在她手上，汪向志被这个举动搞得很慌张，他想去挡，用拿杯子的这个动作帮北北去加饮料，但没成功。

陈千惠拍拍叶子悬的肩膀，朝大家介绍道："这位是叶城里教授的公子叶子悬。"

想不到，还没等她介绍下去，叶子悬便打断了她，道："别叶城里、叶城里的，我是叶子悬，除了我们有些血缘关系外，我跟这位教授没有太多的相似之处。"

陈千惠听到这里，笑了笑，又道："我还要补充一句，叶子悬先生还是一位年轻有为的诗人。"

这一句，大家都听到了，各有各的表情，何来看看何念子，李北北看看汪向志。陈千惠又接着说："子悬的书现在南海的新华书店里就有，大家都是朋友了，别忘了去买一本，捧捧场哦。"

叶子悬对身边陈千惠的"捧场"很感谢，竟起身站起来，朝她作揖道："谬奖了！谬奖了！"

何念子却越听越不是滋味，找了一个借口，起身出去了。何来出来时，发现她在抽烟。

何念子吐了一个烟圈，道："哥，我又想回台北了！"

何来怔了一下："你的那件事，还没个头绪呢。"他是指何念子遗失爷爷骨灰盒的事。何念子听到哥哥的提醒，好似一个梦又醒了过来。她不响了，回到了屋里。

陈千惠开始介绍李北北，"李小姐，也在南医大读书，现在该毕业了吧！"

李北北有些羞涩地点点头，汪向志不停地帮她拿这拿那。

李北北对陈千惠说："我爸问，你在南海还有什么需要帮忙的吗？"

"没了，回去也再次代向你爸、你姐问好！"

李北北把该说的说完之后，看看不早了，就想告辞了。

叶子悬见她要走，不忘紧盯着李北北追问一句："上次那位李小姐今天来吗？"

李北北当他问她姐姐南南，就紧接着告诉他："她有事，不来了。"

叶子悬脸上马上露出了不快的表情。似乎他今晚出现在这里，完全是为了她。他只好看着李北北从座位上站起来，向大家告别，而汪向志也站了起来，说："一块走了！"

何来、陈千惠争着去送李北北，何念子与叶子悬却按兵不动。

等李北北与汪向志走了很久，陈千惠、何来去送了他们回来，叶子悬才重新问起了陈千惠："陈姐，你不是说上次那位李市长的女儿今晚要来吗？"

"是啊！不是来了吗？"陈千惠也弄得莫名其妙了。

"哪儿？"叶子悬面带冷笑。

"刚刚送走的那位啊！"这是何来补充进来的一句话。

"什么？"

何念子、叶子悬闻此都有些惊讶了。

陈千惠忙解释了一下："刚才坐在这个位置上的女孩就是李希楷市长的女儿——李北北。"

叶子悬追问了一句："那上次在你那儿碰到的小姐是谁？"

"也是李希楷的女儿啊，不过是李北北的姐姐，叫李南南。"

叶子悬听她这么一说明，竟当着大家的面，放声大笑了起来，又反复搔拍着自己的头，不住地说："错了！错了！叶子悬啊，叶子悬啊，你奶奶的，可真傻。"

何念子嗔怪地对陈千惠道："刚才，你应该把人物关系介绍清楚的。"

陈千惠："我以为你们都知道了呀。"

六

吴玉屏的重庆之行，让她与儿媳孙子多待了几天，也推翻了她以前对重庆的印象。故地重游，许多往事都有了下落和答案。她心里的许多疙瘩都逐渐解开了。

尤其是与子今相处的这几天，让她这个做婆婆的对儿媳有了一个全新的认识。如今的胡子今既是一名三甲医院的妇产科主任，又是多份国内医学杂志的编委。在事业上风声水起，前途一派光明。在家里把儿子罗今也打理得清清爽爽，养得白白胖胖。而且胡家家风淳朴，上上下下其乐融融，给她留下了深刻印象。

她在内心想说，与其让子今丢下现有的工作事业迁去南海，还不如考虑让张罗平获得博士学位之后，回到重庆，到胡子今身边去。这也是吴玉屏教授反复衡量、几经推敲后得出的想法。

吴玉屏还从胡子今这儿了解到，老同学钱润生的儿子钱岩康目前回到重庆来工作了。她想与他单独约一次，见个面。

电话里，钱岩康一听是父母的老同学，从南海来开会，想见他一面，便欣然答应了。

那是一个周末，吴玉屏、胡子今带着罗今一起找到了钱岩康位于大坪的家中。巧的是，这天钱岩康把叶渝生也带来了。

钱岩康四十岁左右的样子，目前一个人住在这里。

他戴着一副秀郎架金丝边眼镜，气质儒雅。

中午他想招待客人们吃西餐。所以今天一大早，他就先开车到超市里去把一大堆食物半成品装了回来。而在钱岩康与吴玉屏谈得最来劲的时候，胡子今挽起袖子，亲自去厨房掌勺。

吴玉屏向两个晚辈讲到了当年他们入学、分配，后来在重庆南都医院工作的往事。钱岩康听得津津有味，最后他讲到了在大洋彼岸的父亲眼下患阿尔兹海默症（老年痴呆症）的事。吴玉屏说抽空会打电话去慰问一下。

说到这里，钱岩康的眼睛湿润了，他不时取下镜片来擦。

至于丽雅的下落。钱岩康坦言还没有眉目，毕竟时间太久远了。但这是父亲钱润生一块永远的心病。

大人们在伤心落泪时，边上两个小朋友——罗今与叶渝生，他们都自顾自玩得可开心了。

大人们看到这一切，才又感到十分欣慰。

七

陈千惠走的那一天上午，何念子又把她约了出来。何念子找了一家台湾人开的上岛咖啡店，两个女人坐了下来，谈起了各自的心事。

灯影憧憧中，陈千惠透露了与丈夫杨建国不和的隐私。原来她这次是借治病为由，想来南海独自待几个月，也想把一些问题想想清楚。她的老公顶着博士头衔，与她同在一个医院里，又是卫生部前部长之子，但为人气量小，心眼更小，不能容忍妻子单独与其他男人在一起——"工作也不行"。这是他的原话。他认为根据"异性相吸"的原则，男女单独在一起不可能不干坏事。

何念子听后，大笑了起来，她以见过的男人比她多为理由，安慰她道："陈姐，你可以把这理解为你先生十分爱你，十分在乎你。"

想不到，陈千惠听到这句话，竟苦笑了起来，说道："他要真在乎我就好了！"

"怎么回事？"

"他，他在外面有女人了。"千惠幽幽的眼睛开始看着别处。

何念子不敢相信地重新抬起头来看着她。

陈千惠继续说道："这是真的。尽管他不承认，但我早从蛛丝马迹中捕捉到了准确的信息。"

"那个女人是谁？"

"他们科里新来的护士长！"

"原来是这样！"

"其实，还在那女人调来以前，他们就好上了。我怀疑把她调到身边来，也是我先生的主意。是我先生动用手中的权力，或者说，动用他家原有的影响力把她整过来的。"

何念子不想再搭话了，她选择了沉默。陈千惠慢慢激动了起来，手有些抖。念子想把手伸过去，安慰她，被她推开了。

"那，那个女人的老公呢？"

"据说出国去了。一年才回来一次！"

"你接下来，想怎么办？"

"我想回去以后，找那个女人来谈谈！"

"如果效果不好呢？"

"那好，如果真像你估计的那样，我就去找那个女人的丈夫！"

"你有他的地址吗？"

"总是有办法可以找得到的。你要知道，在大陆，只要肯花钱，什么都搞得到。"

何念子似懂非懂地点点头。陈千惠又继续道："如果还是没什么效果，就跟我先生摊牌！"

"怎么摊牌？"

"离婚。"

念子从千惠炯炯有神的目光中看到了一种定力。这种定力表明，她说这样的话，绝对不是随口讲出来的，是经过她深思熟虑的。

何念子也讲到了自己的事。她与最近一个男朋友分手是年初的事。念子讲到她父亲有让她留在大陆掌管"桃花"的打算。

陈千惠一听，马上动员她，说："咱们父辈都有自己的实业，掌管自己祖传的实业是最好的选择！"

"可咱们的这份家产是夜总会。"

"夜总会又有什么？不是一样的实业，你爹地白手起家，也不容易，你也帮帮他吧。"

说到两个女人快要分开时，陈千惠掏出了一叠照片，说是来南海这段时间拍的，准备带回北京留作纪念。

何念子把照片接了过来，不经意翻了起来。突然，有一张照片她看了以后，竟惊讶得目瞪口呆！她拿起那张照片问陈千惠："这张照片，你在哪儿拍的？"

"医院里啊，我住的病房里……"

"不，我想问，你们拍的这张照片，边上的那个人是谁？"

何念子一惊一乍的，千惠也莫名其妙，"他们内分泌科的医生呀！"

"我是问站在边上的那位男士。"

千惠忙把那张被念子捏得发热的照片，接过来，仔细辨认。

"怎么回事，你认识他？"

念子边笑边摇摇头。

陈千惠被她越搞越神秘："他是这次帮我治疗的主治医生啊，叫张罗平。"

何念子听到这个名字，如获至宝，越笑越厉害了，她忙把千惠整个人拖了过来，在她耳朵边快速地耳语了起来。想不到，陈千惠还未把念子的故事听完，就已经笑得前仰后合了。

八

台湾人何存义来南海正像一则当代"鲁滨逊漂流记"的故事。

三十年前,他乘坐的一艘豪华游轮从日本返航台湾的途中,遭遇到了来势汹汹的台风。在台风大浪里,他们的船漂移到了杭州湾,又与一艘香港货轮相撞了。那天的经历可谓惊心动魄。何存义、陈承文、李昌武就是那一天认识并结缘的。所谓患难见真情。尤其要说明的是,那一天重庆药材商人李昌武正带着一个叫钱丽雅的女孩来南海治病。这个女孩由于颠沛流离、营养不良,生有一种叫再生障碍性贫血的病,小小年纪就辗转在香港与内地之间。李昌武早年是一名蛇医,从事的是采集蛇药的传统中医工作,后来赚了不少钱,也帮亲戚朋友做了许多救死扶伤、治病救人的事。那时钱家突然发生的变故,改变了小丽雅的命运。而钱家当年的佣人戴永福正是李昌武的表姐。当时那两艘船,随时有撞上礁石、成为齑粉的风险。所以当船在杭州湾里躲避风暴的时候,船上的几个人临时弃船走上了岸来。还好,有惊无险的经历过去后,台湾人何存义、香港人陈承文、重庆人李昌武三人有了一点"桃园三结义"的味道,声明要有难同当,有福同享。三人领着丽雅在杭州城兜了两天西湖后,议论最多的仍是各地的山水。把钱塘江当成了嘉陵江,把歌乐山当成了阿里山,把西湖又当成了日月潭。得意之时,不知是谁又提议到近在咫尺的南海去转转:南海是一处宝地,30年代那儿可称得上是一条"金融大鳄"呢。那个风平浪静后的晚上8点33分,何存义和他的结义兄弟从车上下来,到了南海。那一次的走马观花,尽管行色匆匆,可让何存义吃惊的是,南海并没有像一些台湾媒体所报道的那样,还停留在清朝末年的样子,身穿长衫,头戴皮帽。其实这里早已是宽畅的马路,林立的摩天大厦，以及繁荣的市场，人着西装、打领带。这里的同胞十分友好，听说他是台湾人也没立即要把他当成特务绑走的意思……

那次何存义喜欢上了小丽雅，丽雅周正、清秀的五官，面若桃花的外貌让何存义又想起了去世的夫人胡桃花。他向李昌武提出领养丽雅的建议。岂料，这一临时建议一落实，就过去了三十年。

何存义首次对南海、对大陆留下了好印象，这种印象根深蒂固，并植入了他的内心，随他回到了台湾。

南海真如一块大陆延伸出来的半岛，东西方的观念，不同的社会意识，正按照一定的社会道德的规律重新整合，使它们像魏格纳的大陆漂移说一样，发生撞击，再通过撞击，产生融合，呈现一派新兴气象。

九

何念子终于找到了那个"失踪"了很久的医生张罗平，内心反而有点焦灼不安起来。他是否还记得她？他拿错了她的手提箱后，是否会帮她把那箱内的重要东西保管好？她最头痛的一件事是如果箱内的东西遗失了怎么办，责任又该谁负？虽然这件事暂时平息了下来，但并没有了结。还有，他们将会在怎样的一种心境下碰面？一堆堆的问题迅猛地冲击着她的大脑。

事有凑巧，这几天，她碰巧生病了，又是头昏。她在船上就发过一次这样的病。是他——张罗平，为她采取了医疗急救措施才让她转危为安的。

何存义看着女儿病得越来越重。他又不懂医，手忙脚乱中叫来了儿子何来。

何来本来以为妹妹因为丢骨灰盒的事，还在思想斗争着，本想回来只是安慰一下她。不料当他走进家里，接近念子的一瞬间，才发现了妹妹问题的严重程度。念子面目苍白，神志不清，有些半昏迷状况，且两天都水米未进。

晚上 8 点，何来无奈，只能把她带到了南医大急诊室中来。

急诊室内，病人奇多。据说最近正有一种疟疾大流行，通道上挤满了人。好在何来向院方出示了"回乡台胞证"，医院才腾出了门诊部的一间房间来应急。何来就把念子移到了门诊部的那间空房间里，并张罗着护士去输液。

无巧不成书。这段时间，张罗平正巧被邹小进"下放"到门诊部来长期锻炼，他一般下了班不是回到父母那里，就是再在门诊部多待一会儿。

何念子住的那间房，正好就在他的隔壁。他被隔壁一阵带台湾腔的对话吸引了过去，他重新披上白大褂走了过来。

他是内分泌科医生，何来是眼科医生，急诊、门诊部里的这摊子事，他肯定比何来清楚。

他重新站在何念子身边时并没有马上想起她来。他摸了摸她的脉搏，又翻了翻她的瞳孔。最后仔细看了看输液架上放上去的输液瓶，想了想，把输液的流速减慢了。

何来没有干扰他这么做，相反还给了他赞许的目光。

急诊室的医生和护士过来了，张罗平向他们道别。他走过病人的病床，瞄了一眼病人的名字，这个名字让他突然想起了一个人！

他又一次悄悄来到床边，掀开了盖着她脸的半块床单。他总算看清楚了，床上睡着的那个女人，正是他前一阵子反复在找的那个人——何念子。

他还是没惊动她，又悄悄退了出来，干脆回到了隔壁自己的房间。他看看表，指针指着 10 点——是晚上 10 点了，他才想到了回家去。

十

在又一个黎明来临之时，何念子终于苏醒了。她好像昨天晚上做了一些美好的梦。醒来之时，她的嘴角还挂着某种灿烂的微笑。

昨晚，张罗平悄无声息离开后，何来又把妹妹安顿到了另外一个地方。所以输完液后，何念子舒舒服服睡了一觉。这一觉很重要，使她次日得以恢复精神。她醒来时，何存义、何来都在她周围。念子仔细看着年事已高的父亲，心情很复杂地说："爹地，我暂时不回台湾了，我想留下来，与爹地共同打理'桃花'娱乐总汇，圆你心中的梦。"

何存义一开始没太注意女儿讲什么，到后来，念子答应要留下来帮父亲一把，让何存义听了眼泪都快流下来了。这个女儿虽然不是自己亲生的，总算懂得分担父母的心事了。

何存义、何念子再一次出现在"桃花"时，何存义叫来了陈承文的儿子陈千石，即陈千惠的大哥。由他一起来管理"桃花"。

陈千石以前与何念子谈过恋爱。虽然恋爱没有什么进展，但男女双方对彼此的印象都不坏。随着时间的推移，何存义反复对陈千石进行观察，认为他确实不错。这次何存义主动出手，再联合陈家，并得到陈家响应，争取里应外合，说服女儿何念子，把念子的终身大事解决好。

"桃花"企业中本来就有陈千石的股份，把他召回来进入管理层，也是顺理成章的事。何存义私下里会叫陈千石"老三"，这种称谓表示一种零距离，也表示一种护犊子的心理。

陈千石是于爷爷在香港病逝后才又回到台湾的。他爷爷是娱乐业的老大，曾被港府授予太平绅士头衔。到了他父亲陈承文打点家族产业的时候，家业就一路下滑了。这主要归结于他父亲不十分卖力。撤出投资回到台湾后，他父亲又一度无事可做。但他父亲不算个败家子，只是兴趣不在生意这一方面，而是热衷于绘画，是个三流画家兼艺术品收藏家。

何存义叫他"老三"，并不是说他陈千石就可以称何存义为"大哥"了。由于辈分不同，又有娱乐业的习惯，所以陈千石私下便称何存义为"何叔"。

"何叔，念子，你们是什么时候回来的？"陈千石边看着何存义接各种打进来的电话，边把黄金框架的眼镜取下来，捏在手心擦拭那上面的水雾。他这副眼镜值十万新台币，对他的脸是一种很好的装饰。何存义接了不下十个电话后，看见陈千石站在那里，于是在接完最后一个电话后，跟着把电话线的端子给拔掉了。这个举动让陈千石看着有点吃惊。

"老三啊，我走的这段时间有什么事吗？"何存义不叫对方坐，任何人都是不敢找凳子坐的。

陈千石站在那里像一个逃学后被家长揪回来的小孩子似地想了又想，如实回答了何叔的话："总的还是可以的，但仍有不尽如人意的地方，尤其离何叔的要求还十分之远……"

何存义打断他："老三，我的问题是，哪些做得比较好，哪些做得比较差，你看出来了吗？"

陈千石文静的脸上开始沁出了不合时宜的虚汗。他换了种口吻说："何董，我的意思是……我刚来不久，一定要加强管理……"

何存义这才肯定地点点头，说明对方说到他想说的根子上去了，"念子也会参加进来管理。到时候你们一定要好好配合"。

陈千石激动地说道："我们一定会配合好，我一定主要听念子的。"

何念子一直在边上听着，没说一句话。

何存义说："不，我希望将来在管理上，念子一定主要听你的。他指着过道上那尊铜雕塑像说，就说它吧，你看看都积了这么厚的灰尘了，怎么都没人去擦，他们都干什么去了。"

"何叔，最近我们'桃花'边上多了一个建筑工地，灰尘确实比较多……"

"灰尘多了，就多擦几遍，灰尘是怎么进来的？不是说，窗子都闭严的吗？"何存义紧追不放。

"过去，每天上午来办公室后，我都要开开窗户透透氧气，那样有利于身心健康，现在，我们一定照您的意见办，暂时不开窗了。"

何存义说："你爸爸知道，我们刚来大陆时，多么艰辛，这里办事与我们那里不同，要盖这么多章，要等这么多部门批准。我的胃是怎么坏的，就是喝酒喝坏的，应酬坏的，多不容易……我们为什么不叫夜总会，就是要和传统叫法上的夜总会、娱乐总汇有所区别，娱乐的性质一样，形式上是有所区别的，区别就是我们有一批好的人力资源，我们是为成功人士提供精神娱乐的……否则我们几个股东投资三千万干什么，扔个三百万也就可以了。我们提供一流的装潢硬件的同时，也提供一流的歌舞节目，一流的酒肆，还有一流的文化。"

何存义见陈千石没有再吱声，才从巨大的老板椅起身，走到陈千石身边一米远的距离内。"老三，管理就是管好人，不出事不等于是好的管理，过去生意好，许多问题不是没有，而是被掩盖起来了，现在都一一暴露了出来，员工们不懂规矩，不按要求做事，像一支没有受过锻炼的军队，你说能打胜仗吗?!"

陈千石频频点头，频率越来越快，他站在那里的时间已经很长了。公司里有规定，只要与何董在一块时，谁都不该坐着听话。执行了这么多年，一直像军队的铁板纪律一样保持下来。何念子是个学者出身，她初涉商场，发现这的确是个新领域，她要看要学的东西很多。商业讲穿了，是一种人的经营。

何存义今天讲话比较集中，另一方面也是讲给边上的何念子听的。何存义又捋起袖管露出了手腕上多年前在战场上留下来的伤疤，很自省地说了一句："我们不能好了伤疤忘了痛啊。"

"是、是!"陈千石应允道。

"我想到了一个办法,想与你商量一下。"何存义的口吻又来了一个一百八十度的急转弯。

陈千石一听这个话,软软的腿马上如一个弹簧放了进去,弹起了一截高。他轻声附和着说:"请说,请何董吩咐。"

"我想完全退下来,由念子来全盘负责'桃花'。当然,你们可以充分配合起来。"他在强调"配合"这两个字时,注意地看了何念子、陈千石一眼。

何念子没什么反应,陈千石反应有点尴尬,不停地拉着自己的西装领带。

何存义也发现这样一种谈话方式有些吓着晚辈了,就再换了个话题,纯粹聊起了休闲。他去桌子后面拉开抽屉,从一叠卡中抽出了一张卡,扔给陈千石说:

"你爹地过两天也要来南海,来'桃花'看看。上个月在台北我又和令尊见了面,他还问到你呢:在南海,这一年里 Golf 球技如何了?"

陈千石又把自己的年龄压得十分小,稚嫩地回答何存义道:"报告何叔,我的球技还差得很远,可以说还没什么长进。"

何存义笑了:"没长进就要跟上来啊。"

又轮到陈千石抹冷汗了,他继续说道:"主要是在房间里练练推杆。"

何存义笑着说道:"老练推杆怎么行?木杆、铁杆都要用上才行,要打好基础、练好发球,要清楚你球发出去的方向,如果永远只局限在最后果岭的那个精彩的洞里,你就无法了解到高尔夫的真正魅力所在,挥打其他的杆显然要比最后那一杆难,'洞'的分数是靠累加的,关键部位的关键距离,头脑里一定要清楚。"

陈千石慢慢悟出,何存义不是在单单和他谈论"高尔夫"的球技,而是讲的管理。他认真地点了一下头,重新拿下眼镜揩了起来。念子见状,心里也想笑。

何念子在边上一直观察着陈千石，他确实是一个守规矩、听话的人。

但是，她以后真能爱上他吗？

十一

念子终于决定去找张罗平医生。她挑选了一个阳光明媚的早晨，穿着在船上穿过的那套衣服，好让他很快认出自己来。她去之前还买了一束花，既像一个远方的友人，又像一个去看病的患者。她想以这样一种形象出现在他面前应该是很自然的。

她走进南医大，还好今天病人不多，走廊里坐着的人寥寥无几。她一个诊室一个诊室找了过去，终于在最边上旮旯里的一间诊室里看到了张罗平的身影。

看得出，他正在专心致志为病人看病。念子捧着一束花就那样在门边上站了很久，等那个病人站起身来道谢离去时，旁边一个病人马上就坐上了刚才那个位置。张罗平几乎都没有喘口气、喝口水的间隙。

她正在伸头探脑、东张西望时，一个负责过道秩序的老护士，过来进行干涉了，"你是来看病的吗？"念子无语。那护士又道："想看病，就去那边把挂号单交上，到我这儿来登记，知道吗？"

念子摇摇头，仍没答话，眼睛还看着里面。

老护士不高兴了，公开上来驱赶她："要看病就去那头排队，别人都是一大早来的。想插队，没门！"

念子终于说话了："我不是来看病，是来等人的。"

"等人？你等谁？你不会是老年'追星族'吧？"

念子笑了，不再搭理她，而是走到了走廊尽头。这边是大厅，等人的、休息的，吵吵嚷嚷一大片。

正在这时，她看见了叶子悬，那位叶城里教授的公子出现在了大厅里，她没叫他，他却发现了她，他带着一男一女两个人走了过来。

"念子姐，你在这干吗？"

何念子忙掩饰："哦，找人，看病。"

"看病？怎么不早说！"叶子悬马上叫她起来，说要带她去看最好的专家，好像这所大医院是他家开的似的。何念子看得出，他那"牛皮"不是吹的，他有这个能耐。他身边那一男一女不停地在阿谀他，讨好他。不时有人从身边走过，也掉过头来与他打招呼，叫他"叶老板"。

何念子看到这一情况，就淡淡地提出了，想到那边科室里去等等人。叶子悬一听就这点事，马上叫她跟他过来，何念子看见那个老护士还凶神恶煞地坐在门边。

叶子悬带她刚到门边不远，手机响了。他就叫念子在门边等他几分钟，自己到一边去"哇里哇啦"几句。这时何念子到了门边，那老护士见又是刚才看到的那捧花的女人，马上就做出了不礼貌的驱赶状，"叫你走开，你就走开点吧！"刚好最后这句话被匆匆赶来的叶子悬听到，他马上斥问那护士："你在叫谁走开点？你自己散开点。"

老护士不认识叶子悬，一听他叫她"散开"点，竟冒起了火来，"我这会儿在工作，你好大口气，叫我散开！"

想不到，站在门边的叶子悬，对着走廊叫起了两个人的名字，其中就有邹小进。邹小进在病房，是不可能来的。另一个被叫到名字的副主任医师马上从某一间诊疗室里跑了出来，一见是叶子悬，马上态度一百八十度大转弯，问："叶老师，到底发生了什么事？"

叶子悬下命令似的说："我有个亲戚想到你那办公室去休息一下。"

"行、行！"副主任医师马上答道。叶子悬看见何念子走了进去，又补充了一句："还麻烦你叫这个老护士早点下班，她的服务态度很有问题。"

副主任医生快速地点了点头。而那个老护士搞不清楚到底发生了什么事，吓得脸都变白了，像真生了病。

十二

何念子在副主任医师办公室里等张罗平门诊结束，一直等到所有的病人离开，所有的医生离开。张罗平是最后一个出现在走廊上的医生。他出来也是边伸着懒腰，边打着哈欠。他在门诊部门口总算看到了他迟早要看到的那个女人——何念子。

两人相见，何念子送上了她手里的花。张罗平脸上挂起了尴尬的笑容。

他马上道："你放心，你要的那样东西，我已经保存起来了。"何念子知道他所指的东西是什么。但现在是吃午饭时间，何念子请他去大街上的餐馆里坐坐。张罗平累得不行了，摇了摇头。道："何……何念子小姐，现在不行，下午我还有个会要去开，我想趁中午这宝贵的一小时休息一下。"

何念子想想也对，就点了点头。张罗平忙又道："您周六或周日有空吗？如果您有空，我会抽空带您去一个地方，您要的东西就放在那里。"

何念子心头再次涌起一股感激的热潮，她满口承诺道："就照你说的做吧。"两人分开后，走出二十米远，又同时回过头来看了对方一眼。张罗平转了一个弯去了医院食堂。而何念子则小跑着去了停车场，发动了汽车。

她刚刚迈入汽车，突然又一阵眩晕向她袭来，她僵在那里足足有两分钟。还好她一只手早已支撑在了座椅上，所以没有倒在车外。她庆幸刚才没有与张罗平去餐馆，否则肯定会倒在那个餐馆里。她拨打了何来的手机，不一会儿哥哥何来来了。问她发生了什么事，她没讲见张罗平的事，只说来转转。

何来表情很费解，问："医院又不是公园、影院，有什么好转的？"说着就发动了汽车，把妹妹送回了家中。

十三

周六很快就来了。张罗平与何念子约好了在某个地方上车。何念子会开车，自己开着一辆车去接张罗平。张罗平上车后，却坐在了后排。

念子认真地开着车，他带路，车子不一会就到了郊外，那是一处风景名胜区。

远远望去，那儿有一处公墓。绿树成荫，四周人不多，很寂寞。他们下了车来，念子跟在罗平身后。

山腰中有一塔楼，是为逝者安放骨灰盒的。罗平所说"一个重要的地方"，便指此地。

念子终于再一次看到了爷爷的骨灰盒，看到了照片上的爷爷，她有些激动。罗平跟她一起又祭奠了一次这位"国民党高级将领"。

念子没有想到在这个骨灰盒安放厅中，还有不少其他方面的知名人士，包括到大陆投资办厂，在大陆去世的台湾人。她很高兴张罗平为她办了一件好事。

他问她要不要把那个骨灰盒移走，她想了想说算了，放在这里挺好。他同时想把上次拿错了的那个手提箱还给她。她说那就算交换了吧，反正也一模一样。他点点头。

她又抱歉地说箱子里的饼干她吃完了。他一听笑了起来，道："那种曲奇饼干可是很香很好吃的哦！"

念子也笑道："可不是，你又把我的东西保管得这么好，又把好吃的饼干让我吃了，所以你得给我一个答谢的机会呀。"

"行，我今天想吃面，你请我吃碗面吧。"

念子知道他讲的话是认真的，就在开车回来的途中，找了一家精品面馆坐了下来。这家面馆取了一个很有意思的名字叫"面对面"，里面环境雅致，生意兴隆。

老板很会察颜观色，知道进来的这一男一女绝非一般的人，肯定有点来头，所以配备了很好的服务员。服务员推荐给了他们最名贵的茸参汤鹿肉面，两人津津有味地吃了起来。想不到，面的味道实在好，而且使这对男女胃口大开，后来又叫了菜和酒……

念子开始倾诉，讲到为了找到他，去登过"寻物启事"。罗平也讲到他为了打听到她，拖着那只箱子在大街上漫无目的地瞎转而被警察盘问的经历。

这顿饭，说是在"面对面"面馆里吃面，可花的钱一点不比吃一次大餐少。

念子很开心地跑去把钱付了。就在她赶回来，准备与罗平一起去取车时，她的头又开始晕眩起来，还好罗平走在她一侧，见状，马上护住了她，把她扶入了车内。

罗平不会驾驶，但他碰到突发事情，异常冷静。他向面馆老板打听，面馆老板见这对客人刚才消费异常大方，又气质高雅，所以自告奋勇，答应用念子的车把他们送回去。

但张罗平仔细检查了一下念子的体征，吩咐面馆老板把车直接开到医院去。

十四

一到医院，何念子的头晕似乎好了点，她从病床上坐了起来，见张罗平待在她身边，若无其事地在看一张片子。她问这是哪里，张罗平则说暂时到了医院里。她不再说话了。她记得先是迷迷糊糊与他上了车，车上了路，在崎岖的公路上，她睡在后座上，后来到了这家医院。她朦胧中，站到了一个幽暗的铁架当中，两边是黑乎乎的墙。她隐约地觉得张罗平的力气很大，睡到床上去的时候，她整个人是被他用双臂抱起来的。那一瞬间的激动让她的头突然不晕了。

临别时，她又不好意思地说道："谢谢你了，我总是在关键时候离不开你的帮助。"

张罗平说："好像你应该到医院里去认真检查一下，应该对自己的身体状况有个全面的了解。"

何念子道："像是老毛病了，多年前，我在台北荣民医院查过，好像我的颈椎有一些问题。"

张罗平把那张临时验血单抽出来，看了看，告诉她："好像是其他方面有异常。有时候你感到膝盖痛吗？"

何念子道："也是老毛病了，听爹地说，我小时候，缺过钙。罗平，哦，张医生，今天你，你能送我回家吗？"

"好吧，你好像永远摆脱不了是我的一个'病人'的角色。"

"是吗？我倒认为永远是你的一个'病人'就好了。"

晚上，华灯初上，念子开着车返回，张罗平坐在副驾驶位置上。汽车到了一处黑漆的大铁门前，念子启动了电子遥控，嗖嗖两声，巨大的铁门向两边移开了。汽车正要向内移进，张罗平说："念子，何小姐，我陪你到家了，我就不进去了，我想回去了。"

"不行，那哪行，一定得进去坐一下。"

"不了，明天我还得上早班，反正我也认得路了。"

罗平看着那双美丽任性的眼睛，他此时此刻有了一种爱与痛。在那遥远的山城重庆还有一个与他成婚的女人——子今，仿佛又在天上注视着这即将发生或已经发生了的一切。

说穿了，现在的这对男女，或许已经坠入了情网。尤其是念子，好几次，她都是这样在他的身边"病倒"，让他心急如焚地去救治她。依偎在他宽大的肩膀上，她感受到了一种四平八稳的存在。这种存在，或者说这种感觉正是她寻觅多年的那种感觉，现在终于被她找到了。

但念子还是让罗平走了，他有他的家。她尽管心里开始有了他，但她对他仍然一无所知。罗平对这个美丽的女人，内心也有一种好感。在他面前好像打开了一扇窗，在这个窗口里，他看到了许多他从未知道的事物。他也有一份好奇，一份期待。

走的时候，念子主动地拉了罗平的手一下。就只一下，就像心有灵犀一样，有一种期盼、一种等待在彼此的内心重新沉淀了下来。两人都盼望有新的一次见面。当晚，这两个阴差阳错男女，在各自的床上都无法正常入眠了，他们都把对方的音容笑貌装入了内心。

半夜，念子实在睡不着了，她翻出一本医书来看。她翻到了"颈椎病"一节，她读道"颈椎病常出现颈部发紧、灵活度受限，偶有疼痛，手指发麻、发凉，有沉重感。颈椎增生挤压颈部椎动脉，造成脑供血不足，该病是引起头晕的主要原因。"她懂了，以前她喜欢晚上看书，大概姿势不对吧，才形成了这种缺血供应的病灶。

如果她得的仅仅是颈椎病就好了。

十五

　　季文文把招聘广告弄出来交给何存义看。何存义叮嘱去交给陈千石看，陈千石交代先让何念子看。

　　何念子首次参与了公司的行政事务，慢慢走入了那个角色。

　　行政管理人员前来应聘面试的那一天，季文文的办公室都被挤破了，但合适的却寥寥无几。招聘中规定要有星级宾馆管理经验。这一条是实的，可以了解应聘者的实际工作经历。另一条是要有"良好的审美眼光"，这一条太虚。下面的人要那么好的审美眼光干什么。挑员工是老板的事情：忠诚、听话、勤快，才是老板要求的员工类型。

　　开现场会的时候，何存义、何念子都来了。何存义叫女儿来看看。他说这是生意，也是生活。

　　会议上，何存义鼓励何念子上去讲话。

　　何念子想了想，就上去了。一帮骨干都站在队伍中间。经理们看见见过大世面的何大老板也在边上拍手鼓掌，内心都有一种不安的躁动，知道未来"桃花"是属于何念子的，希望她能给这个企业指出一条光明的道路来。

　　何念子开始强调要把"桃花"和南海一般层次的娱乐总汇企业相区别。真正的区别不仅在硬件上扔大量的钱，还要让这帮工作人员掌握艺术的谈话技巧。她想到了诗人叶子悫。

　　她说，要让宾客们觉得她们是艺员。所以在"桃花"的几间豪华包房中，如丽兹、雅悦、桃之、夭夭等都摆放有全套的《诗经》《论语》《楚辞》《文心雕龙》等中国经典文化典籍，还有《莎士比亚戏剧集》《浮士德》《神曲》等外国文学典籍，说它仅仅是一种摆设也好，说它名不副实也好，至少代表了何存义的一种眼光，让宾客们感觉到这里不是一处简单的声色犬马的场所，更是一种文化场所。传承文化，与传承宗教一样。

这时，何念子感觉脚有些不隐，她调整姿态时，像是脚又崴了一下，她便不再往下讲了。

这是何念子在"桃花"里的首次讲话。

何存义、陈千石在下面屡屡朝她竖起了大拇指。

十六

李希楷的女儿李北北分配到了南都医院。而根据北北自己的意愿，她投在了大名鼎鼎的叶城里门下。

王储来和叶城里交待转达这层意思时，就客气多了。

这次出现在南都医院的有年世旺校长、叶城里教授，还多了一个不速之客——陈明权，那个蛇医。由市政府牵头，"南海蛇医研究所"今天将在南医大挂牌。

重庆歌乐山的诡谲、神秘、恐怖，都和毒蛇有关。随着这个研究所的出现，以前山城有关的地貌地理、历史沿革、风土人情、传说故事，都将被科学地梳理出来。

叶城里要王秘书转告日理万机的李市长，他会亲自关心北北的成长和发展，让北北多待临床，也待门诊，这样发展更快。必要的时候，他会动员她去报考本院自己的在职研究生。

可李希楷市长闻讯后，焦急了起来。他亲自打电话给这位市政协的叶副主席，认为医院这样安排太特殊了，不妥，并婉拒了。他这样讲的理由也简简单单，说让李北北同志先锻炼锻炼，一两年后，视她的表现，再考虑深造。叶城里电话里却大说北北是个好苗子，他很喜欢她，读研再上一个台阶是迟早的事。他一再要市长放心，他会帮李北北安排好未来的。

叶城里喜欢李北北，可他儿子叶子悬却不是太喜欢北北这种人。他认为她太低调。他喜欢她的姐姐李南南，而南南又不睬他。

内分泌科听说李希楷的女儿分配来了。所有的人既紧张又兴奋，尤其是科主任邹小进。他知道今后科里面的事，很容易成为市长一家饭桌上的谈话内容。他为此考虑得十分具体、仔细。叶城里也有相同的意思，由科主任邹小进来全权带领北北，帮她熟悉环境。

邹小进去开会都把她带了去，这对其他刚分来的医生则有些不公平。

"李北北医生虽然是刚刚分来我们科，但早在几年前，或者说，不久以前，她都参与了众多内分泌专题的研究，多次参加了国际内分泌会议。"叶城里在首次介绍李北北的会议上曾这样说。

科里的外出开会，都是邹小进来安排决定的。叶城里的这层意思，邹小进不折不扣地贯彻着。他甚至还宣布，为了方便新来的这位年轻医生更好地熟悉业务。科里特挤出一间房间来，专供李北北使用。用邹主任的话说，方便她学习、钻研，攀登内分泌医学的高峰。

北北处事很低调，她不习惯自己坐在一间明亮宽敞的大屋子里"攀登医学高峰"，而愿意去和隔壁的十来个医生待在一起。隔壁一间房子与她的一般大，却挤了十个人。

"李医生，你还是回你的办公室吧，咱们抽空会来看你，"她的新同事常这样劝她，"应该理解领导们的一番好意。"

周一第一次参加业务大讨论会的时候，李北北看到了张罗平医生。业务会议争论得很激烈。坐在邹小进一边的李北北，许多观点都同意坐在她对面的张罗平医生。慢慢地，邹小进也看出来了，她欣赏这个有不少"异端邪说"的叫张罗平的家伙。邹小进借着这次"学术争鸣"会，不留情面地屡屡向张罗平发难，硬要把他的风头压下去。

北北不是傻子，科里这些人物逐渐登场，她越看心里越亮堂了。

十七

叶子悬知道李北北分来了内分泌科。他借机来了一回科里，来找张罗平。

今天是周六，大部分人都休息在家。邹小进见到叶子悬本想闪开，可叶子悬眼尖，逮老鼠一般逮到了他。

"主任，见了我，就埋下头想开溜，我又不是加菲猫！"

"哪里哪里，我院里有个会议，正准备开，这不马上就得去。你要么在我办公室里等一会儿。我的会不会长，很快便回来。"说罢，邹小进便取下钥匙给了叶子悬。叶子悬只木了一分钟，就把钥匙抓在手里了。

叶子悬等邹小进走过走廊看不见后，果然开了主任办公室的门，独自钻了进去。隔壁是李北北的办公室，过了一会儿李北北就来了。而李北北刚刚一进去，她姐姐李南南也跟了进来。

叶子悬在邹小进办公室里抽烟，从门缝里看到了不可一世的李南南，他走了过去。

李北北知道是怎么回事，朝叶大公子笑笑。李南南见到叶子悬愣了一下，她想到了那个酸腐诗人，没理他，而是抓起手机在办公室里乱打。这可为叶子悬找到了"惩罚"她的借口，"小妹妹，别在这里哇啦哇啦乱叫好吗?"

李南南瞪了他一眼,冷笑了一声。正巧她的手机响了,她又开始接,声音比刚才小了许多。"这位小姐,怎么不听劝阻啊?你当这儿是菜市场啊?"叶子悬没头没脑又来这么一句。

李北北过来向叶子悬赔不是:"叶大哥,不要介意,我姐姐是这种德性,她对你并没恶意。"

李南南则说道:"我是在我妹妹的办公室里讲话,你管得是不是太宽了?"

叶子悬:"太宽了?对你这样眼中无人的人,好像真有点太宽了,你才这样——放肆。"

"你……北北,走!"李南南被激怒了。她像一头母豹子,在房间里踱步。

叶子悬走到走廊上看见了正回来的邹小进。邹小进看见叶子悬一张轻狂的脸,又见了屋里的李北北和李南南,知道这些"干部子弟"在火拼。他马上找了一个借口:"哦,你看,我刚才开会还有一些数据忘了取回来。"说罢他马上一转身又溜走了。

他一走,叶子悬在他身后便笑开了。那笑声之轻蔑,让李北北好生奇怪。

接下来,李南南也拖着李北北走了,叶子悬发出了某种胜利者的笑声。

十八

张罗平在门诊部待了相当长一段时间,仍没有被召回病房临床的迹象。张罗平会忍,但他妈吴玉屏不乐意了。她为此事还曾专门找过叶城里，电话打到叶府上。叶城里答应归答应，就是没去落实。他没空去管这种小事。

有一天，终于发生了意料之外的事情。内分泌门诊来了一名患有脑垂体病的外地病人。这种病简单地说就是五十岁的人长了一张孩儿脸。病人吼着要住进南都医院病房来。

那天张罗平看过患者的病历后，也一度认为较复杂，想收他入院来。他当着病人的面，就打电话到了内分泌科，邹小进主任接的电话，说谁说有床位？早没病床了。张罗平只能如实将此事告诉了身边心急如焚的患者。

病人走了。可第二天他们又来了，仍吵着要住院。说他们就是冲着大专家叶城里来的，希望张医生发发慈悲。没法子张罗平又打了电话到科里，可还是那邹小进接的。邹小进仍没好气地说："南都医院又不只有一个内分泌科，又不只有一个叶城里，住到别的病房不也一样。"

第三天，病人太虚弱，竟不明不白死在旅馆里了。病人的亲戚一起来找张罗平，要揍他。事实上，那帮家伙自从那病人一断气，就把责任推到了张罗平身上，已经来找过他一回，说明明科里有床位，人没住满，却不让病人住，你张罗平到底是何居心？说着说着两个病人家属冲上来就揍了他一拳，张罗平反应快，逃走了，他躲了起来。

后来据说这两个病人家属一起冲进了医院，闹到了领导那里，又写了信，张贴在门诊大楼下，状告张罗平。搞得全院上下都知道了此事，罗平的声誉一下子一落千丈。

后来的几天，吴玉屏逢人便说，这是误会，她含泪出来替儿子辩护。

可同事哪知其中的内幕，院方终于出面来了解情况。了解下来的情况是家属曾多次打电话到内分泌科去，那边证实确实有病床，但张罗平医生坚持说没床，他不愿开住院证。即使是这个为自己洗刷罪名的关键时刻，张罗平还是没有把责任推给邹小进。

其实他实在太冤枉，他两次打电话去科里问过，说没有床。但邹小进后来说是护士忘统计了，护理站管理有疏忽。但人死了，这比什么都严重，这才是事出有因。

医院赔了一些钱，算是安抚了家属。院方本来是要给张罗平处分的。吴玉屏得知此事后，找到了叶城里，叶城里装聋作哑了起来，他想到了上次收到的那封匿名信，是揭发张罗平"生活作风"问题的。

吴玉屏厉声责问叶城里，叶城里一时半会儿云里雾里的。叶城里无奈，将其中一张照片拿出来给吴玉屏看。

"这都是些什么照片啊，你这个见多识广的大专家也会相信？"吴玉屏以少有的口吻嘲笑道。

这无疑是一记棒喝，让叶城里的大脑清醒了一大半。他随即收回了照片，当着旧恋人的面，承诺去调查清楚。同时，在另一次院行政会议上，他还为罗平讲了几句公道话。

事实上，后来才晓得，正巧有叶城里即时补上来的那几句公道话，原本安在张罗平身上的"行政记过处分"才降格为了"口头警告处分"……

十九

张罗平为受到处分这事郁闷了整整一周。他想不通，自己兢兢业业，从不偷懒，反倒落得个如此下场。而且他还获悉，邹小进通过此事想把他整走，调出内分泌科。

是该反击的时候了。他几次走到院办的门口想走进去，为自己洗清罪名，但总是前怕狼后怕虎，还是忍下了吧。这就是南海呀，他想。

邹小进通过这件事，现在做得更绝。他把张罗平又指派到了其他医院去教学。

那家医院设备陈旧，技术很差，而且刚刚建立，谁都不愿去。

去那儿教学，既带不出学术，又带不出风气，还会忙于各种非技术的事务。

邹小进与张罗平谈到这件事情时，却又冠冕堂皇，他说："那里靠近新开发区，又是万商云集，看远一些的话，可以为我们科，甚至我们医院创更多的外汇。"张罗平还能说什么呢？院办给了他一个处分在先，邹小进给了他这个任务在后。邹小进接着又说了："你从哪里跌倒，再从哪里爬起来吧。"

他最后这句话倒像一个长者在安慰一个失足的晚辈。

他只有默认、点头的份了。可能这也如邹小进说的那样会"先苦后甜"，就只好当它是一种"吸取教训，先苦后甜"了。

邹小进看着张罗平乖乖地接受了他的安排，心里颇为得意。他向罗平承诺，这回派他出去教学，只半年。时间一过，一定换他回来。

那家医院叫"雄高医院"，成立了两年，开在繁华的商业街雄高路上，对外说是一所大型综合医院。其实这两年中只有一个整形科在那里像模像样地运转。其他科要么是技术力量太差先后关掉，要么就是待开发而摆放在那里。

罗平去了后才知道，这所医院有面临关门的可能。好医生不愿来，一两个科总在那里行坑蒙拐骗之实，败坏名声。一帮社会上来的"进修生"在那儿冒充主任医生挑大梁。

这所医院经常还以负面新闻见报。就拿整形科来说，大部分在这里整形过的患者，返工率、再做率竟有百分之五十。官司也不断，医院越来越穷，它的专职律师越来越富。

张罗平到的那一天，医院院长秦帮友把所有的员工召集起来开了一个会。名义上是欢迎张罗平，实则是想好好点一点人数，因为好久都没有这么召集大家开会了。懒散的这帮人根本不重视这种会议，即使是在开会，他们也在尽情地开小差。

秦帮友院长会后专门又和张罗平谈了一下。他含含糊糊的一些话，让张罗平顿生警觉，什么"你来了，咱们医院就慢慢有救了""咱们一起同甘共苦""明年咱们还有一次院长选举，我争取把你拉上来，当我副手"，等等。

张罗平想，邹小进不是口口声声说，半年或一年，就把他换回去，是暂时去教学的吗？但这位老态龙钟的秦帮友院长的嘴里所讲的，似乎和邹与他讲的，不是一个样子。果然，张罗平拐弯抹角才知道，歹毒的邹小进向这位院长讲的才是真话。邹小进真是这么想的。张罗平被调出南都医院后，他就别想再回去了。

张罗平只能默默无语地忍下邹小进的这种安排。半年以后，视情况再说。

由于空房间太多，经过秦院长的同意，张罗平把一间改成了自己的办公室兼寝室。

几天之后，稀稀拉拉的学生便来报到了。这个教学点在南都医院的几个教学点中是最不受重视的。设备、设施没人操作，技术力量薄弱。学生来这里实习也基本学不到什么东西。

张罗平没有考虑这些，仍是兢兢业业地工作。他一会儿投入普外科，参与急诊包扎，一会儿又回到整形科，为复诊患者动第二次手术。他在这个"摇摇欲坠"的雄高医院里，既当内科医生，又当外科医生。辛苦虽然辛苦，但临床上却又把他真正磨炼了出来。

有一次，罗平上午骑着自行车来上班途中，进医院门时，一辆高级轿车的车窗摇了下来，探出一个头来，里边的人朝他叫："张……罗平。"他转头去看，原来是何念子，他不久前重新接上关系的台湾人。

"你怎么在这里？"她问。

"我已经调来这里，在这里临时上班了。"罗平老老实实地说。

何念子马上从车上下来，走了几步过来，欣喜地说道："原来你来雄高医院了，你就在我斜对面了，知道吗？"

顺着她的手指过去，张罗平看到了一座气势恢宏的建筑，叫"桃花"娱乐总汇。

"我也暂时就在里面，你下班以后过来坐坐嘛！"她说。

张罗平很高兴地答道："一定！"

二十

当天下班之后，张罗平没有过去，也不可能过去，他忙得要死。秦院长让他一起干，说是共谋发展，实则那院长想把一副"挑担"慢慢地甩给他，自己溜了。

他来之后，十七八个实习医生围着他转。其他科的事，秦院长也叫人去找他。

每个返工手术他都要去指导，尤其是那些皮肤科、整形科的治疗。找到他就意味着让他负责，他知道躲不掉。

晚上，"桃花"这一头，何念子已开始代替父亲来经营管理了。她是晚上 8 点 33 分前来的。

凑巧的是，这一天她看见"雄高医院"那幢大楼上的某一个窗口里还亮着灯，知道张罗平还没走。她想来他的办公室里坐一坐，张罗平就在那幢大楼里边做事边等她。

249

她来了。看见他疲倦地趴在桌子上，旁边有一堆他看也看不完的病历。她不知道在这里当医生的艰难，人际关系的尔虞我诈。

他来到南都医院一年多了，几乎把全部的时间都花在工作上，到头来又是如何呢？境况越搞越差，生活越来越枯燥。他有时想，早知会出现现在这样一种情况，还不如不来这个是非之地呢。待在子今身边至少还有一份家庭的宁静。

念子看出一点罗平内心的忧伤，她知道他是一个不轻言困难的硬汉子。她很想帮他，但又无从下手。

两人待了一会，念子发现罗平的抽屉里还有没有吃完的面包，知道他晚饭还没吃，就拖了他出来，径直把他带进了"桃花"。

念子没有带他去娱乐大堂，而是把他带到了自己的办公室。这里装饰富丽堂皇，灯光明亮。张罗平似乎一时半会儿还不太适应。

"人生别太委屈了自己，既要事业，又要生活。"念子说着，为他和自己叫来了一套丰盛的晚餐。

大家吃饭的时候，桌上的电话响了，是要念子去现场观看节目。念子看了罗平一眼，罗平有想一起去转转的意思。

雄高路上的这株大"桃花"与这家濒临倒闭的雄高医院，正因为有了这一对非同寻常的男女的一段情缘而终将联系在一起。

念子带着罗平到了营业大厅这边来，由于她也不想让更多的人看见她身边有个高大英俊的男人陪着，所以让季文文把他们安排在了较隐蔽的地方。

那间包房叫"雅悦"，是以前只有何存义才能进去的特殊包房，同时也是一个观察点。他以前就在那里通过一扇大玻璃窗向外看，察看营业情况，而外面看不到里面，外面看上去就像一处广告牌。

节目编排得很好看，很像是一支专业艺术团队在表演，张罗平可能是首次观看这种娱乐场所公演的歌舞晚会，所以看得很投入。他坐在念子身边，听着念子在对一个一个节目发表意见。

何念子与季文文在谈业务的时候，旁边突然出现了愈来愈响的打鼾声。两个女人转身去看，坐在一旁的张罗平早睡着了。

念子一看表，指针指在了夜里 10 点钟。等季文文离开后，她并没有马上叫醒他。她知道身边这个男人太累了，也受尽了委屈。太能受委屈的男人都有这种结果。他一定身体疲惫，心里更疲惫。但这个高大的男人坐在那张沙发上则逐渐缩小成了一个普通人的体积，并不起眼。男人也只有在他们站起来时，才分别出其间的差异，睡下来的形象应该是一样的。

看得出，没有人来照顾他，甚至没有人来认真管过他的生活。

隐隐约约她发现他与她以前认识或拍拖过的男人都不相同。他的财富可能是在他的心底里。

又过了一小时，她想到了去唤醒他，但一看到他如此熟睡的模样，那种模样有些像一个远方回家来的孩子因疲倦正在小憩之中。

她就这样近距离地看着他。

突然，她看到他眼睛里有两道泪光，接着就有两行热泪流了下来。她惊愕了一下，知道他在梦里碰到了什么伤心事，她不想去打扰他，仍在他身边坐着。夜里气温慢慢冷了下来。她拿了一条毡子想为他盖上……

当她刚刚靠近他的身体时，当她正准备用那条柔软的毡子去盖住他的上身时，他伸出了双手将她和那条毡子一起抱住了。

她没有反抗，反而顺从地躺倒在了那张大沙发上……

她开始亲吻他，他也张开嘴唇寻找着她的嘴唇。他们终于拥抱在一起。

念子被此时发生的一切搅得风情万种，她主动脱下了上衣，去接受这个她日思夜想的男人的亲吻与抚摸。

二十一

罗平累倒在念子怀里。不过很快他又清醒了过来。

他睁开眼来看清了，在他面前的不是他梦里的子今，而是另一个女人，一个他才逐渐熟悉的女人。这个女人是一个台湾女人，有迷人的容貌，但他可望不可即。

"对不起，念子。"他开始这样叫她，并坐起来，离开了她。

"你醒了。"何念子也趁机坐正了身子，让那个高大的男人离开了自己的怀抱。

"罗平，你太累了，这段时间，你到底发生了什么事？人瘦了一圈不说，脸色也着实让人担心。"

"没什么，工作上的事，心挺累的。你好吗？"

"我开始来管我父亲的企业了，心也很累。到一个完全陌生的环境里，从头再来啦。"

"桃花，这个名字好好听——桃之夭夭。"

"是爹地取的，纪念我妈咪的。"

"可惜，桃花的花期一般都比较短。"

……

"桃花，纪念我妈咪的。"张罗平对何念子这句话有了很深的感触。

"我抽空到你那医院去看看，"见张罗平在想别的事，她又把音量提高了一倍，说，"难道你不欢迎我去？"她这样追问了一句，才把罗平的思绪拉了回来。罗平想到了一件事。

"念子，你能先借我们，不……我，二十万元钱吗？"罗平有些恳求道。

"你要急用?"

"我们那台整形扫描仪失灵了,我想拿去修,但一问要二十万元押金!而打报告向上汇报,根本没人管这件事。"

何念子听了,思索了一下,答道:"我明天去你那儿一趟看看吧。"

某一天的早上,何念子总算找了一点时间跑到"雄高医院"去转了转。病人稀少,门可罗雀。念子看了十分惋惜。秦帮友与她匆匆照了一个面,就溜走了。

张罗平带她参观了各个科室。最后回到了自己的办公室。

墙面上随时有干裂的石灰掉落在地,形成厚厚的灰尘。罗平用一块湿毛巾认真擦了擦椅子,才叫念子坐下来。

不一会儿墙角似乎有个什么黑影在蠢蠢欲动,罗平叫念子转过头去。

他跑去狠踩了一脚,那黑影不见了。念子忙问他是什么?

他笑笑道:"一只大老鼠!"

"哎呀!"念子吓得惊叫了一声。

走了一圈下来,念子认为医院里的设备确实太陈旧了。但她马上就有了一个好主意。

她问罗平:"这个医院的产权属性如何?"罗平自然不清楚,摇摇头。念子自言自语道:"这个医院能盘下来,我自己经营管理就好了!"

罗平答应念子去问一问这家医院的归属关系。念子的意思是如果可能,这个医院能不能重新来一次投资,把它重新来一次定位,扭转逆势。

张罗平也要何念子答应他一件事:尽快到南都医院做一次全方位身体检查。

何念子在某一个周末把父亲何存义叫到了雄高医院。

她没有通知张罗平，而是走马观花似地牵着父亲的手把何存义拖东拖西地转圈圈。何存义问她有何目的，念子只是笑而不答。

兜得差不多了。念子冷不丁地冒出来一句话："爹地，你对这块地，你对这幢建筑感兴趣吗？"

何存义一听这话，一点也摸不着头脑，以为愚人节到了，女儿在拿他这个老头开玩笑。他顺着她的话也开玩笑道："我感兴趣啊！你给我啊？"

"可以啊，只要你出很少的钱！"

何存义慢慢听出来，念子似乎不像在开玩笑，忙问是怎么回事。何念子才把自己的盘算合盘托出："如果可以、可行、可能，把这幢六层楼的大楼置换、承租、购买下来，重新定位，让它十倍、百倍地发挥它应有的作用。"

女儿的这些话让身边的老父亲眼睛一亮。他不由转身认真地看了几眼学究气依然很重的女儿，想了解清楚她说这一堆话的理由。

"你认识里面的'干部'？"父亲问女儿。

何念子点点头，笑而不语。

"哪一级的干部？"父亲又来一句。

"院长，"念子说，"它是一个中型医院，但经营、管理都不善，就快走入死胡同了。"

"原来是个医院，我还以为是一个废弃的医院仓库呢！"何存义惋惜道。

"爹地，咱们把它盘整下来，如何？"

"在大陆办综合性的医院好像对我们海峡对岸的人还没有放开，至少开那样的一个医院，大陆审批起来还比较谨慎。"

"我们合作呢？"

"怎么合作？你说说。"何存义第一次发现他的宝贝女儿会对一件事情如此重视。她眼里放着异样的光。

"我问过了，这个医院办不下去了！缺人，更缺资金。它一开始在医院定位这个事情上就存在很大的失误。你看啊,它总共才六层楼,大大小小加起来,才两百多个房间。而一个医院,先不管它规模大小,只要是综合医院,就是内外科并举,妇、儿科室殿后。用你们以前打仗用的一个俗语叫什么?是不是叫作'战线拉得太长'了。"何念子做了一个吞口水的动作。

何存义催促道:"讲下去呀,我在听着。"

"这样算起来,既要顾这,又要顾那,场地根本不够用。床位不够,怎么叫作综合医院呀?如果办个专科医院,集中有限场所,有限资金,肯定有声有色。爹地,你想想,每年咱们花在医疗、保健上的资金多大啊!大陆人民已经不是二三十年前的生活水平了。你来投资吧,我担保,你一定有丰厚的回报。"

"哈哈哈哈!"何存义听完女儿的一番劝说后,夸张地笑了起来。"念子,爹地今天高兴,高兴你竟有这样独到的投资眼光。你分析得很对,你再去把一些细节问问清楚,看看咱们从哪方面入手。"

"好的。"何念子话音刚落,就感觉头有一阵晕,手要扶着父亲才能走路。何存义问要不要紧,何念子又说:"这里空气不好,缺氧,快走吧。"

张罗平听说了何念子的打算,心头一怔,觉得她一个历史专业毕业的老师,竟有如此周到的投资分析判断力。而且,他更知道,这个在"废墟"上矗立起来的某某专科医院,在这样一种定位下,肯定比以前有突飞猛进的发展,同时又将改变自己的命运。

罗平听到这一消息后,有些兴奋。电话里,他向念子说:"你吩咐吧,要怎么去打听?"

"你不要对你那个医院的秦院长说咱们要租下来办医院,就说咱们的立项还在商量之中,没有定,初步的意见是有可能来办一个储运仓库。"

"储运仓库？"

"先这么跟你们医院说，心理上，他们的租金会便宜许多。"

"这样啊。"

"你看一下，约你们秦院长出来见个面吧。"

"行。"

两天后，秦帮友院长，听说有一个靠打渔谋生的台湾人在四下找堆鱼用的仓库，又想与他见见面，他很爽快地答应了。

见面是在一家台湾人开的餐馆里，装修灰不溜秋的。何念子带了男女两名随从，那两人张罗平在船上见过，是何念子的跟班。现在他才搞清楚，那女的叫阿姣，男的叫二胡。

根据事先安排，今天张罗平得坐在秦帮友一边，不与念子坐在一起。这种安排的内涵非常明确，表示今天张罗平应该是帮秦院长说话的。

"听说何小姐在为找不到仓库而发愁。"落座后，服务员上茶，秦帮友说。

"是呀，找一个稍大又价格合理的地方来堆放些有一点腥味的冻鱼真是一件不容易的事。"

点菜时，秦帮友把点菜单递给了何念子。"今天这顿饭，我们，我和张医生做东，看看三位台湾同胞要点什么菜？"

"这不行，是我叫你们两位出来的，怎么能让你们做东。"

"何小姐，今天你要找仓库这件事，看来你找我是找对了。"秦帮友边说边硬塞了一回点菜单。

这时一直不发话的张罗平开始发话了："何小姐，你这件事找到秦院长，算是找对人了。今天这顿饭，说定了，还是我们请，来吧，我来越俎代庖，点几个菜让远道而来的同胞们尝尝。"

"对，罗平，这菜你来点，别为我省钱，帮忙找贵的点！"秦帮友提醒道。

罗平朝念子悄悄看了一眼，挑了几道台湾菜：蚵仔煎、花椰菜、笋尖……

酒过三巡，两个葡萄酒空瓶滚倒在地上。秦帮友仍没一点反应。何念子惊呼秦院长的酒量实在好。

"何小姐，我把咱们院底楼二层全借给你好吗？价格按外面的旧厂房价。"

"好啊，如果我还想多要一点地方，可以吗？"

"也行，那就四层楼全给你们！如果还想多点，全拿去也行。"

"别，别，那怎么行，那你们到哪儿去啊？"何念子像开玩笑似地补上一句。

"跟着你们一起守仓库，也比现在不死不活强。"秦帮友总算酒后吐了一句"真言"。

"好吧，我们商量一下再答复秦院长。只要秦院长出租价格合理，我们可以多拿一点物业。用你们的话怎么说，是不是叫'双赢'啊。"

"对，双赢，双赢。"秦帮友喝了个尽兴，才最后嚷嚷道，叫张罗平去买单。

想不到何念子早就认识餐厅老板，已经把钱结了。

二十二

亲自带何念子回南都医院体检，是张罗平近日来坚决想做的事，也是迫在眉睫的事情。从良心、友情，再到逐渐滋生的男女之情，目前这个角色，他都是责无旁贷的。

为了减少排队时间，他穿上白大褂，并佩戴上医生胸牌。

在抽血环节，何念子还是经受了不少痛苦。那位门诊部护士可能是护校才毕业不久，在寻找她的手腕血管时，几次找不准地方，把念子的手腕都扎出了血。

还好，CT和核磁共振的检查，由于张罗平在门诊待过一段时间，有些不同科室的人也都混得比较熟了。

上午没有吃早餐，最后一项CT检查前，何念子说，希望罗平搀扶她一把。

可就是这么极寻常的一幕，却被附近，或者说经过的几个人，看到了。

第一个人便是邹小进，他正好陪陈民权来做CT，旁边还跟着李北北。他们很晚才来，靠插队才挤到了上午检查的号数里。但邹小进坐了下来，并隐去了自己的脸。随后是叶子悬和卢布今。卢布今手上开了一大堆免费药、特效药，分装两个大袋子，由叶子悬在手上拎着。卢布今是来取检查报告的，这纯属吃饱了撑着的那种类型。最后一个人才是关键人物，吴玉屏。她是路过这里，确切地说，是"跟踪"卢布今到了这里。

当她看到自己的儿子——张罗平医生正在CT室外搀扶着一个年龄与他相当，且有一些风韵的女人走进去的时候，她感到大脑嗡嗡作响，像瞬间短路了一样："你糊涂啊。张罗平，你太不懂人情世故了。这狗血一幕，任何人都会站在不同的角度去解读。尤其是为那些整天要整你算计你的人又提供了射向你的炮弹。"

眼下，她顾不上这么多了，而是径直走向了那扇门，敲都顾不上敲一下，冲了进去。还好，里面的人也都认识她，更愿意给她这个面子。

吴玉屏教授进去时，何念子正在检查中。

当扫描仪反复出现在患者身上，论证数据，寻求结果、答案时，张罗平与吴玉屏都感到情况不妙了。

显然，医生们发现了意想不到的结果。张罗平紧盯住屏幕，面对这一切，他也是第一个惊讶得合不拢嘴的人，以至于他的母亲吴玉屏进来了很久，他都有些视而不见。

吴玉屏也根据检查屏幕上反复出现的那些画面，给出了自己的判断：淋巴性白血病。

而且现在肿瘤已大面积转移，导致患者的脑部、腹部、肝部等都存在广泛的占位、阴影。所以临床建议：马上收入院。

当晚，吴玉屏在自家的饭桌上谈到了此事，她没有再责怪儿子张罗平，而是对这个几乎一生都是故事的女孩表示了深深的叹息。因为她从何念子的病历中知道她已三十六岁，至今未婚。她应该与胡子今一样年龄。而且她与罗平在船上拿错箱子那戏剧性的一幕，与如今医学对她的死亡宣判，让这个七十多岁的著名专家，既唏嘘不已，又深深惋惜。

她和张罗平约定，尽量减少她的身体痛苦，期望延长她的寿命。

二十三

次日，张罗平亲自去找了何存义，把何念子的身体检查情况向他进行了汇报。想不到何存义这个当过兵的人，连张罗平短促、结论性的话都没听完，就当着他的面，哭成泪人儿了。

他说，不惜一切代价要挽救何念子的生命。

一周之后，这个挂名"雄高医院"的烂摊子项目很快就被何存义谈下来了。

为了给女儿一个交代，何存义亲自出马，把何念子先前与人交涉的许多项目都大包大揽了下来。

雄高医院的上级部门是南都医院。目前这幢楼十年前也是南都医院向街道办事处借的。医院办得不成功，看看与街道办事处的合约也到期了，南都医院本来是打算撤回来的。

这个时候，何存义依照何念子的想法，提出了租借大楼一半楼面用来做"储运仓库"的建议。在何念子当初的"工作、养老"等一系列承诺下，秦帮友站到了何念子这方面来，帮何念子与街道办事处谈租金的事情。

经过秦帮友的感情投资，与一番大砍价，街道办事处最终开出来的租金条件比以前还要低。

这份协议谈妥之后，何存义又依照何念子的考虑，和秦帮友另拟了一份协议：是何念子与那另外三层楼的。何存义答应余下来的租金改由他来出，但医院管理应开始向新的专科医院过渡。

何家并没有把何念子真实的检查结果向她透露，怕她受不了打击，放弃生的希望。而仅仅是告诉她颈椎病很严重，要重点治疗。同时何家根据院方提出治疗、化疗的要求，正在努力寻找合适骨髓配型进行移植。

在另外一回协议签署现场，由于何念子戴上了口罩，秦帮友不知实情，还一度调侃她道："再把今天这个协议签了，这幢建筑就听凭何小姐处置了。到时候，可不要连参观一下，喝口水的机会也不给我们啊。"其实此时秦帮友的真实想法是，想想马上就要将这个"烂摊子"扔给这个台湾女人，心里真有一种如释重负的感觉。

何存义代表女儿道："接下来，我宣布'雄高医院'从今不复存在了！新单位的名字，过两天再公布。"

秦帮友一听有些纳闷："仓库，要取什么名字？"

"谁说仅仅是办仓库了？我不可以还做医院吗？"何存义说。

"那街道那拨人问你干什么，你说是仓储呀！"秦帮友还在钻牛角尖。

"哈哈哈哈！"念子高兴地笑了。边上的张罗平也笑了。

罗平说："他们管何小姐将来干什么，她房租不少他们一分钱的。"

"我懂了，这叫商业心理战。报医院项目，别人会认为你效益好，赚得多，自然租金就抬高了。讲仓库，又是放鱼的，租金就会一降再降，让人家防不胜访。"秦帮友说道。

次日，何存义依据念子的意思又宣布了一项决定，让秦帮友退休回家，原来的工资一分不差。秦帮友闻讯很是高兴，不用上班还工资一分不少！他做梦都没有想到。很快这个专科医院开始边装修，边营业了。

何存义一来，原来那些混日子的医生都统统回来了。到外面卖药、推销医疗仪器的人也纷纷回炉。因为何存义在与秦帮友另外签着的一份协议中写明：他所代表的乙方在承担余下来的房租支付中，有一个附加条件，即张罗平已经成为这所分院的实际领导人，有权调配这里的人员。

大部分的人被召来开了一个会。会议上正式宣布了另外一些决定：医院的名字也换了，叫何氏整形美容医院。名誉院长为何存义，院长为何念子，张罗平任业务副院长。

人们观望着一艘新的大船，已换了新的舵手，它正待重新启航出海了。

二十四

首次发现妹妹的血型与何家没有关系的人，正是何念子那个当眼科医生的哥哥何来。在接下来的这场抢救何念子生命的决战中，何来都充当了主角。

遵照父亲的建议，一切事务都只得悄悄地进行。何来把何念子的医学病历档案进行了归类整合，为治疗赢得时间。

这两天，何存义也是满面愁容，那位香港来的陈承文一到何家，就被何存义关禁闭似地安置到了一间特殊的房间里去。而何存义与他整天都关起门来，似乎在安排什么大事。

到后来，何来越整合越感觉纳闷。妹妹何念子的血型、DNA 与何家各脉皆不符。不仅如此，在妹妹的出生地与时间上都有自相矛盾的地方，甚至有的地方像是伪造的。

何来再也忍不住了，他带着一堆的问题去敲门，想询问父亲何存义。

时至今日，再隐瞒已经没有意义了，加上抢救女儿也需要争取时间，何存义便当着陈承文的面，把女儿何念子的真实身份、出生年月、来历，向儿子何来和盘托出了。

让他更想不到的是，快四十岁的儿子却像听完了一个惊悚、恐怖的故事一样，连忙摇起了头，并大叫了两声："这不可能，这怎么可能？"跑出了门去。

早已回京的陈千惠是通过哥哥知道了念子患重病的事。她也急成了热锅上的蚂蚁。她马上买了机票，亲自赶来了南海，只想送一送这位生命中最好的闺蜜人生中最后的一程。

此时此刻，何念子生命中的所有亲戚朋友都在向天祷告，希望命运会出现转机，并在这个可怜的女人身上出现奇迹。

二十五

　　吴作梁是通过胡子今才知道了张罗平已找到那个台湾女人的事。第一时间他就带着那本何子成的《蛇影行动》赶回南海来了。

　　一开始，他不知道何念子生的是那么严重的病，以为是丢失皮箱，遗失了爷爷的骨灰盒，包括里面那本还未正式出版的《蛇影行动》所导致的心病发作。

　　所以他留了一个心眼，他不敢直接把这本小册子送到何府去，怕被何家怪罪下来，遭一顿扁！他找到了张罗平，先向张罗平进行了赔礼道歉。因为他曾经因"借"这本小册子去看而给过张罗平一万元。这是一种逻辑上的假定推理：你张罗平收过我的钱，所以你张罗平才是耽误这件贵重物品迟迟不能物归原主的罪魁祸首。

　　《蛇影行动》完璧归赵这天，就在张家，不仅张罗平在，吴玉屏在，连他家从不多管闲事的张父张孟超也现身了。

　　吴玉屏从吴作梁手上接过这本烂糟糟的小册子时，却被边上的张孟超拿过来看了。

　　张父没看几眼，就把这本书递给了儿子张罗平，并语重心长地说道："年轻人啊，是该多看点书啊。如果这本书再晚出土一千年，或许还有一些史学价值。现在看来，它啥子像样的事情都没有记好记全，又这么破。它还真赶不上熊丸当年的那本病例呢。因为东西是别人的，理应还给人家，就这么简单。"

　　经张孟超这么一点评，这本在多人手上被奉为至宝的小册子，顷刻就被扔回了土壤里。

　　吴作梁毕竟是商人，他接下来的想法更物质。既然你张罗平的老爹当众把这本书打回了"原形",那么,那一万元是不是也该物归原主,还我了?

正好他在这么想时,张罗平果然从身上取出了那个大信封,并双手递到了吴作梁跟前。

这会儿,吴作梁甚至有些感动了。他一面收起了信封,又在身上开始摸索了起来。他把在那艘船上所拍的照片,里面有胡子今和张罗平,还包括他自己、钱岩康、何念子的照片,全部递给了张罗平。

吴玉屏看着那些照片,突然有了一个大胆的发现。

这个发现是基于她上次在重庆与钱润生的儿子钱岩康的一次会见和长谈。那一次他重点讲到了他那离散多年、目前仍在寻找的妹妹丽雅。

那么吴作梁提供的照片上的这个女孩,与钱岩康会不会是一家人呢?换句话说,那个叫作何念子的,是不是就是钱丽雅呢?她就是钱润生的女儿,就是那位钱岩康教授失散了三十年的亲妹妹呢。

二十六

钱岩康把在大陆找到妹妹丽雅的事,通过越洋电话,告诉了在美国的父亲钱润生。想不到,父亲在大洋彼岸却失声痛哭了起来。

吴玉屏通过胡子今与钱岩康取得了联系,并希望他早日赶到南海来,越快越好。根据吴玉屏向胡子今的一再交待,暂时没有告诉钱岩康何念子(钱丽雅)目前的健康情况。

何家也在寻找何念子(钱丽雅)的亲属,以方便骨髓配型。钱岩康教授的到来,对悲痛中的何家而言,既是悲又是喜。

何存义也慢慢接受了这个现实。他说,只要能救念子,他什么都愿意做，什么都愿意配合。

当钱岩康到达南海时，何念子已经知道了自己身体的真实情况。化疗带来的痛苦让她尝尽了人间的磨难。但是她足够坚强，她开始戴着口罩与朋友交流。

每个前来探望她的朋友事先都被告知尽量别在她面前哭。

不过还是有人无法做到。陈千惠从西藏雪域高原为何念子弄来了灵芝，据说抗癌效果很好，何念子感动地拥抱了她。她却大哭着离去了。

连叶子悬和吴作梁都来看她了。吴作梁回来说："她依然还是那么美，现在除了美，她又多了一份神圣。"

钱岩康去看何念子（钱丽雅）前，曾经征求了许多人的意见。包括何存义、陈承文、陈千惠、吴玉屏、张罗平等。

综合这些，他们有了一个一致的意见，那就是，暂时还不要在她面前公布那段复杂曲折的家庭历史了。因为这个故事太长太凄楚了。一时半会儿讲不透，也讲不清楚。这个时候告诉她，效果可能适得其反，还会干扰她，引起情绪波动，影响治疗效果。所以，钱岩康首次出现在何念子（钱丽雅）面前时，她并不知道那就是她的亲哥哥。她其实还有一个其他姓氏的家。

那天，钱岩康拿出那一张吴作梁一年前在那艘船上所拍的照片时，何念子一下子就想起来这个人是谁了。那一天，他们曾经那么近地在一起，还在一张桌子上坐过。而这件事情，对钱岩康而言，好像就发生在昨天。

钱岩康仔细地盯着何念子看，力图去把她与那个记忆中三岁的流着清鼻涕的妹妹丽雅联系起来。但是，他发现回忆是不争气的，记忆更是碎片化的。毕竟时间过去得太久了。

又过了一些日子，何念子开始独自一人在无菌的白色帷帐的后面，通过一道玻璃门向外界张望。

经过何念子与钱润生的 DNA 比对，相似性为 99.999%，已充分证明何念子与钱润生是父女关系。另外还得到证明，钱岩康与何念子的血型又是完全一致的。基于此，作为胞兄的钱岩康教授马上决定向妹妹何念子（钱丽雅）捐赠骨髓。

二十七

何氏企业的投资重组，让一所濒临倒闭的医院起死回生。而且不到三个月，这家医院就靠利润还清了借款，收回了装修成本。

仅这一点便让南海医学界刮目相看，奉为奇谈。第一个没想到的是秦帮友。他想不到以前在他手下，所有的缺点、短处在别人眼里都变成优点、长处了。

在这以后，许多规模相近的医疗单位都来取经。何存义对女儿的这项大手笔十分惊愕。这项投资计划，在黄金地段租赁了一幢大楼，所有手续都简便。

何存义算了一笔账，与这家大陆医疗机构合作，他仅仅剩下了一笔租赁费要付。

《南海日报》将这一情况写成了一篇关于台商投资办医院的通讯发表了出来。通讯写得声情并茂，极有看点。

看经验、看得失、看故事的都有。通讯发表后引起了李希楷市长的注意。李希楷让秘书王储通知何氏医院院方，说找个时间想来看看。

市长点名要下来看一个地方，这可是市里的大事情。果然过了几天，李希楷亲自带队来了，陪同前来的还有市卫生局局长。

何存义因为何念子还在医院里。接待李希楷的事就由陈千石和张罗平来负责了。

陈千石也很不习惯大陆官员前呼后拥的架势。李希楷与陈千石握手的照片，被多家媒体拍了去，成了第二天有关报纸的头条。

讲到医院的产、学、研发展方向，这是由张罗平来介绍的。当李希楷了解到张罗平曾是南医大那边不要的"富余人员"时，心里咯噔了一下。这么一个老老实实、埋头肯干的年轻医学人才，怎么回事？倒成了我们一家大医院的富余人员？

张罗平完全沉浸在自己对未来的筹算之中。那是一篇有策略、有布置、有实施的专科医院发展纲要。李希楷听得很认真，他边听边还意味深长地侧过身去，瞥了卫生局长两眼，那意思好像在责备他：你管辖下的医院怎么回事，什么东西到了别人手里就由死转活了，发展思路如此清晰，发展前途如此令人耳目一新，别人三个月的利润额就把你一年的利润额比下去了。

回到医院办公室，陈千石去处理一个与"桃花"娱乐总汇有关的事情了。张罗平则边招呼着市长坐，边忙着叫了一名医生去买水果和茶。

这一幕，又让李希楷市长颇多感慨：一位管理着千万人口的大城市的市长来了，别人该干什么还去干什么，一点都不受干扰，一点也不停顿下来。秘书王储本来还想责备一下，他借李希楷有个抬腕看表的动作，在旁边唠叨了一句："市长，下午你不是还有一个重要会议吗？"

李希楷朝大家摆摆手，他虽没有坐下来却并没有想走的意思。

"现在不是还没有完吗？下午的会议朝后挪挪吧。"他回答道。

那位卫生局长在李希楷多次用责备的目光看他后，脸上慢慢已有虚汗了。王储又在一边附和着李希楷的态度，他这次不是用目光，而是干脆就张嘴说上了。

"市长，我看有必要来这里召开一个医疗行业可持续发展座谈会，谈谈效率问题。"

李希楷摇摇头说："可是我们都不太懂啊。这不只是效率问题，还有观念问题。咱们有些医院头头们，就像是抱着金饭碗还在讨饭呀。"

这会儿，何来进来了，见几个市领导没有坐下来，却在空荡荡的房间里转悠着，边转悠边发着感慨。他有些奇怪，便马上叫来那名医生为领导们摆上了热气腾腾的碧螺春茶。

"你们这儿有多少编制啊？"李希楷又问。

"什么？"何来没有听懂市长的意思。另外一个医生想说，正好张罗平进来了，听到了李希楷的问话。他答道："这里没有'编制'，只有董事会、股东和合同制医生。"

"合同制医生？这太新鲜了。"王储笑了。

"我不是股东，所以我也充其量就是一个合同制医生。"

卫生局长一惊，问道："你不是院领导，副院长吗？怎么也是合同制下的人员了。"

何来插话了："也不全是这层意思，这是张罗平副院长一种谦虚的说法，根据他的工作表现，董事会正考虑给他两成的医院股份，还会给他一笔很可观的薪水。"

卫生局长看看张罗平，终于弄懂了这层意思，他解释道："市场经济模式下的做法。"

"明白了，从一个相对长时期的方面来看，我也是一个'合同制'市长啊。"李希楷附和并赞扬道。

"我也是一个'合同制'局长。"

"我也是一个'合同制'秘书。"

……

二十八

在一个月后的某一个晚上，何念子，即钱丽雅，带着爱着她的所有亲人的祈祷，去世于南海南都医院。从台胞回乡证上看，再过一个礼拜，年轻的她就满三十七岁了。命运没有眷顾她。

她到死的时候，都不会想到，她真正的父母都健在，正在大洋彼岸盼着她回到他们身边去，团聚一次！

经过何、钱两家对何念子（钱丽雅）后事的综合考虑，她的遗体已在南海火化。骨灰则分成了两份。一份由钱岩康带去了美国，交给她的亲生父母钱润生和汤文。另一份则下葬在南海，与前不久去世的爷爷何子成葬在叫寿福园的同一个墓地里。

那个叫潘名胜的墓地销售经理，听完这个凄楚的长长的故事后，答应一定要把这个新墓地弄好，让何、钱两家人都满意。

后来，墓基用花岗岩嵌饰，前面朝南（意即台湾方向）种上了一排桃花。

而墓碑上使用了两张照片，两个名字：

何念子（钱丽雅）

一张照片是钱丽雅三岁时的一张照片，也是钱岩康一直捧在手心里的那张。另一张是现在的她台胞证上的照片。

在基座的反面则用镶金写下了几个字：

"水边生桃花。"

长江在进入东海之前，在崇明岛这个地方突然变得温顺并无声无息了起来。

那是由于有了那个被叫着胸怀一般的广阔的海洋接纳了它，让它浩浩荡荡又荡气回肠地走完了一段属于自己的流域。

这不是结束，正是另一种浩浩荡荡又荡气回肠的经历的开始。

……

我们的人生也莫不如此。

初作于 2014 年 12 月 6 日

完稿于 2019 年 5 月 18 日星期六知吾堂。是日房屋里有两株鲜花正开。

一株是桃花，一株是水仙。